本书受到海南师范大学中国语言文学省级 A 类重点学科、中国语言文学一级学科博士点资助

海南省哲学社会科学 2020 年规划课题【HNSK（ZC）20-20】结题成果

时间中的裂隙：
鲁迅的精神自觉

刘　超　著

中国出版集团　东方出版中心

图书在版编目（CIP）数据

时间中的裂隙：鲁迅的精神自觉 / 刘超著. —上
海：东方出版中心，2023.1
ISBN 978-7-5473-2125-6

Ⅰ.①时… Ⅱ.①刘… Ⅲ.①鲁迅研究 Ⅳ.
①I210

中国国家版本馆 CIP 数据核字（2023）第 000416 号

时间中的裂隙： 鲁迅的精神自觉

著　　者　刘　超
策划编辑　潘灵剑
责任编辑　李梦溪
装帧设计　钟　颖

出版发行　东方出版中心有限公司
地　　址　上海市仙霞路 345 号
邮政编码　200336
电　　话　021-62417400
印 刷 者　上海万卷印刷股份有限公司

开　　本　890mm×1240mm　1/32
印　　张　7
字　　数　164 千字
版　　次　2023 年 3 月第 1 版
印　　次　2023 年 3 月第 1 次印刷
定　　价　52.00 元

目　录

引　言

是故将生存两间,角逐列国是务,其首在立人,人立而后凡事举;若其道术,乃必尊个性而张**精神**。

——鲁迅《文化偏至论》

意者欲扬宗邦之真大,首在审己,亦必知人,比较既周,爰生自觉。**自觉**之声发,每响必中于人心,清晰昭明,不同凡响。

——鲁迅《摩罗诗力说》

一

从1913年恽铁樵对鲁迅发表的第一篇小说《怀旧》的评论算起,鲁迅研究已逾百年,论著浩繁,汗牛充栋。为避免蹈袭前人轨辙、陈陈相因,鲁迅研究的后来者需回顾前路,另辟蹊径。德国著名哲学家、文艺批评家瓦尔特·本雅明对文艺批评家与评论家作过如下区分:

批评关心的是艺术作品的真理内容,评论则注意题材,两者的关系由文学的基本规律决定。……打个比方,我们把不断生长的作品视为一堆火葬柴堆,那它的评论者就可比作一个化学家,而它的批评家则可比作炼金术士。前者仅有木柴和灰烬作为分析的对象,后者则关注火焰本身的奥妙:活着的奥秘。因此，批评家探究这种真理：它生动的火焰在过去的干柴和逝去生活的灰烬上持续地燃烧。①

在评论者那里，文艺作品作为外在的文献资料得到整理、评注。批评家则关注文艺作品深藏着的"活着的奥秘"，也就是复活文艺作品内在的精神之火。本书探究鲁迅的精神自觉，尝试走本雅明所说的批评家之路，一条朝向鲁迅主体的精神现象学之路。

由于祖父入狱，父亲病与死，幼年鲁迅寄人篱下，被称为"乞食者"，在家庭的大变故中"看见世人的真面目"②。在《呐喊·自序》里，鲁迅回忆了幼时到药店抓药的情景，柜台、质铺和自身高度的对比、药引的奇特以及店员侮蔑的眼光等在幼年鲁迅的内心形成清晰而难忘的视觉形象③。内在的目光看着处在当时情境中的自己，看着自己的看。这种精神目光的自我观照意味着鲁迅自我意识的觉醒与分裂，也意味着鲁迅的精神自觉的初始发生。少年鲁迅最终离开家乡，"走异路，逃异地，去寻求别样的人们"④。从精神现象学的角度看，这意味着鲁迅主体精神的自我寻求的开始。而著名的"幻灯片事件"之后，留日的鲁迅弃医从文，提倡文艺运动，以改变国民的精神。对人的主体精神的关注成为鲁迅终生的萦心之念。在留日时期所写的《科学史教篇》《文化偏至论》《摩罗诗力说》《破恶声论》等文章里，鲁迅认为"精神现象实人类生活之极巅，非发挥其辉光，于人生为无当"⑤，欧洲科学、文化、典章制度

① 瓦尔特·本雅明：《歌德的〈亲和力〉》，《本雅明文选》，陈永国、马海良编，赵国新译，中国社会科学出版社，1999年，第45—46页。参见汉娜·阿伦特为英文版《启迪：本雅明文选》写的导言。瓦尔特·本雅明：《启迪：本雅明文选》，汉娜·阿伦特编，张旭东、王斑译，生活·读书·新知三联书店，2008年，第25页。
② 鲁迅：《呐喊·自序》，见《呐喊》，《鲁迅全集》第1卷，人民文学出版社，2005年，第437页。
③ 同上。
④ 同上。
⑤ 鲁迅：《文化偏至论》，见《坟》，《鲁迅全集》第1卷，人民文学出版社，2005年，第55页。

之根皆在于人的"主观之内面精神"①，中国古老文明的衰落在于
其精神之枯萎，"本根剥丧，神气旁皇"②。因此，国强之道术在"尊
个性而张精神"③，呼吁"精神界之战士"发出"自觉之声"，"自觉之
声发，每响必中于人心，清晰昭明，不同凡响"④。在与其弟周作人
合译的《域外小说集》的序言里，鲁迅谈到翻译域外文学的目的：
"按邦国时期，籀读其心声，以相度神思之所在。"⑤归国后的鲁迅
写小说，翻译国外的小说、文艺理论著作，旨在观照人的主体精神，
批判国民性甚至人性本身。鲁迅认为中国从西方舶来的各种主义
的招牌，"外表都很新的，但我研究他们的精神，还是旧货"⑥。因
此，对于中国来说，"最要紧的是改革国民性，否则，无论是专制，是
共和，是什么什么，招牌虽换，货色照旧，全不行的"⑦。值得说明
的是，鲁迅的国民性批判是自我指涉的，解剖别人，更无情地解剖
自身，"从别国里窃得火来，本意却在煮自己的肉"⑧。如前所述，
鲁迅身上始终有一道犀利的自我审视的内在目光，它是鲁迅主体
精神之自觉、发生的契机。

二

关于鲁迅的精神自觉的研究，影响力最大的是日本学者竹内
好的"回心说"。竹内好反对文学研究的文献化、考据化，认为文献

---

① 鲁迅：《文化偏至论》，见《坟》，《鲁迅全集》第 1 卷，人民文学出版社，2005 年，第 54 页。
② 鲁迅：《破恶声论》，见《集外集拾遗补编》，《鲁迅全集》第 8 卷，人民文学出版社，2005 年，第 25 页。
③ 鲁迅：《文化偏至论》，见《坟》，《鲁迅全集》第 1 卷，人民文学出版社，2005 年，第 47 页。
④ 同上，第 67 页。
⑤ 鲁迅：《〈域外小说集〉序言》，见《译文序跋集》，《鲁迅全集》第 10 卷，人民文学出版社，2005 年，第 168 页。
⑥ 鲁迅：《两地书》，《鲁迅全集》第 11 卷，人民文学出版社，2005 年，第 32 页。
⑦ 同上。
⑧ 鲁迅：《"硬译"与"文学的阶级性"》，见《二心集》，《鲁迅全集》第 4 卷，人民文学出版社，2005 年，第 214 页。

不能作为文学独立存在，"只有当这些文献经由主体生的苦恼而被转化成'自己的语言'的时候，它才是文学"①，也就是让文学作品深藏的内在精神在新的主体上复活。可以说，"竹内鲁迅"正是鲁迅的主体精神在竹内好身上的复活。他的"回心说"集中体现在其代表作《鲁迅》里。《思想的形成》一文开篇论及鲁迅发表《狂人日记》前在北京绍兴会馆里的生活，认为鲁迅在这个埋头抄古碑的时期，"正在酝酿着呐喊的凝重的沉默"，进而提出他的鲁迅研究的核心母题——"回心"：

> 我想象，鲁迅是否在这沉默中抓住了对他一生来说都具有决定意义，可以叫做"回心"的那种东西。我想象不出鲁迅的骨骼会在别的时期里形成。他此后的思想趋向，都是有迹可寻的，但成为其根干的鲁迅本身，一种生命的、原理的鲁迅，却只能认为是形成在这个时期的黑暗里。②

《思想的形成》是竹内好的《鲁迅》里系列文章中的一篇，另外的文章也围绕着这个母题展开。在这些文章里，竹内好把"回心"又看作"罪的自觉""死的自觉"和"文学的自觉"，认为"鲁迅的文学，在其根源上是应该被称作'无'的某种东西"③。在竹内好看来，鲁迅抓住回心、获得自觉的时机是一次性的，"一个他一生中只有一次的时机"④。

竹内好的这种精神现象学视角富有独特性和启发性，是日本

① 孙歌：《在零和一百之间》（代译序），见竹内好《近代的超克》，孙歌编，李冬木、赵京华、孙歌译，生活·读书·新知三联书店，2005 年，第 22 页。值得说明的是，本雅明和竹内好都不否定文献资料的整理、考据的作用，而是反对将文学研究仅局限于此。
② 竹内好：《近代的超克》，孙歌编，李冬木、赵京华、孙歌译，生活·读书·新知三联书店，2005 年，第 45—46 页。
③ 同上，第 58 页。
④ 同上，第 40 页。

鲁迅研究的滥觞，使得鲁迅研究进入深层的、动态的精神层面。然而，竹内好的"回心说"语焉不详、晦暗不明之处很多，且过于简略。竹内好认为绍兴会馆时期不像其他时期那么了然，这个时期里形成"回心"的黑暗是他解释不了的。① 竹内好提出鲁迅在绍兴会馆里抄古碑的沉默时期抓住了决定他一生的"回心"，这种看法是直觉式的，他没有从主体精神的发生角度呈现鲁迅是如何抓住"回心"的，也就是没有描述"回心"在鲁迅的主体精神里以何种方式发生。

在《何谓近代——以日本与中国为例》这篇名文里，竹内好论述了支撑欧洲近代历史发展的精神的扩展性自我运动，以及东洋的日本与中国对这种近代精神的抵抗与接纳。竹内好将日本文化称为"转向型文化"，将中国文化称为"回心型文化"：

> 表面上看来，回心与转向相似，然而其方向是相反的。如果说转向是向外运动，回心则向内运动。回心以保持自我而反映出来，转向则发生于自我放弃。回心以抵抗为媒介，转向则没有媒介。发生回心的地方不可能产生转向，反之亦然。转向法则所支配的文化与回心法则所支配的文化，在结构上是不同的。②

可以发现，竹内好在《鲁迅》的一系列论文如《思想的形成》和《何谓近代——以日本与中国为例》里关于鲁迅的"回心"的论述不尽相同，前者偏向自我否定，后者偏向自我肯定，实际上是"回心"的两种不同方式。竹内好本人并没有阐明上述两种"回心"方式的关联与区别，也不见竹内好的研究者做过与此相关的研究。然而，

① 竹内好：《近代的超克》，孙歌编，李冬木、赵京华、孙歌译，生活・读书・新知三联书店，2005年，第46页。
② 同上，第212—213页。

两种"回心"方式的关联与区别极其关键，直接关系到"竹内鲁迅"的得与失，进而关系到竹内好对欧洲近代精神以及中国、日本近代文化的判断的有效性。本书的主要内容之一就是结合鲁迅的论著及其相关文献资料，对北京绍兴会馆里鲁迅主体精神的自觉作细致的现象学式描述；对竹内好所说的"回心"作细致的辨析，探讨上述两种不同回心方式的联系与区别，进而重新审视、反思欧洲近代精神与中国、日本近代文化的关系，重新思考"何谓近代"。

关于鲁迅主体精神的自觉，日本学者伊藤虎丸的相关研究也值得注意。在《鲁迅与终末论——近代现实主义的成立》一书中，伊藤虎丸认为，鲁迅在日本留学时期通过接触西欧近代文艺和思想（特别是尼采思想）而原本地、综合性地把握了区别于"物质"的"人格"即"自由"这一近代欧洲精神，而近代欧洲精神根源于基督教的"终末论"：

> 把人之尊严性的根据放在"精神"和个人当中来看待，与其说是"尼采思想"，还不如说这是贯穿于旧约圣经以来的西欧基督教思想中的基本人间观。在那里，人作为具备自由的动的"精神"严格区别于处在不自由的延长线上的作为"物质"的自然。毋宁说，只有具备那种自由的人，其作为"人格"才有别于自然的、生物的、物欲的人。而只有当人直面作为绝对否定的超越者时，只有当他获得前者之启示时，才会从埋没于"多数"（亦可以置言为"多数"造就的既成秩序和价值观）当中被呼唤出来，成为作为自由的"个人"（或"个性"）的人格。①

鲁迅把构成近代文学基础的欧洲近代人的观念把握为从自然

① 伊藤虎丸：《鲁迅与终末论——近代现实主义的成立》，李冬木译，生活·读书·新知三联书店，2008 年，第 154 页。

和物质社会当中独立出来的强烈的"自我"和"意志"①，推崇"立意在反抗，旨归在行动"的尼采式"精神界之战士"②。伊藤虎丸认为这是鲁迅主体精神的第一次自觉。随着鲁迅提倡的文学运动遭受挫折以及他曾对其抱有希望的辛亥革命的失败，在北京绍兴会馆里生活的鲁迅发生了第二次精神自觉，体现在鲁迅的第一篇白话文小说《狂人日记》里。当狂人把自己也看作吃人世界内部的一员时，他就扬弃了鲁迅在留日时期第一次精神自觉形成的尼采式精神界之战士的"独醒意识"和优越意识，从而获得了一种"罪的意识"③。伊藤虎丸认为这种"罪的意识"就是竹内好所说"罪的自觉"，也就是竹内好在《思想的形成》一文所提鲁迅在绍兴会馆的沉默中抓住的"回心"。

伊藤虎丸从基督教终末论的角度来研究鲁迅内在精神的发生，论述详实，视角新颖独特，然而也有偏颇之处。伊藤虎丸将鲁迅不同时期两次精神自觉都从基督教终末论角度来理解，没有细致阐明两者的区别。尽管尼采思想与基督教终末论有很深关联，但两者也有明显的差异。当伊藤虎丸论述鲁迅受尼采影响而产生第一次精神自觉时称尼采思想为"世俗化的终末论"，提及的与其说是基督教的不如说是犹太教的终末论思想（因只提及基督教《圣经》里的旧约而未提及新约），而鲁迅的第二次精神自觉才与基督教终末论思想有共同之处。④ 受竹内好的影响，在《鲁迅与终末论——近代现实主义的成立》一书里，伊藤虎丸将上述两次精神自觉也称为"回心"。如上文所述，竹内好没有阐明他在不同论著里

① 伊藤虎丸：《鲁迅与终末论——近代现实主义的成立》，李冬木译，生活·读书·新知三联书店，2008年，第72页。
② 鲁迅：《摩罗诗力说》，见《坟》，《鲁迅全集》第1卷，人民文学出版社，2005年，第102页。
③ 伊藤虎丸：《鲁迅与终末论——近代现实主义的成立》，李冬木译，生活·读书·新知三联书店，2008年，第172页。
④ 在正文第二章和第三章将会对此作细致讨论。

提出的两次"回心"的区别，伊藤虎丸也因偏重阐明两次精神自觉的共通之处而对两者的区别重视不够，而这种区别同样非常重要。因此，本书将结合鲁迅的论著和相关文献资料，细致分析留日时期鲁迅内在精神的发生，对伊藤虎丸论及的鲁迅的两次精神自觉也将作深入的辨析和探讨。

如上所述，竹内好和伊藤虎丸的著作里都涉及两种不同的"回心"方式，也就是鲁迅主体精神的发生方式，然而竹内好和伊藤虎丸都没有具体阐明这两种不同的"回心"方式的区别与联系，往往将两者等而视之。除此之外，竹内好和伊藤虎丸看待鲁迅的精神自觉的视角都有自相矛盾之处。在《何谓近代——以日本与中国为例》里，竹内好认为在欧洲，不仅物质在运动，精神也在运动。而运动以抵抗为媒介。东洋没有过欧洲这样的精神之自我运动："就是说，精神这个东西就不曾存在过。当然，近代以前有过与此相似的东西，如儒教或佛教中就曾经有过，但这并非欧洲意义上的发展。"[1]而鲁迅原本地把握了这种欧洲近代精神，并通过不断抵抗将其内化而形成主体性的自我。然而，矛盾的是，竹内好在《鲁迅》的一系列论文里论及鲁迅的精神发生时，采取的多是中国传统思想的视角，比如，引用日本文学家松尾芭蕉富有老庄意味的词语来形容鲁迅[2]，将鲁迅与屈原或魏晋文人相比[3]。在《鲁迅与终末论——近代现实主义的成立》里，伊藤虎丸认同竹内好的这种看法，认为根源于基督教终末论的这种欧洲近代精神与中国传统思想是完全异质的。而"回心"一词源于佛教，伊藤虎丸在《鲁迅与终末论——近代现实主义的成立》一书里只从基督教终末论的角度

---

[1] 竹内好：《近代的超克》，孙歌编，李冬木、赵京华、孙歌译，生活·读书·新知三联书店，2005 年，第 191 页。
[2] 同上，第 4—5 页。
[3] 同上，第 9、79 页。

解释"回心"并不全面。在《鲁迅与终末论——近代现实主义的成立》的《附录四篇》里，伊藤虎丸却又改变了原来的观点，认为鲁迅的剥夺了一切高论、正论、公论之权威，将虚伪暴露得淋漓尽致的终末论视点，并非来自与西欧式至高无上的超越者的相遇，而相反是来自构成亚洲历史社会最底层之"深暗地层"的民众的死，或与他们四处彷徨的孤魂幽鬼的"对坐"。①

三

可见，从单一视角与层面研究鲁迅主体精神的自觉都不免有失偏颇。因此，本书的主旨不再探究鲁迅的精神自觉是受中国传统思想还是西方近代思潮的影响。从精神现象学的角度看，人的主体精神之间有海德格尔所说的"深深隐藏着的亲缘关系"②。比如，鲁迅的精神自觉可能与佛教、道家甚至基督教思想有相通之处，这种相通不一定根源于鲁迅与它们的实际接触而受它们的影响，可能是鲁迅自家领悟体会出来而恰好与它们有相通之处。本书的重点在于结合鲁迅的论著和相关文本资料，从多个角度、多条思路去不断切近、呈现鲁迅主体精神的自觉与发生机制。

竹内好关注的是鲁迅的精神自觉，他反对将鲁迅文献化、考据化，认为仅仅依据与鲁迅的生平有关的文献材料不能呈现鲁迅的思想，这是独特的见解。然而，他的目光只放在鲁迅一次性的终极性的自觉，认为这种自觉发生在北京绍兴会馆抄古碑帖的时期，没有注意到鲁迅的精神自觉有不同的面相、层次，各面相、层次相互

① 　伊藤虎丸：《鲁迅与终末论——近代现实主义的成立》，李冬木译，生活·读书·新知三联书店，2008 年，第 344 页。
② 　海德格尔：《在通向语言的途中》，孙周兴译，商务印书馆，1997 年，第 129 页。在与日本学者手冢富雄（Tezuka）的对话当中，海德格尔和手冢富雄都认为西欧（特别是海德格尔本人的思想）和东亚思想有一种"深深隐藏着的亲缘关系"，海德格尔认为"东方和西方必须在这种深层次上进行对话。仅仅反复处理一些表面现象的相遇于事无补"。参见倪梁康《海德格尔的佛学因缘》，《求是学刊》第 31 卷 2004 年第 6 期，第 21 页。

映射、蕴含，成为一个复杂体。鲁迅的精神自觉的时机不止一次，不同时机的面相、层次也不尽相同，不能简单地线性串连，也不能完全彼此割裂。竹内好认为鲁迅在北京绍兴会馆生活时期的"回心"是一次性的，"一个他一生中只有一次的时机"①。伊藤虎丸则认为鲁迅有两次精神自觉或者说两次"回心"，第一次发生在日本留学接触尼采思想的时期，第二次才发生在竹内好所说的北京绍兴会馆生活里的"回心"。然而，两者的说法都值得商榷。比如童年的经历与记忆对一个人的成长起着关键作用，鲁迅独特的童年经历与记忆必定影响着鲁迅主体精神的自觉；在散文诗集《野草》里，鲁迅的主体精神显然有新的重大变化，而按照竹内好的回心说，《野草》里鲁迅对自身主体精神的深刻解剖只是被投入他的"回心"熔炉的很多铁片中的一片而已，这并不符合事实，没有足够的说服力。因此，除了对伊藤虎丸所说的留日时期以及竹内好所说的北京绍兴会馆时期鲁迅的精神自觉作细致深入的探究外，本书还将探究童年经历与记忆对鲁迅的精神自觉的影响，并分析《野草》所呈现的鲁迅精神自觉的发生方式。

总体来说，本书主要探究鲁迅的四次精神自觉。以鲁迅童年时期、留日时期、绍兴会馆时期、写作《野草》时期的四次精神自觉为出发点，通过细读鲁迅不同时期的文本，尝试初步建构鲁迅的精神现象学，并通过鲁迅主体精神的发生逻辑探讨近现代中国主体性的形成。本书的架构体现历时性与共时性的结合。历时性呈现鲁迅精神自觉的发生机制，共时性呈现鲁迅主体精神的结构。第一章探究了童年与鲁迅的自我觉醒及回归的关系。童年的经历与记忆使得鲁迅形成创伤性自我意识与超越性母性精神。第二章在辨析伊藤虎丸的"终末论"式鲁迅、细读鲁迅早期文章的基础上，从欧洲近代精神特别是尼采思想和中国传统心学、佛学的角度探究

---

① 竹内好：《近代的超克》，孙歌编，李冬木、赵京华、孙歌译，生活·读书·新知三联书店，2005年，第40页。

了鲁迅在中西文化的交汇里形成的精神自觉。第三章通过辨析竹内好的"回心说"，细致呈现北京时期绍兴会馆里鲁迅"回心"式自觉的不同方式。第四章通过细读散文诗集《野草》，分析鲁迅主体精神里的悖论意识以及向死而生、回归日常生活与文化母体的通脱意识。

　　四次精神自觉的不同面相与层次相互映射、蕴含，呈现了鲁迅的自我意识从觉醒、寻求、分裂到觉悟的历程，构成一个鲁迅的精神镜像。本书所呈现的这个精神镜像形成于本书的研究者带着自身的问题意识、当下的时代感觉，细读鲁迅文章以激活其深藏的精神性的过程之中，它具有当今的面目与姿态，具有与现时代对话的意义。

第一章　童年与自我的
觉醒及回归

第一节　童年创伤与自我的觉醒

一、自我意识觉醒的契机

童年经历对一个人自我意识的形成起着关键作用。在《波德莱尔》一书里,萨特认为"每个人在童年时代都可以观察到自我意识冷不防涌现,把一切都打乱了"[①],并用法国作家于格(Hughes)的小说《牙买加的飓风》里一个片段说明主人公爱米莉自我意识的觉醒:

> (爱米莉)先是游戏,在船首找了个角落为自己造一栋房子……她玩累了,正当她漫无目的地走向船尾,脑际突然一闪,想到她原来是她……一旦完全确信此一令人惊愕的事实,即她现在是爱米莉·巴桑顿……她便开始认真考虑此一事实意味着什么……[②]

[①]　萨特:《波德莱尔》,施康强译,北京燕山出版社,2006 年,第 4 页。

[②]　同上。在《梦想的诗学》里,加斯东·巴什拉举了法国象征主义作家维利·埃·德利尔-亚当《伊齐斯》的女主人公的例子,这个例子同样可以说明自我意识觉醒的时刻:"她的精神特性是独自形成的,经过默默的转变而趋于内在,自我在其(转下页)

然而,萨特认为"这个闪电般的直觉毫无意义",因为她很快会发现不只是她与其他人不同,其他每一个人同样也与别人不同,因此她的发现毫无益处,她会很快忘记刚才的直觉,意识的目光从自己又朝向外,在外在他者那里寻找自我的身位,并安于这一虚构的自我。萨特的这种看法和拉康相同。拉康认为,自我的形成建基于对外在他者的认同,爱米莉如果能够顺利地对外在他者〔(镜中的、他人的)形象组成的想象界(the imaginary)、社会文化符号构成的象征界(the symbolic)〕产生认同,这一刻闪现的直觉便不会造成长久的困惑。拉康认为,当幼儿把镜中的形象看成自己的瞬间,他就进入第一次把自身称为"我"的阶段。然而,这个瞬间创造出来的统一体是虚幻的。按照拉康镜像理论,我通过对镜自照,对自己的肉体产生想象性的认同,对镜子里的"小他者"镜像产生自我认同,进而认同于他者的形象,最终认同于他者他物构成的社会结构和符号系统等象征性系统,也就是"大他者"的世界。而这些层次的自我认同都是"误认",作为主体的"自我"是虚幻的,是由各种镜像构建起来的"伪自我"。

因此,真正的自我意识的觉醒要打破这些层次建构起来的虚幻的"自我",需要主体的目光从外部返回内部,而目光反观的契机往往是因外在他者强烈的刺激超过自我的承受能力,造成创伤,自我认同的目光的连续性因此中断,从而反观自照。然而,自我意识觉醒的时刻同时也是分裂的时刻。因为自我意识也是一种对象意识,是意识对自身的意识,这意味着自我意识具有超越性,自我意识是其自身又超越自身。如萨特在《存在与虚无》中所说:"意识是对某物的意识,这意味着超越性是意识的构成结构,也就是说,意

(接上页)中得以肯定它的所是。那无名的时刻,即当孩子不再蒙眬地注视着天空和大地的永恒时刻,在她九岁时为她敲醒了。从那时起,在这小姑娘眼里混乱梦想着的东西以一种更固定的微光停留不移;人们会说她在我们的黑暗中苏醒过来时感觉到了自己的意义所在。"见加斯东·巴什拉:《梦想的诗学》,刘自强译,生活·读书·新知三联书店,1996年,第129页。

识生来就被不是自身的存在支撑着。""意识是这样一种存在，只要这个存在暗指着一个异于其自身的存在，它在它存在中关心的就是它自己的存在。"①波德莱尔六岁丧父，后来心爱的母亲再嫁，自己被寄养在别人家里，这些创伤经历给他带来巨大打击。萨特认为，这些特殊的精神创伤发生的时刻是人的自我意识觉醒的时刻，同时也是自我意识开始分裂的时刻。② 在波德莱尔与母亲决裂的时刻，"我们触及波德莱尔为自己作出的原初选择，触及这个绝对的承诺，通过这个承诺我们每个人在一个特殊的境遇中决定他自己现在是什么样子，将来又该是什么样子"③。波德莱尔成为自身的观看者，"波德莱尔的原初态度是个俯身观看者的态度。俯向自身，如同那喀索斯。在他身上，没有任何直接意识不为一道犀利的目光所穿透。……波德莱尔是从不忘记自身的人。他看着自己看见了什么；他看是为了看见自己在看……"④。可见，自我意识的觉醒往往起因于创伤经历与记忆。创伤经历与记忆从一方面来说是解构性的，一层层瓦解通过向外认同而形成的"伪自我"，从另一方面来说又是建构性的，随着"伪自我"的瓦解，真我逐渐显现。

二、父亲的病与观看者形象

鲁迅的童年，也充满创伤性的经历。鲁迅的祖父为亲朋的乡试而贿赂主考，事发入狱，周家因此"从小康之家而坠入困顿"。鲁

---

① 萨特：《存在与虚无》（修订译本），陈宣良等译，杜小真校，生活·读书·新知三联书店，2012 年第 4 版，第 20—21 页。
② 日本京都学派代表人物西谷启治从佛教的角度论述了这种自我意识觉醒的契机，他认为当人在面临至亲之人的死亡或至爱的人的离去等大变故时"大疑现前"，对自己在世界中的存在、自己与他者的关系有根本的不明白，"由此产生苦恼是事情，是最根源、重大的事情，因为'生死事大'"，这种苦恼因自我意识觉醒之后对自我存在于世的疑惑而生。见西谷启治《宗教是什么》，陈一标、吴翠华译注，联经出版公司，2011 年，第 27—28 页。值得一提的是，西谷启治提到佛教"回心"，而竹内好的"回心说"正是受京都学派哲学家的启发。
③ 萨特：《波德莱尔》，施康强译，北京燕山出版社，2006 年，第 3 页。
④ 同上，第 6 页。

迅自叙："到十三岁时,我家忽而遭了一场很大的变故,几乎什么也没有了,我寄住在一个亲戚家,有时还被称为乞食者。"①此外的一大变故是父亲的病与死。这些具体经历虽与波德莱尔不尽相同,但萨特对波德莱尔的分析不是经验性的,而是精神现象学的,如同米歇尔·莱里斯在《波德莱尔》一书的序中所说,"萨特选择了把建立一种自由哲学作为他的活动的可触及的目标,对他来说,主要想做的是从人们关于波德莱尔这个人物已知的事情中引申其意义;他对自身作的选择(成为这个而不是那个)——他和任何人一样,在有生之初,也从一个瞬间到另一个瞬间,在他被历史性地界定的'处境'的大墙脚下,作出有关自身的选择"②。因此,从精神现象学角度看,鲁迅和波德莱尔有一种海德格尔所说的"深深隐藏着的亲缘关系",都在决定性的瞬间有了精神自觉,并作了自我选择。在《呐喊·自序》里,鲁迅对父亲生病时的自身经历有细致描绘:

> 我有四年多,曾经常常,——几乎是每天,出入于质铺和药店里,年纪可是忘却了,总之是药店的柜台正和我一样高,质铺的是比我高一倍,我从一倍高的柜台外送上衣服或首饰去,在侮蔑里接了钱,再到一样高的柜台上给我久病的父亲去买药。回家之后,又须忙别的事了,因为开方的医生是最有名的,以此所用的药引也奇特:冬天的芦根,经霜三年的甘蔗,蟋蟀要原对的,结子的平地木,……然而我的父亲终于日重一日的亡故了。③

虽然忘了自己的年纪,但在自我意识反照的目光下,柜台、质

① 鲁迅:《鲁迅自传》,见《集外集拾遗补编》,《鲁迅全集》第8卷,人民文学出版社,2005年,第342页。
② 萨特:《波德莱尔》,施康强译,北京燕山出版社,2006年,第3页。
③ 鲁迅:《呐喊·自序》,见《呐喊》,《鲁迅全集》第1卷,人民文学出版社,2005年,第437页。

铺和自身高度的对比、药引的奇特以及店员侮蔑的眼光等在童年鲁迅的内心形成清晰而难忘的视觉形象。当时的经历和对这些形象的记忆是创伤性的。内在的目光看着处在当时具体情境中的自己，看着自己的看。在这个精神创伤的瞬间，意味着自我意识的觉醒，鲁迅也成了自身的观看者。

家庭变故、父亲的病带来的精神创伤使得鲁迅成了自我的观看者，这一观看者形象既让遭遇家庭变故的童年鲁迅"看见世人的真面目"，也让鲁迅看见了内在的自我。然而，如上文所说，自我意识是分裂的意识，对自我的内在观照将是一个长久而痛苦的过程。在童年精神创伤中形成的自身观看者形象成为鲁迅的一个基本形象，在各个不同时期，鲁迅的内在目光总看着自己的看。萨特说波德莱尔为了看清自己，将自身一分为二，既做自己的见证人，也做"自我惩罚者"，变成自己的刽子手，"因为在严刑拷打之下会出现紧密结合的一对伴侣，其中刽子手占有受刑者。既然他未能看见自己，至少他要搜索自身像刀刃搜索伤口，以便抵达组成他的真正本性的这些'深沉的孤独'"①。晚年鲁迅在《陀思妥夫斯基的事》一文里评论陀思妥耶夫斯基时说过类似的话：

> 到后来，他（注：陀思妥耶夫斯基）竟作为罪孽深重的罪人，同时也是残酷的拷问官而出现了。他把小说中的男男女女，放在万难忍受的境遇里，来试炼它们，不但剥去了表面的洁白，拷问出藏在底下的罪恶，而且还要拷问出藏在那罪恶之下的真正的洁白来。而且还不肯爽利的处死，竭力要放它们活得长久。而这陀思妥夫斯基，则仿佛就在和罪人一同苦恼，和拷问官一同高兴着似的。这决不是平常人做得到的事情，

---

① 萨特：《波德莱尔》，施康强译，北京燕山出版社，2006年，第9页。

总而言之,就因为伟大的缘故。①

如同陀思妥耶夫斯基,鲁迅"时时解剖别人,然而更多的是更无情面地解剖我自己"②。

三、父亲的死与倾听者形象

父亲的死给鲁迅的创伤之深不亚于父亲的病。在《父亲的病》一文里,鲁迅对父亲的死的记忆,也具体而微:在父亲要断气时,"我"在衍太太的催促下,大声在父亲的耳边叫他,使得"他已经平静下去的脸,忽然紧张了,将眼微微一睁,仿佛有一些苦痛"③。而"我现在还听到那时的自己的这声音,每听到时,就觉得这却是我对于父亲的最大的错处"④。这里的记忆不仅有视觉性的情境,还伴着自己的声音。在内心不仅看着自己的看,还不断听着自己的声音,可见创伤之深。鲁迅在早期散文诗《自言自语》里《我的父亲》一节所描述的父亲临终时的情境与《父亲的病》里基本相同,不同的是,《我的父亲》里"我"说出了不该在父亲耳边大声叫的根本缘由:

> 阿! 我现在想,大安静大沈寂的死,应该听他慢慢到来。谁敢乱嚷,是大过失。
> 我何以不听我的父亲,徐徐入死,大声叫他。
> 阿! 我的老乳母。你并无恶意,却教我犯了大过,扰乱我

① 鲁迅:《陀思妥夫斯基的事》,见《且介亭杂文二集》,《鲁迅全集》第 6 卷,人民文学出版社,2005 年,第 425 页。
② 鲁迅:《写在〈坟〉的后面》,见《坟》,《鲁迅全集》第 1 卷,人民文学出版社,2005 年,第 300 页。后文将会论及不同时期鲁迅的自我观看,为避免重复,在此不一一予以分析。
③ 鲁迅:《父亲的病》,见《朝花夕拾》,《鲁迅全集》第 2 卷,人民文学出版社,2005 年,第 299 页。
④ 同上。

父亲的死亡，使他只听得叫"爹"，却没有听到有人向荒山大叫。

　　那时我是孩子，不明白什么事理。现在，略略明白，已经迟了。我现在告知我的孩子，倘我闭了眼睛，万不要在我的耳边叫了。①

散文诗《自言自语》里《我的父亲》一节是水村眼花耳聋的陶老头子夏夜在大树下乘凉时说的一段故事。在《讲故事的人》里，本雅明说"恰如人在弥留之际其生平的意象在他心中翻滚湍流，展示种种所遭遇但未及深谙的自我，同样，临终人的表情和面容上无可忘怀之事会陡然浮现，赋予一生巨细一种权威，连最悲惨破落的死者也不例外。这权威便是故事的源头"②。因此，临终者不应被打扰，"大安静大沈寂的死，应该听他慢慢到来"。海德格尔认为，沉沦中的此在总是逃避死亡，"有所掩藏而在死面前闪避，这种情形顽强地统治着日常生活。乃至在共处中'最亲近的人们'恰恰还经常劝'临终者'相信他将逃脱死亡"③。老乳母或衍太太催我在父亲耳边大声叫他，以为这种亲人的声音可以帮助临终的父亲不去知晓死亡的来临，从而减少痛苦。此在要进入本真的生存状态，必须要对死亡有先在的领会，先行到死才能领会如何生。在"大安静大沈寂的死"里才能"听到有人向荒山大叫"，领会死也就是领会生，这里有老庄的境界：大音希声，生死一体。对父亲的死的创伤记忆成了鲁迅领会死亡的契机，是鲁迅告别儿童世界、走向成人世界的决定性时刻。鲁迅成了存在的倾听者。

① 鲁迅：《自言自语》，见《集外集拾遗补编》，《鲁迅全集》第 8 卷，人民文学出版社，2005 年，第 119 页。
② 瓦尔特·本雅明：《讲故事的人》，《启迪：本雅明文选》，汉娜·阿伦特编，张旭东、王斑译，生活·读书·新知三联书店，2008 年，第 105 页。
③ 马丁·海德格尔：《存在与时间》（修订本），陈嘉映、王庆节合译，生活·读书·新知三联书店，2006 年，第 291 页。

在鲁迅译介的荷兰作家望·蔼覃的富有哲学意味的童话《小约翰》里，有一段讲到父亲的死，这是《小约翰》里的关键一幕，也是小约翰告别儿童世界走向成人世界的决定性时刻。鲁迅在阅读与翻译这一幕的过程中，应该有着深深的共鸣。离家很久的小约翰回家时发现父亲躺在床上成了一个垂死者，疲乏的永是如此的呻吟让约翰苦不堪闻。在"死"先生要带走父亲的那一刻，呻吟的声息停止了，只剩下渺茫的空虚的大寂静。约翰在这"最末的时刻，也停止了倾听的紧张，这在约翰，仿佛是灵魂得了释放，而且坠入黑的无底的空虚，他越坠越深。环绕他的是寂静和幽暗"①。对小约翰来说，父亲的死以及与"死"先生的对话是他从儿童转变为成人的决定性时刻。经过这痛苦的时刻，小约翰不久告别了旋儿，也告别了和旋儿同处一舟的死，最终"在自身中看见神"，"于是，约翰慢慢地将眼睛从旋儿的招着手的形象上移开，并且向那严正的人伸出手去。并且和他的同伴，他逆着凛冽的夜风，上了走向那大而黑暗的都市，即人性和他们的悲痛之所在的艰难的路"②。

鲁迅深爱《小约翰》这本富有哲理的童话作品，称赞它为"无韵的诗，成人的童话"。现实里的鲁迅作了与童话里的小约翰相似的抉择，把童年的美好经历（与自然造化为友）和创伤经历（家庭变故、父亲的死）埋藏在心底，"上了走向那大而黑暗的都市，即人性和他们的悲痛之所在的艰难的路"。在《小约翰》的引言里，鲁迅写到在广州白云楼里翻译这本书时的情形：

> 荷兰海边的沙冈风景，单就本书（按：《小约翰》）所描写，已足令人神往了。我这楼外却不同：满天炎热的阳光，时而如绳的暴雨；前面的小港中是十几只蜑户的船，一船一家，一家一世界，谈笑哭骂，具有大都市中的悲欢。也仿佛觉得不知

---

① 望·蔼覃：《小约翰》，《鲁迅译文集》第 4 卷，人民文学出版社，1958 年，第 51 页。
② 同上，第 159 页。

那里有青春的生命沦亡，或者正被杀戮，或者正在呻吟，或者正在"经营腐烂事业"和作这事业的材料。然而我却渐渐知道这虽然沈默的都市中，还有我的生命存在，纵已节节败退，我实未尝沦亡。①

与作为自我观看者一样，作为存在的倾听者形象，在鲁迅不同时期的作品中都有呈现，"心事浩茫连广宇，于无声处听惊雷"。

四、故家的败落与走寻者形象

通过周作人的《鲁迅的故家》和《鲁迅小说里的人物》，我们可以感受到鲁迅的故家败落后的悲凉暮气，许多家族成员的命运都很凄凉，鲁迅小说里的人物，比如狂人、孔乙己、阿 Q、方玄绰等在其家族中都能找到相似命运的成员。《鲁迅的故家》里写到鲁迅的蒋姓祖母在唯一的女儿死后的境地："她本是旧式妇女抱着黑暗的人生观的，做了后母没有自己的儿子，这一个女儿才是一线的光明，现在完全的灭了。……她的后半生，或者如外国诗人所说的病狼大旨有点像吧。"②小说《孤独者》的魏连殳带有许多鲁迅自身的经历，在祖母的葬礼上，"忽然，他流下泪来了，接着就失声，立刻又变成长嚎，像一匹受伤的狼，当深夜在旷野中嗥叫，惨伤里夹杂着愤怒和悲哀"③。鲁迅深味祖母如病狼的命运。

祖父入狱、父亲病死的家庭变故使得鲁迅的内在目光反观自照，"看见世人的真面目"，也看见了自己。而家族成员的凄凉命运与其说与祖父入狱、父亲病死这些具体事件相关，不如说喻示着整

---

① 鲁迅：《〈小约翰〉序言》，见《译文序跋集》，《鲁迅全集》第 10 卷，人民文学出版社，2005 年，第 284 页。

② 周作人：《四十三祖母》，《鲁迅的故家》，止庵编，河北教育出版社，2002 年，第 92 页。

③ 鲁迅：《孤独者》，见《彷徨》，《鲁迅全集》第 2 卷，人民文学出版社，2005 年，第 299 页。

个古老中国的命运。衰败了的传统的身躯过于沉重，活在它阴影之下的人难逃被压垮的命运，蒋姓祖母的命运是旧式妇女命运的写照。鲁迅后来发觉父亲的病死与中医的误诊有关，而日本维新是大半发端于西方医学，因此决心去日本学医。可以说，中医与西医背后喻示的分别是中国古老的传统文明与西方的现代文明。因此，从拉康的镜像理论看，鲁迅对外在他者的无意识认同在他关于童年的创伤记忆的目光下一层层瓦解，具体来说，就是瓦解了对所身处的衰老了的文化传统、败落的家族这一象征界的大他者的认同，也瓦解了对具体人物如本家亲戚的认同，最终返回自身，形成了分裂的自我意识。如同波德莱尔，在鲁迅身上，"没有任何直接意识不为一道犀利的目光所穿透，……他看着自己看见了什么；他看是为了看见自己在看"。瓦解了这些给他带来创伤的认同以后，"我是谁，从哪里来，要到哪里去"的困惑第一次成为鲁迅意识里的自觉。① 鲁迅孤独的创伤性的自我在家族、家乡和传统文明里找不到出路，需要一种新的眼光来看待自己和自身所处的古老中国，于是"走异路，逃异地，去寻求别样的人们"②。鲁迅成为一个走寻者。

第二节　童年记忆与自我的回归

一、自我的出走与回归

　　上文已述，在《波德莱尔》一书里，萨特以法国作家于格

---

① 对鲁迅来说，"我是谁，从哪里来，要到哪里去"是一个长久的困惑。《野草》里《过客》一文所说的过客仍然在这一困惑中寻求，他不知从哪里来，也不知到哪里去。不愿往回走，因为走过的地方没一处没有名目、地主、牢笼。只得往前走，而前面只有坟。

② 鲁迅：《呐喊·自序》，见《呐喊》，《鲁迅全集》第 1 卷，人民文学出版社，2005 年，第437 页。

(Hughes)小说《牙买加的飓风》里描述主人公爱米莉的一个片段来喻示自我意识觉醒的契机。在《空间的诗学》一书里，加斯东·巴什拉也论及于格小说里的这个片段以及萨特对它的分析，并且作了新的现象学解读：

> 孩子从她自身的存在那里得来的一闪念，正是她走出"自身"之时发觉的。这里涉及到一个出来的"我思"（cogito），……它属于一个首先给自己建造笛卡儿"火炉"的存在，那就是船的隐蔽角落里的一个稀奇古怪的居所。当孩子向外部展开的时候，她才发现她就是它……当孩子发现海上航船这个辽阔的宇宙时，她还会回到她的小家宅里去吗？……由于家先于宇宙，在小家宅中的梦想应该事先就被给予我们。因此作者牺牲了（或许是压抑了）角落的梦想。他把这些梦想归为孩子的"游戏"这个共同主题之下，因此在某种程度上承认了生活的主要部分是在外部。
>
> 然而，诗人们还会告诉我们更多角度里的生活，当梦想者封闭在自身之内的同时，宇宙本身也收回到角落里。①

一方面，加斯东·巴什拉同意萨特的分析，认为于格小说里的这个片段可以称为"虚构的童年"，爱米莉从角落的小家宅里出来，走向外界的那一刻是自我意识（我思）觉醒的时机。另一方面，他认为不仅要注意爱米莉从家宅走向外在宇宙的现象学内涵，更要注意角落里小家宅的现象学意味。如同提出"我思故我在"的笛卡儿思考自我时身处一个有"火炉"的居所，自我意识的觉醒之先有个使得自我得以安身、觉醒得以可能的"家宅"。这个"家宅"自成一个宇宙，自我未与之分离。弗洛伊德在《文明及其不满》里谈及

① 加斯东·巴什拉：《空间的诗学》，张逸清译，上海译文出版社，2009 年，第 149—150 页。

一种广阔无垠、与宇宙浑然一体的原始自我：

> 自我最初包括一切万物，后来它从自身分离出了一个外部世界。因此，我们当前的自我感觉仅仅是先前更为广泛的——确切地说，一个包罗万象的——感觉经过收缩的残余，而那种先前的感觉对应着自我与周围世界之间更紧密的联系。①

马尔库塞认为这种原始自我意味着一种非压抑性的爱欲，自我与客观世界在这种爱欲里融为一体，而自我与外部现实之间的压抑性的对抗关系则是晚出的形式。② 在人最深层的无意识中，保存着这种非压抑性的爱欲的记忆，这种记忆促使人反抗异化，获得解放。③ 尼采在《悲剧的诞生》里认为，日神阿波罗表示个体化原理，而酒神狄奥尼索斯则打破个体化而开辟一条回归存在之母体（Mothers of Being）的道路。④ 从内容上看，巴什拉、弗洛伊德、马尔库塞以及尼采的思想有明显差异。若悬搁具体内容，从现象学存在论角度看，他们都认为在对象化了的个体自我之先，存在自我与宇宙融为一体的超越性的领域，这一母体般的领域存在于人的前历史的深层记忆之中。

回到鲁迅，上文已述，童年的创伤经历是鲁迅自我意识觉醒的契机。从现实世界角度看，觉醒之后的鲁迅"看见世人的真面目"，从而从家乡出走，"走异路，逃异地，去寻求别样的人们"。从精神现象学角度看，自我意识的觉醒之时也是自我的分裂之时，从一个

---

① 西格蒙·弗洛伊德：《文明及其不满》，严志军、张沫译，上海世纪出版社，2007年，第111页。
② 赫伯特·马尔库塞：《爱欲与文明》，黄勇、薛民译，上海译文出版社，2012年，第151页。
③ 同上，第263页。
④ 尼采：《悲剧的诞生》，杨恒达译，译林出版社，2007年，第35页。

自我与他者未分的混沌母体脱离出来而个体化了的自我注定是分裂的，它离开母体的同时也踏上了漫长的自我回归之路。从外在现实世界看是从家乡出走，从内在精神层面看这种出走则是寻求愈合创伤，回归母体之路。那么，如何理解这里所说的鲁迅的出走与回归？

上文提及鲁迅译介的荷兰作家望·蔼覃富有哲理的童话《小约翰》，鲁迅在《小约翰》的引言里用一段精简的文字介绍了《小约翰》的内容：

> 这也诚然是人性的矛盾，而祸福纠缠的悲欢。人在稚齿，追随"旋儿"，与造化为友。福乎祸乎，稍长而竟求知：怎么样，是什么，为什么？于是招来了智识欲之具象化：小鬼头"将知"；逐渐还遇到科学研究的冷酷的精灵："穿凿"。童年的梦幻撕成粉碎了；科学的研究呢，"所学的一切的开端，是很好的，——只是他钻研得越深，那一切也就越凄凉，越黯淡。"——惟有"号码博士"是幸福者，只要一切的结果，在纸张上变成数目字，他便满足，算是见了光明了。谁想更进，便得苦痛。为什么呢？原因就在他知道若干，却未曾知道一切，遂终于是"人类"之一，不能和自然合体，以天地之心为心。约翰正是寻求着这样一本一看便知一切的书，然而因此反得"将知"，反遇"穿凿"，终不过以"号码博士"为师，增加更多的苦痛。直到他在自身中看见神，将径向"人性和他们的悲痛之所在的大都市"时，才明白这书不在人间，惟从两处可以觅得：一是"旋儿"，已失的原与自然合体的混沌，一是"永终"——死，未到的复与自然合体的混沌。而且分明看见，他们俩本是同舟……①

---

① 鲁迅：《〈小约翰〉序言》，见《译文序跋集》，《鲁迅全集》第 10 卷，人民文学出版社，2005 年，第 282 页。

　　在经历家庭变故带来的巨大精神创伤之前,童年鲁迅有许多美好的经历,如同这里所说的"人在稚齿,追随'旋儿',与造化为友"。家庭变故、父亲的病死的经历使得鲁迅从童年的美梦里醒来,认清了人世的真面目,最终离开了家乡,去寻找新的人生之路,从童年世界走向了成人世界。如同小约翰最终告别了"旋儿","上了走向那大而黑暗的都市,即人性和他们的悲痛之所在的艰难的路"。然而,小约翰对"旋儿"的告别不意味着他要忘却那段追随旋儿、与造化为友的童年美好经历,而是将"旋儿"一直放在心底,只有这样,人间的人性和他们的悲痛才会被更深入地领会。鲁迅说过,喜爱《小约翰》这本书的人是不失赤子之心的人。只有不失赤子之心,才能感到什么地方有着人性和他们的悲痛。① 而死与旋儿本是同舟,死的世界并不可怕,死的世界与旋儿的世界一样都是与自然合体的混沌,在这混沌里才有小约翰一直在寻找的一看便知一切的书。在鲁迅的童年经历与记忆里,同样存在着旋儿的世界与死的世界,它们是支撑"走向人性和他们的悲痛之所在"的成年鲁迅的源泉。

　　如上所述,旋儿的世界与死的世界属于自我与宇宙融为一体的超越性的领域,存在于人的前历史的深层记忆当中。在《论波德莱尔的几个母题》里,本雅明认为自十九世纪末以来,哲学试图把握一种"真实"经验,"这种经验同文明大众的标准化、非自然化了的生活所表明的经验是对立的"。柏格森的《物质与记忆》就是这种尝试,它把记忆视为经验的本质。柏格森认为只有诗人才是胜任这种经验的唯一主体,而"普鲁斯特的作品《追忆似水年华》或许被视为企图在今天的境况里综合地写出经验的尝试"②。本雅明

① 　鲁迅:《〈小约翰〉序言》,见《译文序跋集》,《鲁迅全集》第 10 卷,人民文学出版社,2005 年,第 282 页。
② 　瓦尔特·本雅明:《讲故事的人》,《启迪:本雅明文选》,汉娜·阿伦特编,张旭东、王斑译,生活·读书·新知三联书店,2008 年,第 169 页。

认为"普鲁斯特的八卷著作表明了他要在现在一代人面前重新树立讲故事的人的形象意图。普鲁斯特以无比的坚韧从事这项工作。一开始他着力于再现自己的童年"①。而普鲁斯特在波德莱尔那里"感受到了某种同气相求的东西"，在波德莱尔的诗作比如《感应》那里可以发现完整的经验②。人与自然的感应如同鲁迅所说的"与自然合体，以天地之心为心"，诗里所说的活的自然如同《小约翰》里的花精灵"旋儿"带小约翰畅游的自然。然而，本雅明认为波德莱尔的回忆与普鲁斯特的追忆并不完全相同，"普鲁斯特的追忆一直停留在尘世生活的界限内，而波德莱尔则超越了它"。对波德莱尔来说，感应是前历史的回忆的材料，他将回想的日子汇集进了一段精神岁月。此外，《恶之花》不仅走向精神岁月的汇集，也就是从回想完整的经验里获取诗，还"从同样的安慰的无效、同样的热情的毁灭，和同样的努力的失败里获得诗。这种诗无论从哪方面说也不比那些通感在其中大获成功的诗更低级"③，也就是从破碎的体验里获取诗。在《恶之花》里有一组诗歌叫《忧郁与理想》，理想的人幸福地感应到了神性的灵晕围绕的自然，而"忧郁的人惊恐地看到地球回复到了本原的自然状态。没有史前史的呼吸包围它；压根儿就没有灵晕(aura)"④。忧郁与理想相反相成，波德莱尔是一个矛盾的统一体。从这个意义上，鲁迅与波德莱尔有很深的亲缘性。散文诗集《野草》和散文回忆集《朝花夕拾》里的文章的完成时间相隔很短甚至几乎同时，前者可以说是鲁迅在现实当下的苦闷、压抑、绝望的体验及其对它们的反抗中获取的"诗意"，后者是对过去特别是童年的回忆，回忆者的形象往往是一个本雅

---

① 瓦尔特·本雅明：《讲故事的人》，《启迪：本雅明文选》，汉娜·阿伦特编，张旭东、王斑译，生活·读书·新知三联书店，2008 年，第 171 页。
② 波德莱尔《感应》一诗见波德莱尔诗集《恶之花》，钱春绮译，人民文学出版社，2011 年，第 61—67 页。
③ 瓦尔特·本雅明：《论波德莱尔的几个母题》，《启迪：本雅明文选》，汉娜·阿伦特编、张旭东、王斑译，生活·读书·新知三联书店，2008 年，第 202—203 页。
④ 同上，第 204 页。

明所说的讲故事的人,如前所说,"讲故事不像消息和报道一样着眼于传达事情的精华。它把世态人情沉浸于讲故事者的生活,以求把这些内容从他身上释放出来。因此,讲故事人的踪影依附于故事,恰如陶工的手迹遗留在陶土器皿上"①。《朝花夕拾》的回忆不只是对过去发生过的事的客观再现,在回忆的过程中自我沉浸于存在论意义上的超越性领域。《野草》里的"我"在反抗外在他者的压制甚至否定自我本身中张扬意志力从而形成新的自我形象,而在《朝花夕拾》里,"我"不是一个反抗者,而是一个开启者,在回忆里不觉开启了一个超越现实的世界甚至是前历史的"精神岁月",与这样的世界和精神岁月相遇是与更高的存在相遇,"我"成为一个领受者。在当下的反抗中张扬个体意志力的自我与在对童年的回忆里接纳、领悟存在的深层意义的自我相反相成,成为一个矛盾的统一体。

二、故乡之根与怀旧的未来

在回忆童年、故乡之前,鲁迅往往会谈及当下现实中自己的境况,而这境况多不如意,与回忆里的童年生活形成对照。在《故事新编》的序言里,鲁迅谈到回忆性散文集《朝花夕拾》的由来:"直到一九二六年的秋天,一个人住在厦门的石屋里,对着大海,翻着古书,四近无生人气,心里空空洞洞。而北京的未名社,却不绝的来信,催促杂志的文章。这时我不愿意想到目前;于是回忆在心里出土了,写了十篇《朝花夕拾》。"②现实不如意,心里空洞寂寥,回忆便自觉涌现,如同鲁迅所说,在仰看流云时,回忆里的意象在眼前

①　瓦尔特·本雅明:《讲故事的人》,《启迪:本雅明文选》,汉娜·阿伦特编,张旭东、王斑译,生活·读书·新知三联书店,2008 年,第 103 页。
②　鲁迅:《〈故事新编〉序言》,见《故事新编》,《鲁迅全集》第 2 卷,人民文学出版社,2005 年,第 354 页。

一闪烁。①《故乡》里，"我"回到阔别二十余年的故乡却是为了卖掉老屋，再次远离故乡，心绪自然不好。在从母亲那里得知闰土要来时，"脑里忽然闪出一幅神异的图画来"。《社戏》开篇写的是"我"看两场中国戏的糟糕体验，自此再也不想看中国戏。"我"忽在无意之中看到一本关于中国戏的日本书，才回忆起自己小时候看到的好戏。

在不如意的现实里回忆起美好的童年，除了慰藉心灵，还有更深层的意义。在普鲁斯特那里，这种无意识的"闪现"的记忆是一种"非意愿记忆"，在这种记忆里才能追寻到逝去的真正的时光，这种时光是真正的生命本身。② 茶水浸过的面包的味道让普鲁斯特突然感到一种异样的心绪出现，"感到有天竺兰、香橙的甘芳，感到一种特异的光，一种幸福的感觉；……突然之间，我的记忆被封闭起来的隔板受到震动被突破了，我刚才说我在乡下住所度过的那些夏天，一下涌现在我的意识之中，连同那些夏天的清晨也——连绵复现，还有其间连续不断的幸福时刻"③。回忆者在回忆里悠游，体验到一种摆脱时间羁绊的自由，与美好的往事相遇相感中，自我的新的形象不断生成。鲁迅说："我有一时，曾经屡次忆起儿时在故乡所吃的蔬果：菱角、罗汉豆、茭白、香瓜。凡这些，都是极其鲜美可口的；都曾是使我思乡的蛊惑。后来，我在久别之后尝到了，也不过如此；惟独在记忆上，还有旧来的意味存留。他们也许要哄骗我一生，使我时时反顾。"④这种时时反顾并不意味着逃避现实，在记忆里寻找慰藉。这种唯独在记忆里存留的、在现实中一去不复返的"旧来"的意味预示着真正的未来。如本雅明在《单向

① 鲁迅：《〈朝花夕拾〉引言》，见《朝花夕拾》，《鲁迅全集》第 2 卷，人民文学出版社，2005 年，第 235 页。

② 马塞尔·普鲁斯特：《驳圣伯夫》，王道乾译，上海译文出版社，2007 年，第 I 页。

③ 马塞尔·普鲁斯特：《驳圣伯夫》，王道乾译，上海译文出版社，2007 年，第 II 页。

④ 鲁迅：《〈朝花夕拾〉引言》，见《朝花夕拾》，《鲁迅全集》第 2 卷，人民文学出版社，2005 年，第 236 页。

街·古董商店》一文中所说："躯干雕像——只有将自己过去的经历看作由于压力和需要而夭折的人才能在当前的每一时刻充分利用它。因为人们所经历过的事物最好被比作在运输过程中摔掉了四肢的一尊美丽的塑像，现在，这尊美丽的塑像只能是一块珍贵的石料，从中一定能劈出人们的未来形象。"①在《故乡》里，"我"脑里忽然闪出一幅与少年闰土相关的神异的图画：

> 深蓝的天空中挂着一轮金黄的圆月，下面是海边的沙地，都种着一望无际的碧绿的西瓜，其间有一个十一二岁的少年，项带银圈，手捏一柄钢叉，向一匹猹尽力的刺去，那猹却将身一扭，反从他的胯下逃走了。②

在"非意愿记忆"里闪现的这幅图画富有神话色彩，只存在于深层的记忆里。在现实里，中年闰土已被生活苦得像一个"木偶人"，"我"也为生活"辛苦展转"。然而在《故乡》的结尾，当"我"希望后辈不再像"我"和闰土那样辛苦生活，有一种"为我们所未经生活过"的新生活，但又感到希望和偶像一样茫远时，那幅富有神话色彩的图画再次闪现："我在朦胧中，眼前展开一片海边碧绿的沙地来，上面深蓝的天空中挂着一轮金黄的圆月。"③在这种神话式记忆里，"我"获得了对未来的启示："我想：希望是本无所谓有，无所谓无的。这正如地上的路；其实地上本没有路，走的人多了，也便成了路。"④张旭东将此称为希望的形而上学，"希望绝对不能是在这个现实的、意识的层面去找，希望要在另一个更深的层面去

---

① 瓦尔特·本雅明：《单向街》，《本雅明文选》，陈永国、马海良编，赵国新译，中国社会科学出版社，1999 年，第 393 页。
② 鲁迅：《故乡》，见《呐喊》，《鲁迅全集》第 1 卷，人民文学出版社，2005 年，第 502 页。
③ 同上，第 510 页。
④ 同上。

找。这是鲁迅记忆的形而上学的结构"①。这种深层次的记忆在《社戏》里也有呈现：

> 最惹眼的是屹立在庄外临河的空地上的一座戏台，模胡在远处的月夜中，和空间几乎分不出界限，我疑心画上见过的仙境，就在这里出现了。②

> 月还没有落，仿佛看戏也并不很久似的，而一离赵庄，月光又显得格外的皎洁。回望戏台在灯火光中，却又如初来未到时候一般，又漂渺得像一座仙山楼阁，满被红霞罩着了。③

百草园里菜畦、皂荚树、桑葚、首乌藤、木莲、覆盆子、蝉、黄蜂、云雀、蟋蟀、蜈蚣、赤练蛇的世界，海边瓜地里獾猪、刺猬、猹的世界以及《山海经》里人面的兽、九头的蛇、三脚的鸟、生着翅膀的人、没有头而以两乳当作眼睛的怪物的世界，正是《小约翰》里以童话的形成呈现的"旋儿"的世界，也就是鲁迅所说与自然造化为友的世界，这样的世界里充满梦幻和想象。法国现象学家加斯东·巴什拉在《梦想的诗学》说："梦想童年的时候，我们回到了梦想之源，回到了为我们打开世界的梦想。……世界的宏伟，深深扎根于童年。"④他认为"必须和我们曾经是的那个孩子共同生活，而有时这共同的生活是很美好的。从这种生活中人们得到一种对根的意识，人的本体存在的这整棵树都因此而枝繁叶茂"⑤。

---

① 张旭东：《鲁迅回忆性写作的结构、叙事与文化政治——从〈朝花夕拾〉谈起》，《生活在后美国时代》，孙晓忠编，上海书店出版社，2012年，第319—320页。

② 鲁迅：《社戏》，见《呐喊》，《鲁迅全集》第1卷，人民文学出版社，2005年，第592—593页。

③ 同上，第594—595页。

④ 加斯东·巴什拉：《梦想的诗学》，刘自强译，生活·读书·新知三联书店，1996年，第128—129页。

⑤ 同上，第29页。

三、鬼神世界与终末论视角

《小约翰》里,除了"旋儿"的世界,还有"死"的世界。死既是"永终"又是"永是"。在小约翰眼里,"死"先生显得忠厚而友爱,"眼睛是严正而黑暗,然而并不残忍,也不敌意"①。"死"对约翰说,只有他才能带领约翰到旋儿那里去,也只有他才能觅得那本一看便知一切的"大书"。也就是鲁迅所说:"直到他在自身中看见神,将径向'人性和他们的悲痛之所在的大都市'时,才明白这书不在人间,惟从两处可以觅得:一是'旋儿',已失的原与自然合体的混沌,一是'永终'——死,未到的复与自然合体的混沌。而且分明看见,他们俩本是同舟……"②在鲁迅关于故乡、童年的回忆里,也有与"死"先生类似的"鬼",比如"我"和乡下人最愿意看"鬼而人,理而情,可怖而可爱"而又"直爽,爱发议论"的"活无常"。③

鬼的世界与旋儿的世界一样,里面没有人类的自大、虚伪、瞒和骗。《无常》一文里,鲁迅提到他的故乡的乡下人相信阴间的审判:"他们——弊同乡'下等人'——的许多,活着,苦着,被流言,被反噬,因积久的经验,知道阳间维持'公理'的只有一个会,而且这会的本身就是'遥遥茫茫',于是乎势不得不发生对于阴间的神往。人是大抵自以为衔些冤抑的;活的'正人君子'们只能骗鸟,若问愚民,他就可以不假思索地回答你:公正的裁判是在阴间!"④在《女吊》里,鲁迅描绘了绍兴戏里"一个带复仇性的,比别的一切鬼魂更美,更强的鬼魂":女吊,也就作"吊神"。鲁迅说道:"横死的鬼魂而得到'神'的尊号的,我还没有发见过第二位,则其受民众之爱戴

---

① 望·蔼覃:《小约翰》,《鲁迅译文集》第 4 卷,人民文学出版社,1958 年,第 109 页。
② 鲁迅:《〈小约翰〉序言》,见《译文序跋集》《鲁迅全集》第 10 卷,人民文学出版社,2005 年,第 282 页。
③ 鲁迅:《无常》,见《朝花夕拾》,《鲁迅全集》第 2 卷,人民文学出版社,2005 年,第 281—282 页。
④ 同上,第 279 页。

也可想。"①德里达在《马克思的幽灵——债务国家、哀悼活动和新国际》的开场白里说：

> 学会生活，如果此事有待于去做，也只能在生与死之间进行。既不是仅在生中，也不是仅在死中。那在两者之间发生的事，并且是在某人所乐意的所有"两者"之间，如生与死之间，发生的事，只有和某个鬼魂一起才能维护自身，只能和某个鬼魂交谈且只能谈论某个鬼魂。因此，必须对灵魂有所认识。尤其是如果这东西或者说幽灵并不存在，尤其是如果那既非实体、又非本质、亦非存在的东西本身永远也不会到场。②

从精神现象学角度看，幽灵这种非对象化的存在，超出了主体自我意识的局限，从而破除了人类中心主义，以一种绝对者的形象揭示出人类文明中的种种虚伪假象以及人类所声称的公平、正义的相对性。德里达所说的幽灵，与某种隐性的"救世主"的降临相关，"幽灵是一种我们看不见它，可我们却无时不在它的注视之下的伦理呼唤"③。宗教意义上的"救世主"意味着绝对正义，还意味对人类的最终审判、世界的终结，这是一种末世论。马克思、恩格斯在《共产党宣言》里所说的在欧洲游荡的共产主义幽灵有着犹太教救世主弥赛亚的影子。④ 鲁迅笔下复仇性的"女吊"、乡下底层民众相信的阴间的公正审判，也意味着一种末世论，在绝对者面前

---

① 鲁迅：《女吊》，见《且介亭杂文附集》，《鲁迅全集》第 6 卷，人民文学出版社，2005年，第 637 页。

② 雅克·德里达：《马克思的幽灵——债务国家、哀悼活动和新国际》，中国人民大学出版社，何一译，2008 年，第 2 页。

③ 张一兵：《德里达幽灵说的理论逻辑——〈马克思的幽灵〉的文本学解读》，《理论探讨》2005 年第 5 期，第 38 页。

④ 卡尔·洛维特：《世界历史与救赎历史——历史哲学的神学前提》，李秋零、田薇译，生活·读书·新知三联书店，2002 年，第 52—53 页。

对过去的世界进行彻底的清算。在鲁迅后期的杂文《算账》里,鲁迅说每当学者谈起清代学术时,总不免同时想起"扬州十日""嘉定三屠",认为大家十足做了两百五十年奴隶换来几页光荣的学术史并不值得:

> 我也并非不知道灾害不过暂时,如果没有记录,到明年就会大家不提起,然而光荣的事业却是永久的。但是,不知怎地,我虽然并非犹太人,却总有些喜欢讲损益,想大家来算一算向来没有人提起过的这一笔账。——而且,现在也正是这时候了。①

本雅明在《历史哲学论纲》里认为幸福的观念与救赎的观念牢不可破地联系在一起:

> 这也适用于我们对过去的看法,而这正关切历史。过去随身带着一份时间的清单,它通过这份时间的清单而被托付给救赎。过去的人与活着的人之间有一个秘密协议。我们的到来在尘世的期待之中。同前辈一样,我们也被赋予了一点微弱的救世主的力量,这种力量的认领权属于过去。但这种认领并非轻而易举便能实现。历史唯物主义者们知道这一点。②

这里所说的救世主指的是犹太教里的弥赛亚,"时间的清单"意味着"欠账单",不"还清"是不能得到"救赎"的。如萌萌在《复活

---

① 鲁迅:《算账》,见《花边文学》,《鲁迅全集》第 5 卷,人民文学出版社,2005 年,第 542 页。
② 瓦尔特·本雅明:《历史哲学论纲》,《启迪:本雅明文选》,汉娜·阿伦特编,张旭东、王斑译,生活·读书·新知三联书店,2008 年,第 226 页。

历史灰烬的活火——"曾经"中蕴含的微弱的"弥赛亚力量"》一文所说，"'欠'是比'恶'和'罪'更内在的'在体性'"①。从这个意义上，每个时代的人们都既是欠债者，又是偿还者，临终都要在绝对者那里得到清算。在《鲁迅与终末论——近代现实主义的成立》一书里，伊藤虎丸认为鲁迅通过接触尼采领会了欧洲基督教甚至犹太教里的终末论思想从而产生"个"的自觉。然而，在关注鲁迅笔下的鬼的世界以后，他改变了看法，认为："不正应该说，鲁迅的剥夺了一切高论、正论、公论之权威，将虚伪暴露得淋漓尽致的终末论视角，并非来自与西欧式的至高无上的超越者的相遇，而相反是来自与构成亚洲历史社会最低层之'深暗地层'的民众的死，或与他们四处彷徨的孤魂幽鬼的'对坐'吗？"②汪晖认为鲁迅世界里存在的这种超越性的视角与基督教的向上超越不同，是一种向下超越，即向"鬼"的方向超越。③ 其实，在基督教文明里同时存在向下超越与向上超越。鲁迅推崇的摩罗诗派的代表人物可以说是向下超越的典型，摩罗相当于撒旦。而鲁迅世界里的"鬼"也被叫作"神"，因而向"鬼"的方向超越也可以叫作向上超越。在《波德莱尔》一书里，萨特认为波德莱尔身上有两种不同方向的力量："这是两种既方向相反又是同样离心的运动的交错，其中一个向上，另一个向下。都是没有动机的运动，都喷涌而出——这是超越性的两种形式，我们可以跟在让·瓦勒后面，名之曰向上超越和向下超越。"④前者指向上帝，后者指向撒旦。其实，从精神现象学的角度看，人的内在精神之间有深层的亲缘性，鲁迅、波德莱尔、本雅明甚至马克思的这种终末论式视角正是这种亲缘性的体现。

---

① 萌萌：《复活历史灰烬的活火——"曾经"中蕴含的微弱的"弥赛亚力量"》，《萌萌文集》，张志扬编，上海译文出版社，2007 年，第 211 页。
② 伊藤虎丸：《鲁迅与终末论——近代现实主义的成立》，李冬木译，生活·读书·新知三联书店，2008 年，第 344 页。
③ 汪晖：《鲁迅与"向下超越"》，《反抗绝望：鲁迅及其文学世界》（增订版），生活·读书·新知三联书店，2008 年，第 457 页。
④ 萨特：《波德莱尔》，施康强译，北京燕山出版社，2006 年，第 21 页。

四、讲故事的人与地母

在鲁迅的童年记忆里，保姆阿长处在一个极重要的位置。阿长是本雅明所说的讲故事的人，给鲁迅讲了许多古怪的故事（比如《从百草园到三味书屋》里书生与美女蛇的故事），教给鲁迅一些规矩和道理（比如《阿长与山海经》里提到的："例如说人死了，不该说死掉，必须说'老掉了'；死了人，生了孩子的屋子里，不应该走进去；饭粒落在地上，必须拣起来，最好是吃下去；晒裤子用的竹竿底下，是万不可钻过去的……"①）。此外，"我"渴慕却又得不到的绘图的《山海经》她竟很轻易地买到，这使"我"发生新的敬意，"别人不肯做，或不能做的事，她却能够做成功。她的确有伟大的神力"②。在《阿长与〈山海经〉》一文的结尾，鲁迅对他的保姆阿长的深情追怀带有神性色彩：

> 我的保姆，长妈妈阿长，辞了这人世，大概也有了三十年了罢。我终于不知道她的姓名，她的经历；仅知道有一个过继的儿子，她大约是青年守寡的孤孀。……仁厚黑暗的地母呵，愿在你怀里永安她的灵魂！③

如何理解"仁厚黑暗的地母"？按照拉康的镜像理论，个体自我的建构发生于三个维度的世界："想象界"（the imaginary）、"象征界"（the symbolic）和"实在界"（the real）。上文在探讨鲁迅的自我意识的觉醒与分裂时，已论及自我对镜中的、他人的形象组成的想象界的认同以及对社会文化符号构成的象征界的认同都是

---

① 鲁迅：《阿长与〈山海经〉》，见《朝花夕拾》，《鲁迅全集》第 2 卷，人民文学出版社，2005 年，第 252 页。
② 同上，第 255 页。
③ 同上。

"误认"，这些镜像所建构的自我是"伪自我"，鲁迅毕生致力于破除这种"伪自我"。然而鲁迅关于"仁厚黑暗的地母"的记忆属于"实在界"，张旭东认为这种记忆"是集体记忆，或不如说集体遗忘，但它正是历史，是我们永远丢失了的、无法找回的'实在界'"①：

> 看待所有的东西鲁迅基本上是种冷眼旁观的态度，鲁迅的虚无完全足以吞噬历史。但是鲁迅有一种东西没有以对待虚无的态度去对待，这个就是"仁厚黑暗的地母"。是什么鲁迅不知道，我也不知道。就像死亡一样，死亡在前面等着我们，我们都知道，但就是我们的"无意识"，我们应该怎么看待它？就是这个"仁厚黑暗的地母"，如果一定要去读解的话，当然这里就是死亡了。但是它有意思的地方是它是通过回忆出来的，它在我们前面而不是在我们后面，它是比童年记忆更深的那个童年记忆，比地方知识更大的地方知识，比传统文化更传统的文化，比文化更文化的自然。②

荆有麟的《母亲的影响》一文和俞芳的《鲁迅先生的母亲——鲁太夫人》一文都提及鲁迅的母亲对鲁迅的深刻影响。③ 而在鲁迅的作品里，单四嫂、祥林嫂、魏连殳的祖母、深夜出走的垂老女人以及泥土造人、石块补天的女娲等母性的形象与这里所说的地母有深刻关联。

童年的创伤经历使得鲁迅自我意识觉醒与分裂，上文依据拉康镜像理论对这一分裂的自我意识的形成契机进行了精神现象学

① 张旭东：《鲁迅回忆性写作的结构、叙事与文化政治——从〈朝花夕拾〉谈起》，《生活在后美国时代》，孙晓忠编，上海书店出版社，2012年，第323页。
② 同上。
③ 荆有麟：《鲁迅回忆断片》，见鲁迅博物馆、鲁迅研究室、《鲁迅研究月刊》选编的《鲁迅回忆录》专著（上册），北京出版社，1981年，第124页。俞芳：《我记忆中的鲁迅先生》，见《鲁迅回忆录》专著（下册），北京出版社，1981年，第1533页。

式的分析。如上文所述,鲁迅对外在他者的无意识认同在其关于童年的创伤记忆的目光下一层层瓦解,具体来说,就是瓦解了对身处的衰老了的文化传统、败落的家族这一象征界的大他者的认同,对具体人物如本家亲戚的想象性认同,最终返回自身,形成了分裂的自我意识。因此,鲁迅不得不"走异路,逃异地,去寻求别样的人们"。对充满创伤的过去,他要去"忘却"。然而,鲁迅的童年记忆里也有美好甚至神奇的一面,这一面的经验属于藏在无意识当中的深层记忆。在记忆与忘却之间,鲁迅的自我不断形成新的自觉。在晚年,鲁迅已超脱于一己的记忆与忘却,恢复了个人当下的现时意识,又将个体的自我认同根植于深广的母性的精神世界。早年鲁迅在对作为外在他者的想象界、象征界的认同瓦解而出走之后去寻找新的认同,经过不断的挫败之后,晚年鲁迅找到了对实在界的认同。早年"走异路,逃异地,去寻求别样的人们"的鲁迅,在晚年终又回归精神母体意义上的"故乡"。这种回归是存在论意义上的回归,这就是现象学存在论所说:"存在是圆的。"①

---

① 加斯东·巴拉什:《空间的诗学》,张逸清译,上海译文出版社,2009 年,第 262 页。本书第十章《圆的现象学》对此有详细的阐述。钱锺书在《说圆》一文里博采中西古今文艺、哲学对圆的看法,其中许多看法都涉及这里所说的精神性的存在之圆。见钱锺书《谈艺录》,生活·读书·新知三联书店,2001 年,第 35 页。

第二章 新旧之声交响里的
精神自觉

第一节 弃医从文的契机

从精神现象学的角度看,人的主体精神的自觉往往发生于某个瞬间,在这个瞬间里,个体的眼光从外在日常世界收回,反观自照内面精神,个体对自身作出选择,在选择中生成新的自我,新的自我用新的眼光看待外在日常世界,并采取新的行动。前文已述,米歇尔·莱里斯在《波德莱尔》一书的序中说:"萨特选择了把建立一种自由哲学作为他的活动的可触及的目标,对他来说,主要想做的是从人们关于波德莱尔这个人物已知的事情中引申其意义;他对自身作的选择(成为这个而不是那个)——他和任何人一样,在有生之初,也从一个瞬间到另一个瞬间,在他被历史性地界定的'处境'的大墙脚下,作出有关自身的选择。"①萨特从精神现象学的视角看待波德莱尔如何从一个瞬间到另一个瞬间中作出有关自身的选择,这种精神现象学的方法为本书所借鉴。

《呐喊·自序》里,鲁迅描绘了两个极具视觉性的场景,它们是鲁迅的经历里的创伤性瞬间,成为他离家求学与弃医从文的契机。

---

① 萨特:《波德莱尔》,施康强译,北京燕山出版社,2006年,第3页。

一是前文所说的给病重的父亲在药铺抓药的情境。① 第一章已探讨了在这个"看着自己的看"的瞬间里鲁迅主体精神的自觉：鲁迅成为自身的观看者，这种自身的观看者是一个创伤性的自我，他在家族、家乡和传统文明里找不到出路，需要一种新的眼光来看待自己和自身所处的古老中国，于是"走异路，逃异地，去寻求别样的人们"。另一个是著名的"幻灯片事件"，一个中国人被日本人当俄国侦探砍头示众，许多体格健壮却神情麻木的中国人围着"赏鉴这示众的盛举"②。竹内好关注鲁迅的主体精神，因此在论文《思想的形成》里他反对将鲁迅传记传说化③，认为仅仅依据与鲁迅的生平有关的文献材料不能呈现鲁迅的思想，他怀疑"幻灯片事件"的真实性，认为这种事不太可能发生。④ 事实上，学界对此事的真假也没有定论。然而，重要的不是鲁迅回忆的"幻灯片事件"的真实性，而是鲁迅如此回忆的方式。"幻灯片事件"使鲁迅心中形成"看与被看"的意象，这一心象反复出现，对鲁迅主体精神的自觉起着关键作用。《藤野先生》一文提到幻灯片里许多中国人围着看同胞被砍头时，加了一句："在讲堂里的还有一个我。"⑤将自身也放在被日本人"看"的位置，日本人的拍掌欢呼让鲁迅倍感屈辱，竹内好认为鲁迅"在幻灯的画面里不仅看到了同胞的惨状，也从这种惨状中看到了自己"⑥。

① 鲁迅：《呐喊·自序》，见《呐喊》，《鲁迅全集》第 1 卷，人民文学出版社，2005 年，第 437 页。
② 同上，第 438 页。
③ 传记传说化，指依据文献材料按时间先后罗列鲁迅生平事件来呈现鲁迅的意义，或与鲁迅有交往的个人根据自己的见闻体会来定位鲁迅。竹内好在论文中明确提到反对增田涉《鲁迅传》和小田岳夫《鲁迅的生涯》把传记传说化。从《思想的形成》的思路看，竹内好也反对简单地从鲁迅的生平来外在地定位鲁迅的意义。参见竹内好《近代的超克》，孙歌编，李冬木、赵京华、孙歌译，生活·读书·新知三联书店，2005 年，第 57 页。
④ 竹内好：《思想的形成》，《近代的超克》，孙歌编，李冬木、赵京华、孙歌译，生活·读书·新知三联书店，2005 年，第 53 页。
⑤ 鲁迅：《藤野先生》，见《朝花夕拾》，《鲁迅全集》第 2 卷，人民文学出版社，2005 年，第 317 页。
⑥ 竹内好：《思想的形成》，《近代的超克》，孙歌编，李冬木、赵京华、孙歌译，生活·读书·新知三联书店，2005 年，第 53 页。

联系到《藤野先生》里提到的另一事件，即日本学生因怀疑鲁迅考试作弊而找茬，可以发现，鲁迅在日本学生的轻蔑的目光下感到的屈辱，是全体中国人的屈辱，但首先是鲁迅自身的屈辱。① 在这些情境里，鲁迅的内在自我"看着自己的看"，在这种自我观照中，主体精神有了新的自觉：

> 这一学年没有完毕，我已经到了东京了，因为从那一回以后，我便觉得医学并非一件紧要事，凡是愚弱的国民，即使体格如何健全，如何茁壮，也只能做毫无意义的示众的材料和看客，病死多少是不必以为不幸的。所以我们的第一要著，是在改变他们的精神，而善于改变精神的是，我那时以为当然要推文艺，于是想提倡文艺运动了。……②

这种自觉是鲁迅的"主观之内面精神"的自觉，它使得鲁迅成为一个文学者，而文中所表述的对国民精神的启蒙以鲁迅个体的"文的自觉"为根基。从这个意义上说，竹内好的看法切近鲁迅弃医从文的精神契机："在本质上，我并不把鲁迅的文学看作是功利主义，看作是为人生，为民族或是为爱国的。鲁迅是诚实的生活者，热烈的民族主义者和爱国者，但他并不以此来支撑他的文学，倒是把这些都拔净了以后，才有他的文学。……因为是获得了根本上的自觉，才使他成为文学者的，所以如果没有了这根柢上的东西，民族主义者鲁迅，爱国主义者鲁迅，也就成了空话。"③

① 竹内好：《思想的形成》，《近代的超克》，孙歌编，李冬木、赵京华、孙歌译，生活·读书·新知三联书店，2005 年，第 53 页。

② 鲁迅：《呐喊·自序》，见《呐喊》，《鲁迅全集》第 1 卷，人民文学出版社，2005 年，第 439 页。

③ 只不过，竹内好认为鲁迅真正成为文学者的自觉是在绍兴会馆时期，并认为这是鲁迅一生只有一次的决定性的自觉。参见竹内好《思想的形成》，《近代的超克》，孙歌编，李冬木、赵京华、孙歌译，生活·读书·新知三联书店，2005 年，第 58 页。前文已述，这种说法有待商榷，鲁迅的精神自觉的面相和层次是多元的，这里弃医从文的精神自觉也是其中一个面相，不能排除在外，下文对此会作详细讨论。

　　弃医从文,从关注人的肉体到注重人的精神,从关注医学(科学)改善人的体格到主张文艺改变人的精神。那么,何谓鲁迅所说的"精神"? 何种文艺思潮改变了鲁迅的内在精神? 通过分析在鲁迅留日期间所写的《科学史教篇》《文化偏至论》《摩罗诗力说》《破恶声论》等文章,对此会有所了解。

第二节　"别求新声于异邦"

　　《摩罗诗力说》一文的题记是尼采著作《查拉图斯特拉如是说》里的一段话:"求古源尽者将求方来之泉,将求新源。嗟我昆弟,新生之作,新泉之涌于渊深,其非远矣。"[①]弃医从文后的鲁迅向欧洲文明寻找新源,以使自身乃至古老中国获得新生。在同一年(1907)所写的《科学史教篇》《文化偏至论》《摩罗诗力说》等文章是这种别求新声于异邦的成果。

　　《科学史教篇》一文里,鲁迅对西方科学追根溯源,不只是为了简单梳理从古希腊罗马至今西方科学的发展流变,更是为了探究西方科学发展流变背后更深的根源,也就是支撑科学流变的科学者的精神。[②] 具体的科学学说与科学者的精神呈现复杂的辩证关系。

　　一方面,具体的学说随着时代线性发展、进步,而古今科学者的精神无优劣可言。在论及古希腊智者提出的"宇宙之元质"为水、气或者火时,鲁迅认为从科学的发展看,"其说无当,固不俟

---

① 尼采:《苏鲁支语录》卷之三第二十五节,徐梵澄译,商务印书馆,1992年,第213页。徐梵澄的译文:"有谁追根老底渊源如果变聪明了,看哪,他终于要寻求将来的水源,新的渊源——兄弟们哟,不久将要兴起新底民族,新底泉水将要下注于新底溪谷。"

② 对于鲁迅所论文学与科学的关系,伊藤虎丸作过深入研究。参见伊藤虎丸《鲁迅与日本人:亚洲的近代与"个"的思想》,李冬木译,河北教育出版社,2000年,第68—70页。

言"。"然其精神，则毅然起叩古人所未知，研索天然，不肯止于肤廓，方诸近世，直无优劣之可言。"不能因古代的具体学说不如当今而"蔑古"。① 另一方面，不能因古今科学者的精神无优劣之分而否定具体的学说必定随时代而发展进步，不能一味地崇古。"惟张皇近世学说，无不本之古人，一切新声，胥为绍述，则意之所执，与蔑古亦相同。盖神思一端，虽古之胜今，非无前例，而学则构思验实，必与时代之进而俱升，古所未知，后无可愧，且亦无庸讳也。"② 此外，科学者的运思要借助实业，"思理孤运，此雅典暨亚历山德府科学之所以中衰也"。而科学发见，常受超科学之力，也就是非科学的理想之感动，"古今知名之士，概如是矣"③。因此，科学与科学者的精神本为一体，不可偏离一端：

> ……今试总观前例，本根之要，洞然可知。盖末虽亦能灿烂于一时，而所宅不坚，顷刻可以蕉萃，储能于初，始长久耳。顾犹有不可忽者，为当防社会入于偏，日趋而之一极，精神渐失，则破灭亦随之。盖使举世惟知识之崇，人生必大归于枯寂，如是既久，则美上之感情漓，明敏之思想失，所谓科学，亦同趣于无有矣。故人群所当希冀要求者，不惟奈端已也，亦希诗人如狭斯丕尔（Shakespeare）；不惟波尔，亦希画师如洛菲罗（Raphaelo）；既有康德，亦必有乐人如培得诃芬（Beethoven）；既有达尔文，亦必有文人如嘉来勒（Garlyle）。凡此者，皆所以致人性于全，不使之偏倚，因以见今日之文明者也。……④

---

① 鲁迅：《科学史教篇》，见《坟》，《鲁迅全集》第 1 卷，人民文学出版社，2005 年，第 26 页。
② 同上。
③ 同上，第 33 页。
④ 同上，第 35 页。

这种"致人性于全,不使之偏倚"的思想在《文化偏至论》里有更充分的展现。在此文中,鲁迅认为十九世纪西方文明里的"物质""众数"潮流是西方文明之道偏至的结果。因此,"盖今所成就,无一不绳前时之遗迹,则文明必日有其迁流,又或抗往代之大潮,则文明亦不能无偏至。诚若为今立计,所当稽求既往,相度方来,掊物质而张灵明,任个人而排众数"①。为矫十九世纪文明之偏,十九世纪末叶兴起了以德国哲学家施蒂纳、叔本华、尼采等人为代表的非物质、重个人的新神思宗。因此,鲁迅认为明哲之士"必洞达世界之大势,权衡校量,去其偏颇,得其神明,施之国中,翕合无间。外之既不后于世界之思潮,内之仍弗失固有之血脉,取今复古,别立新宗,人生意义,致之深邃,则国人之自觉至,个性张,沙聚之邦,由是转为人国"②。欧美的强大根底在人,"是故将生存两间,角逐列国是务,其首在立人,人立而后凡事举;若其道术,乃必尊个性而张精神"③。

《摩罗诗力说》开首提道:"人有读古国文化史者,循代而下,至于卷末,必凄以有所觉,如脱春温而入于秋肃,勾萌绝朕,枯槁在前,吾无以名,姑谓之萧条而止。"④鲁迅认为,究其原因是最能彰显人类文明的"心声"缄绝,承载心声的诗歌跟着式微。因此作为激活内在心声的诗人就显得极为重要:

> ……诗人绝迹,事若甚微,而萧条之感,辄以来袭。意者欲扬宗邦之真大,首在审己,亦必知人,比较既周,爰生自觉。自觉之声发,每响必中于人心,清晰昭明,不同凡响。……

---

① 鲁迅:《文化偏至论》,见《坟》,《鲁迅全集》第 1 卷,人民文学出版社,2005 年,第47 页。

② 同上,第 57 页。

③ 同上,第 58 页。

④ 鲁迅:《摩罗诗力说》,见《坟》,《鲁迅全集》第 1 卷,人民文学出版社,2005 年,第65 页。

··········

　　今且置古事不道，别求新声于异邦，而其因即动于怀古。
新声之别，不可究详；至力足以振人，且语之较有深趣者，实莫
如摩罗诗派。①

　　《文化偏至论》里所谓的"立人"立的就是有"自觉之声"的人。
那么什么样的人是有"自觉之声"的人呢？鲁迅指的是像诗人拜
伦、裴多菲、哲人尼采那样"立意在反抗，指归在动作""非物质，重
个人"的"精神界之战士"②。

　　上文根据鲁迅在日本留学时期所著《科学史教篇》《摩罗诗力
说》《文化偏至论》等文章，梳理了鲁迅向西方求得的"新声"。概而
言之，这种"新声"的核心是人的精神。西方科学的发展根底在科
学者的精神，精神可防科学之偏。同样，西方文明的发展根底在人
的"主观之内面精神"，文明的流变必会产生偏至，为矫十九世纪文
明重"物质""众数"之偏，需要拜伦、尼采式"非物质，重个人"的摩
罗诗人，"精神界之战士"。

第三节　异邦"新声"与鲁迅的
精神自觉

一、伊藤虎丸的鲁迅论辨析

　　在早期文章里，鲁迅用许多不同的词汇来指称作为"新声"之
核心的"精神"：本根、神思、精神、所宅、神明、灵明、主观之内面精
神、自性、心……这些驳杂的词汇来源于中西不同的思想流派，如

————————

① 鲁迅：《摩罗诗力说》，见《坟》，《鲁迅全集》第 1 卷，人民文学出版社，2005 年，第
67—68 页。
② 同上，第102 页。

何原本地理解鲁迅与拜伦、尼采所代表的新声相遇时的精神自觉？
日本的鲁迅研究者伊藤虎丸提供了一个独特视角，他从基督教终
末论的角度来理解尼采所代表的西方近代精神，将鲁迅与尼采相
遇而获得的精神自觉称为"终末论式的自觉"。终末论是起源于犹
太教后来被基督教神学理论化的概念，与世界历史的终结、救世主
弥赛亚或耶稣的降临、末世审判、个体得救等有关。① 终末论认为
人具有自由能动的"精神"，"严格区别于处在不自由的延长线上的
作为'物质'的自然"②：

> 所谓终末论法则，首先是和把所有人都同样吞入其中并
> 且流淌下去的"自然"性时间相反，它就像人们所说的"时间满
> 了，上帝之国降临"一样，是一种与自然时间对峙起来的思考，
> 当此时降临，它迫使每个人都做出主体性决断。③

　　伊藤虎丸认为尼采思想主张从自然和物质社会当中独立出来
的强烈的"自我"和"意志"体现了基督教的终末论。他根据德国哲
学家卡尔·洛维特（Karl Lowith）的论述将尼采的新异教定位为
"因反基督教而在本质上是基督教"，因为尼采的思想虽然在具体
内容上是反基督教的，但是其精神的运作和思想构造方面却是基
督教的。④ 因此，伊藤虎丸认为尼采的思想是一种世俗化了的终
末论，而鲁迅受尼采影响颇深，从而获得了这种"终末论式的自

---

① 参见伊藤虎丸《鲁迅与终末论》译者李冬木《解说·译后记》一文，生活·读书·新
　　知三联书店，2008 年，第 401 页："在基督教当中，一方面认为终末时代（上帝之国）
　　因耶稣基督的到来而'已经'来临，另一方面又坚信这'上帝之国'只有在耶稣基督
　　从天国重新降临，最终消灭一切邪恶，给地上带来绝对和平，即'千禧年'到来之际
　　才能获得终极实现。因此，所谓'现在'，便总是处于终末论所提示的'已经'与'尚
　　未'之间的紧张关系中，从而被赋予一种能够使人真实地感受到'生'的意义。"
② 伊藤虎丸：《鲁迅与终末论》，李冬木译，生活·读书·新知三联书店，2008 年，第
　　154 页。
③ 同上，第 136 页。
④ 同上，第 110 页。

觉"。此外，伊藤虎丸还引用竹内好在其名著《鲁迅》的序章《关于死与生》里的论述加以佐证。在此文中，竹内好认为"鲁迅在人们一般所说的作为中国人的意义上，不是宗教的，相反倒是相当非宗教的。'宗教的'这个词很暧昧，我要说的意思是，鲁迅在他的性格气质上所把握到的东西，是非宗教的，甚至是反宗教的，但他把握的方式却是宗教的"①。

伊藤虎丸从基督教终末论的角度来理解鲁迅这一时期的精神自觉，对研究鲁迅与基督教（还有犹太教）的关系很有启发；以尼采作为欧洲近代精神的代表，认为鲁迅通过接触尼采而原本把握了欧洲近代精神的看法也颇有见地。留日时期的鲁迅受尼采影响颇深，周作人回忆鲁迅时说他很喜欢尼采，"《察拉图斯忒拉如是说》一册多年保存在他书橱里，到了一九二〇年左右，他还把那第一篇译出，发表在《新潮》杂志上面"②。然而，尼采与基督教的关系非常复杂，将激烈而坚决地反基督教的尼采的思想构造理解为基督教式的观点，伊藤虎丸并没有作足够的论证，这一观点在看到两者相近之处的同时忽略了两者的差异。

在《破恶声论》里，鲁迅既看到尼采思想与基督教的相近，也看到了两者的相异："至尼佉氏，则刺取达尔文进化之说，掊击景教，别说超人。虽云据科学为根，而宗教与幻想之臭味不脱，则其张主，特为易信仰，而非灭信仰昭然矣。顾迄今兹，犹不昌大。"③尼采掊击基督教而立超人之论虽不是灭信仰，但是"易信仰"，改变后的信仰已不再是原来的基督教信仰，反而是要取代它。伊藤虎丸截取德国哲学家卡尔·洛维特（Karl Lowith）的话来论证尼采思

---

① 竹内好：《近代的超克》，孙歌编，李冬木、赵京华、孙歌译，生活·读书·新知三联书店，2005 年，第 8 页。

② 周作人：《鲁迅的故家》，见鲁迅博物馆、鲁迅研究室、《鲁迅研究月刊》选编的《鲁迅回忆录》专著（中册），北京出版社，1981 年，第 1056 页。

③ 鲁迅：《破恶声论》，见《集外集拾遗补编》、《鲁迅全集》第 8 卷，人民文学出版社，2005 年，第 31 页。

想是世俗化的终末论有断章取义之嫌,引用德国哲学家雅斯贝尔斯的话来论证尼采是上帝的探求者也没有足够说服力。卡尔·洛维特在《尼采的敌基督教登山训众》一文中指出:

> 在《尼采与基督教》中,雅斯贝尔斯把尼采称为一位"不理解自己的上帝追寻者";海德格尔谈到尼采时,认为他是十九世纪"惟一的信仰者"。毫无疑问,这些看法都误入歧途。因为尼采从一开始所追求的、最终称其为狄俄尼索斯的上帝,不是《旧约》和《新约》中的上帝,而是一个神圣的名称,表示那个永远不断自我孕育和不断自我毁灭的世界。但是,即便从尼采发病时自己署名为"被钉十字架的狄俄尼索斯"的事实,也得不出任何有用的辩护。这个事实仅仅暗示,对于希腊思想来说,受苦属于创造原则的基本特征,却并没有暗示尼采在那个时候拥护基督、救世主之死。尼采未能使用敌基督教之外的语言表达赫拉克利特世界的复归,仅就此而言,尼采才打上基督教的烙印。[①]

事实上,洛维特与海德格尔一样,认为尼采是"希腊异教神学的复兴者"[②],尼采的永恒轮回说有古希腊哲学家赫拉克利特的思想的印记。

此外,犹太教(基督教旧约)的时间观是线性矢量的,世界历史从上帝创世开始,也必将随着救世主弥赛亚的降临而终结,"这不仅宣告了(日月)循环往复的传统时间秩序的终结,而且宣告了时间的终结。这也就是旧世界的终结亦即末日或末世。永恒的'新

---

① 洛维特:《尼采的敌基督教登山训众》,见洛维特、沃格林等著《墙上的书写——尼采与基督教》,刘小枫编,田立年、吴增定等译,华夏出版社,2004 年,第 7 页。

② 洛维特/沃格林等:《墙上的书写——尼采与基督教》,刘小枫编,田立年、吴增定等译,华夏出版社,2004 年,见第 6 页刘小枫的《编者前言》。

世界'已不在时间中。然而,此永恒'新世界'尚'未来',因而呈现出的是一种指向终极目的(末日)不再可逆的直线矢量时间"①。在基督教看来,耶稣在十字架受难的时刻,过去与未来在此刻当下融合为"到时时刻","这种集三维于'当下'的时间,由于末日审判(基督第三次降临)比弥撒亚期盼更为确定、更为根本(地狱天堂之奖励并终结时间),却又在时间上充满极度不测性,使'未来'与'现在'更形紧张,直线矢量更形明确而激进了"。② 而尼采说"上帝死了",意在宣布犹太教、基督教这种有开端有终结的不可逆的直线矢量时间观的破产,以永恒轮回的时间观取而代之。因此,当伊藤虎丸说基督教的终末论法则"是一种与自然时间对峙起来的思考,当此时降临,它迫使每个人都作出主体性决断"时,他忽略了在终末论法则下,每个人作出主体性决断时有着对耶稣未来再次降临的期盼。在基督教终末论看来,不借助上帝的恩典,这种主体性决断是不可能发生的。而尼采要做的正是要罢黜"上帝"这一凌驾于人类之上的最高者,他所说的强力意志的永恒轮回驱除了对一个超越者的期盼,是自我意志的无限张扬与肯定。

因此,伊藤虎丸认为尼采思想是世俗化的终末论这一个看法有失偏颇。如同汉娜·阿伦特在《历史概念》一文中所说,与基督教观念相比,现代历史观念决定性的改变其实是,"人类历史上第一次可以追溯到无限的过去,也可以延伸入无限的未来……在现代这种观念中,过去和未来的双重无限性消除了所有开始与终结的观念,而建立起一种潜在的、世俗不朽的观念。……就世俗历史而言,我们生活在一个既不知道开端,也不知道终结的过程中,这个过程也不允许我们保有一种末世论的期望"。③ 阿伦特认为尼

---

① 尤西林:《现代时间的文化观念渊源:从救赎史到启蒙进步主义》,见《心体与时间——二十世纪中国美学与现代性》,人民出版社,2009 年,第 12 页。
② 同上。
③ 汉娜·阿伦特:《过去与未来之间》,王寅丽、张立立译,译林出版社,2011 年,第64 页。

采的永恒轮回说是这一现代历史观念的滥觞。

二、现象学视角下鲁迅的精神自觉

(一) 精神自觉的现象学式图景

上文辨析了伊藤虎丸从基督教终末论角度论述鲁迅留日时期的精神自觉的偏颇之处。然而,伊藤虎丸侧重从精神的运作和思想构造而不是具体思想内容来探讨尼采思想颇具启发意义。事实上,许多思潮流派为鲁迅所用,但鲁迅并不属于任何一种思潮流派。对鲁迅来说,重要的是"籀读其心声,以相度神思之所在"①。因此,如果将关注点不放在确定鲁迅的精神自觉归属于某一特定的思潮流派,而放在鲁迅的精神本身的内在发生,或许会有新的发现,可以将这种视角称为精神现象学视角。

伊藤虎丸敏锐看到尼采思想的核心与时间有关,终有一死之人的内在精神的自觉离不开对时间本性的领悟,伊藤虎丸认为基督教终末论代表着"一种与自然时间对峙起来的思考",自然时间"把所有人都同样吞入其中并且流淌下去",而基督降临的时间是完满的现时,将人从吞噬自己的自然时间里救出,成为具有自由精神、独立人格的上帝之民。从《文化偏至论》和《摩罗诗力说》可以看出,人的主观之内面精神的自觉之声只有在个体当下反抗外在对象的过程中才会彰显,这种外在对象从根本上来说是空洞、同质的吞噬当下个体生命的时间:过去和将来。然而,前文已述,这种精神自觉从基督教终末论的角度来理解不够恰当,需要回到尼采的文本,从精神现象学的视角直接呈现文本里的精神意象。从鲁迅钟爱的尼采名著《查拉图斯特拉如是说》里《关于幻象与谜》的一个片段,可以找到这种自觉精神的隐喻式呈现:

---

① 鲁迅:《域外小说集序言》,见《译文序跋集》,《鲁迅全集》第 10 卷,人民文学出版社,2005 年,第 168 页。

　　　　两条路在此会合：但是，没有人曾经走到它们的尽头。
这条长路向后延伸到一个永恒。另一条向前延伸的长路——
是另一个永恒。这两条路互相背离，直接冲突——而这个门
口却是它们的会合点。大门口的名字刻在上面："瞬间"……
看看这个瞬间吧！从这个瞬间的门口开始，一条无尽头的长
路向后延伸：我们后面有一个永恒（另一条向前延伸的路通
向一个永恒的将来）。①

　　尼采在《关于幻象与谜》里紧随这段文字提到永恒轮回："万物
之中能跑者不是必然已经发生了、完成了、过去了一次吗？……我
们不是必然回来，在我们前面那另一条道路上奔走，在这条漫长而
恐怖的道上——我们不是必然永恒复至吗？"②可见，在尼采那里，
永恒轮回和瞬间密不可分。汉娜·阿伦特在《精神生活·思维》里
引用了上面的隐喻，并借用海德格尔对尼采的永恒轮回的学说的
概括："永恒轮回学说的真正含义是，永恒在现在中，瞬间不是仅仅
在旁观者看来的流逝的现在，而是过去和将来之间的冲突。"③人
就站在这过去和将来之间的门口，与无尽的时间对抗而成就瞬间。

---

① 转引自汉娜·阿伦特：《精神生活·思维》，姜志辉译，江苏教育出版社，2006 年，第
　227 页。原文见弗里德里希·尼采《查拉图斯特拉如是说》，《尼采全集》第 4 卷，杨
　恒达译，中国人民大学出版社，2011 年，第 158 页。杨恒达译文与《精神生活·思
　维》里的译文稍有差异。
② 弗里德里希·尼采：《查拉图斯特拉如是说》，杨恒达译，中国人民大学出版社，
　2011 年，第 169 页。
③ 汉娜·阿伦特：《精神生活·思维》，姜志辉译，江苏教育出版社，2006 年，第 227—
　228 页。海德格尔在《尼采》一书里对尼采所说的永恒轮回与瞬时的关系进行了深
　入探讨，在《"痊愈者"》一节，海德格尔细致分析了《关于幻象与谜》里的这个隐喻：
　"这里还是有一种碰撞。当然，只有对于一个并非旁观者，而本身就是瞬间的人来
　说，才会有一种碰撞；这个人的行动深入到将来，又不让过去消失，而倒是同时把过
　去接受和肯定下来。谁若处于瞬间之中，他就具有双重方向：对他来说，过去与将
　来是彼此相对地行进的。谁若处于瞬间之中，他就会让相对而行者本身达到碰撞，
　但又并不让它们静止下来，因为他展开和经受着被发送者与被一道给予者的冲突。
　看到这个瞬间，这意思就是说：置身于这个瞬间之中。"马丁·海德格尔：《尼采》
　（上卷），孙周兴译，商务印书馆，2003 年，第 304 页。

"精神界"的这种战斗情境还可以用卡夫卡的一个寓言来呈现：

> 他有两个对手：第一个从后面，从源头驱迫他；第二个挡住了他前面的道路。他跟着两个敌人交战。准确地说，第一个对手支持他和第二个厮打，因为他要把他往后赶。但这不过是理论上如此。因为不仅仅有两个敌人在那儿，他也在那儿，有谁真正知道他的意图？其实他的梦想是在一个出其不意的时刻——这就需要一个比曾经有过的任何黑夜更黑的夜晚——跳出战场，凭着他在战斗中的经验上升到一个裁判的位置，旁观他的两个敌人彼此交战。①

阿伦特认为这个寓言记录了一个思想现象，并称之为思想事件。这两个对手分别是过去和未来，"从始终活在过去与未来之间的人的角度看，时间不是一个持续统一体，一股无休歇的连续之流；时间在中间、在'他'站立之处被打断了；而'他的'立足点不是我们通常理解的现在，毋宁是一个时间中的裂隙，'他'持续地战斗，'他'片刻不停地抵挡过去和未来停驻，才使这个裂隙得以维持"②。这个裂隙也许是包含"真理的时刻"。阿伦特进一步认为，这个战士站立的裂隙"不是一个简单的裂隙，而是类似于物理学家称作力的平行四边形的位置，至少潜在地是如此"。这个平行四边形的对角线代表过去与未来这两条边的一股合力，这条对角线的起点有限而终点无限，起点就是这个战士站立时的当下。如果这个战士能够沿着"与过去和未来保持等距的对角线施展他的力量……他就不必像寓言要求的那样跳到战线之外，跳到这场混战之外，因为这个对角线虽然指向无限，但仍被束缚于、根植于现

---

① 转引自汉娜·阿伦特：《过去与未来之间》，王寅丽、张立立译，译林出版社，2011年，第5页。
② 同上，第8页。

在；……从他那里可以正确地看待和回顾什么是他真正的自己"①。

卡夫卡寓言里的战士正是鲁迅所说的拜伦、尼采式"立意在反抗，指归在动作""非物质，重个人"的精神界之战士。阿伦特说卡夫卡的寓言是真正的启明，"像光线一样投射到事件周围和边缘，不是照亮事件的外部存在而是有着像 X 光一样暴露其内部结构的力量，在此，就是暴露心灵不可见过程的力量"②。尼采的隐喻也有同样的穿透力，直观地呈现了瞬间与永恒的关系。尼采的隐喻与卡夫卡的寓言图景呈现的正是精神界之战士主体精神的发生。因此，尼采所代表的欧洲精神的精髓与其说根源于基督教的终末论不如说呈现在尼采和卡夫卡的隐喻和寓言图景里。

鲁迅通过接触欧洲近代思潮特别是尼采思想而原本地领会了这种欧洲精神。鲁迅在后来的随感录《现在的屠杀者》里说道："做了人类想成仙；生在地上要上天；明明是现代人，吸着现在的空气，却偏要勒派腐朽的名教，僵死的语言，侮蔑尽现在，这都是'现在的屠杀者'。杀了'现在'，也便杀了'将来'。"③他认为地上居住的应该是执着于现在的人，如同卡夫卡寓言里的战士执着于当下的抵抗。鲁迅在另一则随感录里写道："生命的路是进步的，总是沿着无限的精神三角形的斜面向上走，什么都阻止他不得。"④这种对生命的路的看法，从精神现象学的维度看，和上述阿伦特对站在过去与未来之间抗争的战士所走的无限的精神之路的看法几乎完全一致（精神的平行四边形的对角线也可以看作一个精神三角形的

---

① 转引自汉娜·阿伦特：《过去与未来之间》，王寅丽、张立立译，译林出版社，2011年，第 9—10 页。

② 同上，第 5 页。

③ 鲁迅：《随感录五十七　现在的屠杀者》，见《热风》，《鲁迅全集》第 1 卷，人民文学出版社，2005 年，第 366 页。因本章的主旨是探究鲁迅精神自觉的不同层次，而不是确定其自觉的具体时机，每一层次的自觉会在不同时期的文章中呈现。鲁迅在留日时期获得的自觉可以体现在以后的章节之中，因此这里和下文引用了鲁迅从日本回国以后所写论著里的文字。

④ 鲁迅：《随感录六十六　生命的路》，见《热风》，《鲁迅全集》第 1 卷，人民文学出版社，2005 年，第 386 页。

斜面）。在《娜拉走后怎样》里，鲁迅认为从梦里觉醒的寻找出路的人，"无需乎震骇一时的牺牲，不如深沉的韧性的战斗"①。与学释迦牟尼"坐在菩提树下冥想普度一切人类的方法"相比，在冬天脱下自己唯一的一件棉袄救助一个将要冻死的人更切实也更烦难。② 因此，鲁迅并没有要"跳出战场"，在裁判的位置"旁观他的两个敌人彼此交战"，而是执着于当下的现实，在与外在之物（从根本上来说，就是吞噬人的内在精神的空洞、同质的线性时间）的对抗中获得自身的精神自由和独立人格，并沿着所开辟的精神三角线之路无限前进。

（二）精神自觉与时间

从上文尼采的隐喻和卡夫卡的寓言可以看出，从根本上来说，人的精神自觉与时间密切相关。德国哲学家、文学批评家瓦尔特·本雅明也说过，同质而空洞的时间里没有人的主体，也没有真正的历史，反而会吞噬人的精神与历史的主体性，"历史是一个结构的主体，但这个结构并不存在于雷同、空泛的时间中，而是坐落在被此时此刻的存在所充满的时间里"③。这个此时此刻的当下、瞬间在人与雷同、空泛的时间的战斗体验中生成，"那些被人历史地领悟了的瞬间是滋养思想的果实，它包含着时间，如同包含着一颗珍贵而无味的种子"④。

从留日时期所写《人之历史》《科学史教篇》《文化偏至论》《摩罗诗力说》等文章可以看出，鲁迅非常注重从时间与历史的角度考镜源流。人、事、物随着时间流逝而衰败的现象是鲁迅内心长存的

---

① 鲁迅：《娜拉走后怎样》，见《热风》，《鲁迅全集》第1卷，人民文学出版社，2005年，第171页。
② 同上，168页。
③ 瓦尔特·本雅明：《历史哲学论纲》，《启迪：本雅明文选》，汉娜·阿伦特编，张旭东、王斑译，生活·读书·新知三联书店，2008年，第273页。
④ 同上，第274—275页。

意象，改变这种现象成为鲁迅的萦心之念。《摩罗诗力说》开篇说："人有读古国文化史者，循代而下，至于卷末，必凄以有所觉，如脱春温而入于秋肃，勾萌绝朕，枯槁在前，吾无以名，姑谓之萧条而止。"①萧条之因在于心声缄绝、文事式微，因此需要争天抗俗、破和平、撄人心的精神界之战士。《狂人日记》里狂人在月光的照射下脱离了三十年来同质、空无、吞噬人的精神的时间，"精神分外爽快"，恢复了自我意识，自觉到了历史的虚无，这种虚无的时间吞噬着人的主体自我："我翻开历史一查，这历史没有年代，歪歪斜斜的每叶上都写着'仁义道德'几个字。我横竖睡不着，仔细看了半夜，才从字缝里看出字来，满本都写着两个字是'吃人'！"②可见，鲁迅所说的"吃人"，从根本上来看，涉及上文所说时间与人的精神自觉的关系。

《故乡》里，"我"回到别了二十余年的故乡，二十年里年轻漂亮的"豆腐西施"杨二嫂变得尖酸刻薄，健康活泼的儿时好友闰土苦成了木偶人，而新的生活只能如地上的路，本来没有，只有靠自己走出来。《淡淡的血迹》一文里，鲁迅责备造物主"暗暗地使生物衰亡，却不敢长存一切尸体；暗暗地使人流血，却不敢使鲜血永远鲜秾"。而叛逆的猛士"洞见一切已改和现有的废墟和荒坟，记得一切深广和久远的苦痛，正视一切重叠淤积的凝血，深知一切已死，方生，将生和未生"。③ 在《记念刘和珍君》里，鲁迅也提到造物者与时间："造化又常常为庸人设计，以时间的流驶，来洗涤旧迹，仅使留下淡红的血色和微漠的悲哀。在这淡红的血色和微漠的悲哀中，又给人暂得偷生，维持着这似人非人的世界。我不知道这样的

---

① 鲁迅：《摩罗诗力说》，见《坟》，《鲁迅全集》第 1 卷，人民文学出版社，2005 年，第 65 页。
② 鲁迅：《狂人日记》，见《呐喊》，《鲁迅全集》第 1 卷，人民文学出版社，2005 年，第 447 页。
③ 鲁迅：《淡淡的血迹》，见《野草》，《鲁迅全集》第 2 卷，人民文学出版社，2005 年，第 226—227 页。

世界何时是一个尽头!"而"真的猛士,敢于直面惨淡的人生,敢于正视淋漓的鲜血","苟活者在淡红的血色中,会依稀看见微茫的希望;真的猛士,将更奋然而前行"。① 这与上文所说的尼采对最高者"上帝"的反叛,以及卡夫卡寓言了战士对空虚之时间的抵抗有相通的内涵。

人、事、物在时间里的循环、反复同样是鲁迅的心象,他一生致力于打破这种循环反复。这里所说的循环反复的时间与不断向前流逝的时间都是同质而空洞、吞噬人的内在精神的线性时间,两者在本质上是同一的,与尼采所说的永恒轮回里集过去与未来于当下的每个饱满的瞬间不同。在《灯下漫笔》里,鲁迅说中国的历史只有两个时代:想做奴隶而不得的时代和暂时做稳了奴隶的时代,"这一种循环,也就是'先儒'之所谓'一治一乱'"②。打破这种循环,既不能神往于三百年前的太平盛世,也不满于现在,而是执着于当下,创造中国历史上未曾有过的第三样时代。③

(三) 精神之路与文艺

卡夫卡的这个寓言描述的是一种精神现象,如阿伦特所说,"它像所有做某事的经验一样,只能通过实践,通过操练来赢取",这样的操练唯一目的是获得如何去思的经验,"它们并不包含何为思的对象和握有何种真理的指示,更不意欲重续传统断裂的红线或发明什么新奇替代品来填补过去和未来的裂隙。真理问题在这

---

① 鲁迅:《记念刘和珍君》,见《华盖集续编》,《鲁迅全集》第 3 卷,人民文学出版社,2005 年,第 294 页。

② 鲁迅:《灯下漫笔》,见《坟》,《鲁迅全集》第 1 卷,人民文学出版社,2005 年,第 225 页。

③ 需要说明的是,永恒轮回与瞬间不矛盾,永恒轮回是瞬间的永恒轮回,这瞬间是通过人的抵抗而集过去、未来于当下的统一体。尼采所说的永恒轮回与阿伦特所说的沿着平行四边形的精神对角线或鲁迅所说的精神三角线无限向前行走的看法并不矛盾,前者是从自身内在的第一人称视角来看的,后者则是跳出自身,从外在的第三人称旁观者视角来看的。

些操练中从头到尾都是悬而未决的；它们唯一关注的是如何行走在裂隙当中——或许那是真理最终显现的唯一场所"。① 也就是说，真理并不是对象化了的现成存在，不能像一支笔装在笔筒那样现成地装在人的大脑里，只有在立足当下与过去、未来抵抗而产生的裂隙中，真理才会彰显自身。如海德格尔所说，经验某事意味着："在行进中、在途中通达某个东西，通过一条道路上的行进去获得某个东西。"②鲁迅在随感录《生命的路》里说："什么是路？ 就是从没路的地方践踏出来的，从只有荆棘的地方开辟出来的。"③小说《故乡》的著名结尾有类似的说法："希望是本无所谓有，无所谓无的。 这正如地上的路；其实地上本没有路，走的人多了，也便成了路。"④《野草》的《这样的战士》一文，身处无物之阵的战士对各种绣出各样好名称的旗帜：慈善家，学者，文士，长者，青年，雅人，君子……以及各样绣出各式好花样的外套：学问，道德，国粹，民意，逻辑，公义，东方文明……都举起了投枪。⑤ 鲁迅认为这些都是真理、意义的"伪装"，只有在与它们的对抗当中，真理、意义的真面目才有显现的可能。鲁迅说自己不是什么青年导师，没什么"主义"要发动，也没找到现成的真理之路，也不认为导师能给青年指明道路：

倘说为别人引路，那就更不容易了，因为连我自己还不明白应当怎么走。中国大概很有些青年的"前辈"和"导师"罢，

① 汉娜·阿伦特：《过去与未来之间》，王寅丽、张立立译，译林出版社，2011 年，第11 页。
② 马丁·海德格尔：《语言的本质》，《在通向语言的途中》，孙周兴译，商务印书馆，1997 年第 1 版、2004 年修订译本，第 159 页。
③ 鲁迅：《随感录六十六　生命的路》，见《热风》，《鲁迅全集》第 1 卷，人民文学出版社，2005 年，第 386 页。
④ 鲁迅：《故乡》，见《呐喊》，《鲁迅全集》第 1 卷，人民文学出版社，2005 年，第 510 页。
⑤ 鲁迅：《这样的战士》，见《野草》，《鲁迅全集》第 2 卷，人民文学出版社，2005 年，第 142 页。

但那不是我，我也不相信他们。我只很确切地知道一个终点，就是：坟。然而这是大家都知道的，无须谁指引。问题是在从此到那的道路。那当然不只一条，我可正不知那一条好，虽然至今有时也还在寻求。……①

鲁迅的论著是他作为一个觉悟了的精神界之战士在开辟前进道路的韧性的战斗中所留下的痕迹。执着于当下，在与"过去"和"未来"的抵抗中生成了一个集过去、未来于当下的瞬间的精神之场。这种瞬间的精神之场摆脱了同质空洞的线性时间之流，从中生发出的论著因此也就能抵抗同质空洞的线性时间之流的吞噬，成为具有久远价值的经典。如阿伦特在《精神生活·思维》所说：

新一代的每一个人，每一个新人，当他意识到自己处在一个无限的过去和一个无限的将来之间的时候，必然会发现和致力于重新铺设思想之路。这毕竟是可能的，在我看来，名著之所以可以不可思议般地保存下来，在数千年的时间里相对保持不变，很可能是因为它们形成于其作者的思想在一个无限的过去和一个无限的将来之间踏出的无时间的小径，其作者把过去和将来当做好像指向和针对他们自己的过去和将来——当做他们的前辈和他们的后继者，他们的过去和他们的将来——从而建立一种为他们自己的现在，一种无时间的时间，正是在这种时间中，人能创作得以超越自己有限性的无时间的作品。②

在这种对抗之中，鲁迅在流逝的时间之中为自己赢得了一个

---

① 鲁迅：《写在〈坟〉后面》，见《坟》，《鲁迅全集》第 1 卷，人民文学出版社，2005 年，第 300 页。
② 汉娜·阿伦特：《精神生活·思维》，姜志辉译，江苏教育出版社，2006 年，第 234 页。

精神的发生场，这个发生场是集过去与未来于当下的瞬间之处，这瞬间具有永恒的意味。鲁迅的论著之所以成为经典、有久远的价值源于鲁迅具备上面所说的执着于当下现实对抗空虚之时间的精神。但这并不意味着鲁迅的论著里含有现成的、可以为他人所用的永恒之真理，因为对每个人来说，精神之路需要自己在实践中开辟。

鲁迅认为社会、文化的发展往往偏至，如《科学史教篇》所说，"社会人于偏，日趋而之一极，精神渐失，则破灭亦随之"，"盖使举世惟知识之崇，人生必大归于枯寂，如是既久，则美上之感情漓，明敏之思想失，所谓科学，亦同趣于无有矣"。① 为"致人性于全，不使之偏倚"，必须崇科学的同时也要崇文艺。而文艺本身的发展也会发生偏至，鲁迅在《文化偏至论》中说，明哲之士"必洞达世界之大势，权衡校量，去其偏颇，得其神明，施之国中，翕合无间。外之既不后于世界之思潮，内之仍弗失固有之血脉，取今复古，别立新宗"②。这种明哲之士就是卡夫卡寓言里立足当下与过去、未来抵抗的战士，这种抵抗不意味着消灭过去、未来，而是通过抵抗来充实、激活原本空洞僵死的过去、未来，使之融汇于当下的现实，也就是"权衡校量，去其偏颇，得其神明，施之国中，翕合无间"。明哲之士只有身处当下，抵抗各种文艺思潮之偏至才能开辟新的文艺之路。鲁迅原本领会了尼采的隐喻和卡夫卡寓言里呈现的这种精神的发生，阿伦特用人的内在精神来衡量文艺，鲁迅对此也有高度的自觉。在《当陶元庆君的绘画展览时》一文里，鲁迅论述到要用"现今想要参与世界上的事业的中国人的心里的尺"来量陶元庆君的绘画：

---

① 鲁迅：《科学史教篇》，见《坟》，《鲁迅全集》第 1 卷，人民文学出版社，2005 年，第 35 页。
② 鲁迅：《文化偏至论》，见《坟》，《鲁迅全集》第 1 卷，人民文学出版社，2005 年，第 57 页。

　　……他并非"之乎者也"，因为用的是新的形和新的色；而又不是"Yes""No"，因为他究竟是中国人。所以，用密达尺来量，是不对的，但也不能用什么汉朝的虑儆尺或清朝的营造尺，因为他又已经是现今的人。我想，必须用存在于现今想要参与世界上的事业的中国人的心里的尺来量，这才懂得他的艺术。①

（四）精神发生场的身体维度

　　尼采的隐喻和卡夫卡的寓言图景所呈现的精神发生场中的身体维度值得重视。这个发生场是将过去和未来整合到当下的瞬间，这一瞬间之场是精神界之战士通过抵抗外在同质、虚无的时间（过去和未来）而获得的，战士如果跳出战场，这个将同质、虚无的时间"空间化""圆满化"的精神场域就不会形成。如阿伦特所说，跳出战场，到战场之外或之上的领地去的梦想是"从巴门尼德一直到黑格尔的西方形而上学的古老梦想"，这个领地是西方形而上学一直梦想的、作为思想本然所在的一个无时间、无空间的超验的领域。② 西方形而上学之所以梦想跳出战场，是因为它的精神与身体二元论，认为精神在时空之外而身体处时空之中，两者对立，因此扬前贬后。尼采抛弃了这个梦想，认为人是终有一死的，人的存在依赖身体，精神不能完全脱离现世的身体而独自在无时间、无空间的超验的领域里存在。立足现在与同质、虚无的时间的对抗形成的精神之场，不是无时间、无空间的超验的领域，而是打上人的身体感觉印记的集时间三维于当下瞬间的圆满的人性之场。永恒不再意味着无时间、无空间、在时空之外，永恒就在当下瞬间之中，

---

① 鲁迅：《当陶元庆君的绘画展览时》，见《而已集》，《鲁迅全集》第 3 卷，人民文学出版社，2005 年，第 574 页。

② 汉娜·阿伦特：《过去与未来之间》，王寅丽、张立立译，译林出版社，2011 年，第 9 页。

也就是在拥有身体的人的抵抗中。在这种抵抗中，精神肉身化，肉身精神化。尼采批判传统形而上学对人的身体的忽视："现存哲学不谈人体，这就扭曲了感觉的概念，沾染了逻辑学的所有毛病，即使是不可能的事物，它都要逞口舌之辩，粗鲁地硬要设假为真！"①因此，特里·伊格尔顿认为"如果对尼采而言，人体本身并不仅仅是强力意志的暂时表现的话，那么，或许可以这样说，人体对尼采意味着所有文化的根基"②。尼采所代表的这种近代精神在波德莱尔的审美现代性里有相似的呈现。波德莱尔认为"现代性就是过渡、短暂、偶然，就是艺术的一半，另一半是永恒和不变"③，真正的艺术家不忘现时，将抽象的永恒现时化，让时间打上人性（感觉、激情、道德、风尚）的印记，取消了现时，永恒会陷入抽象的虚无之中。④ 波德莱尔认为现代的艺术家应有一种英雄气概，从易逝的现时中提取美，这是一场殊死的决斗⑤，这种决斗如果不考虑身体因素是无法解释的。波德莱尔本人的诗歌当中充满身体性的元素。

回到鲁迅，鲁迅极其重视人的身体，如同尼采与波德莱尔，精神的肉身化与肉体的精神化也是鲁迅的萦心之念。鲁迅一方面强调人得要生存，身体是终有一死的人生存的根基，是精神的发生的场域，极力反对以虚伪的精神、意义来剥脱人的基本生存需求。因

---

① 弗里德里希·尼采：《权力意志》，张念东、凌素心译，中央编译出版社，2007 年，第18 页。
② 特里·伊格尔顿：《美学意识形态》，王杰、傅德根、麦永雄译，柏敬泽校，广西师范大学出版社，1997 年，第226 页。
③ 波德莱尔：《现代生活的画家》，《波德莱尔美学论文选》，郭宏安译，人民文学出版社，第439 页。
④ 哈贝马斯在《后现代性的开端：作为转折点的尼采》一文提到："尼采将反基督的回归时间视为'正午的铃声'——这和波德莱尔的审美时间—意识极其一致。在潘(Pan)的时刻，白天屏住了呼吸，时间处于停滞一瞬间同永恒交融一体。"见汪民安、陈永国编《尼采的幽灵——西方后现代语境中的尼采》，社会科学文献出版社，2001 年，第286 页。
⑤ 波德莱尔：《艺术家的"悔罪经"》，《巴黎的忧郁》，郭宏安译，上海译文出版社，2011 年，第7 页。

此,李长之在《鲁迅批判》里认为鲁迅"有一种'人得要生活'的单纯的生物学的信念",并且认为这是鲁迅的根本信念[①];一方面追寻物质性身体的精神化,在身体性的抵抗与挣扎中精神出场。鲁迅的著作中处处可见相关论述。在《我们现在怎样做父亲》里,鲁迅强调保存人的自然生命的重要,父辈们为了孩子应"背着因袭的重担,肩住了黑暗的闸门,放他们到宽阔光明的地方去;此后幸福的度日,合理的做人"[②]。"肩住了黑暗的闸门"是一个带有鲜活的身体感的意象。《呐喊·自序》里提到铁屋里人们的闷死、呐喊也脱离不开人的身体感。用手术刀解剖自己,煮自己的肉,舔自己的伤口等说法都是将精神肉体化的表述;《野草》里游魂剖心自噬,耶稣在碎骨的大痛楚中沉酣于大欢喜和大悲悯,这种阿尔托式残酷独幕剧展现的是肉体的精神化。

第四节　本邦"旧声"与鲁迅内在精神的发生

一、"新声"与"旧声"交响

伊藤虎丸认为鲁迅留日时期通过接触尼采而获得了终末论式自觉,根植于基督教终末论的欧洲近代文明的核心在于精神与物质的对立,人的人格与自由源于把握到从物质自然和社会当中独立出来的精神。伊藤虎丸认为这种作为欧洲近代思想根底的笛卡儿的二元论——把作为物质的自然和作为精神的人格对置起来——完全不同于中国传统思想[③]。竹内好同意伊藤虎丸的说

---

① 李长之:《鲁迅批判》,岳麓书社,2010 年,第 112 页。
② 鲁迅:《我们现在怎样做父亲》,见《坟》,《鲁迅全集》第 1 卷,人民文学出版社,2005 年,第 135 页。
③ 伊藤虎丸:《鲁迅与终末论》,李冬木译,生活·读书·新知三联书店,2008 年,第 76 页。

法,认为东洋没有过欧洲那样的精神之自我运动,他认为,在东洋"精神这个东西就不曾存在过。当然,近代以前有过与此相似的东西,如儒教或佛教中就曾经有过,但这并非欧洲意义上的发展"①。伊藤虎丸认为鲁迅原本地把握了这种欧洲近代精神,他的文学呈现的精神世界是完全不同于中国传统精神的异质世界,这个异质世界与《圣经·旧约》里呈现的世界有相通一面。②

前文已论述,这种看法有失偏颇。尼采的思想与笛卡儿的心身二元论有巨大不同,也与基督教终末论有很大差异,将三者等同看待,这种看法值得商榷。中国传统思想与近代欧洲精神完全异质的看法与事实不符,中国传统思想里"精神"不曾存在过的看法更有待辨析。事实上,叔本华、尼采的思想对传统欧洲思想有重大突破,这种突破甚至是颠覆性的,它的重要思想来源恰恰是古老的东方智慧。③ 将鲁迅留日时期的精神自觉说成基督教终末论式自觉,是只看到了异邦的新声对鲁迅内在精神的影响,忽视了鲁迅身上所具有的中国传统思想资源,特别是传统心学与佛学。伊藤虎丸的鲁迅研究选取的主要是西方视角,没有摆脱中西二元对立的思维框架。在《摩罗诗力说》里,鲁迅认为"诗心"人人先天本有,"凡人之心,无不有诗,如诗人作诗,诗不为诗人独有,凡一读其诗,心即会解者,即无不自有诗人之诗"④。因此,只要能激活内在的自觉之声,古今中外的精神资源皆可利用,包括基督教、尼采思想,

---

① 竹内好:《近代的超克》,孙歌编,李冬木、赵京华、孙歌译,生活·读书·新知三联书店,2005 年,第 191 页。
② 伊藤虎丸:《鲁迅与终末论》,李冬木译,生活·读书·新知三联书店,2008 年,第 108—109 页。
③ 叔本华的思想受印度宗教影响很深,而尼采又受到叔本华的影响。尼采说过他要做欧洲的佛陀。尼采的永恒轮回与佛教的轮回思想的关系也值得注意,美国尼采研究者法兰尼·米斯齐(Freny Mistry)认为尼采的"永恒轮回"很可能来自佛教的轮回思想。参见 Freny Mistry. *Nietzsche and Buddhism*. Walter de Gruyter & Co., 1987, p79。下文对此会有详细讨论。
④ 鲁迅:《摩罗诗力说》,见《坟》,《鲁迅全集》第 1 卷,人民文学出版社,2005 年,第 70 页。

也包括佛教、庄子甚至儒家心学等思想,它们之间有许多相通之处。许多思潮流派为鲁迅所用,但鲁迅并不属于任何一种思潮流派,关键在他不将各种思潮作对象化的现成之物看待,而是领会各种思潮的内在精神,"权衡校量,去其偏颇,得其神明"、"取今复古,别立新宗"。

上一节呈现了鲁迅留日时期接触尼采为代表的西方近代思潮这一异邦新声而获得的精神自觉,这一节则侧重从中国传统思想这一"旧声"来探究鲁迅内在精神的发生。

二、清末民初心学、佛学的复兴

清代朴学达到鼎盛之后,出现偏于考据一极而脱离实际生活的弊端,背离原来经世致用的初衷。作为对古文经学、朴学的反动,常州的庄存与及后学刘逢禄等人为代表的常州学派提倡今文经学,与专注考据、训诂的古文经学、朴学不同,常州学派"不专为汉宋笺注之学,而独得先圣微言大义与语言文字之外"[①]。常州学派与朴学之争还局限于学术之争,真正关注现实政治、经济问题,提倡经世致用的今文学者由龚自珍、魏源始,龚自珍、魏源皆受陆王心学、佛学的影响,强调"心"的力量。龚自珍认为人心关系世道王运:"人心者,世俗之本也;世俗者,王运之本也。人心亡,则世俗坏;世俗坏,则王运中易。"[②]提出心力、尊心之论,认为"医大病,解大难,谋大事,学大道,皆以心之力"[③];"心尊,则其官尊矣;心尊,则其言尊矣;官尊、言尊,则其人亦尊矣"。[④] 魏源也极力推崇自我与心源:"人知心在身中,不知身在心中也,'万物皆备于我矣'。"[⑤]

---

① 阮元:《庄方耕宗伯经说序》,见《味经斋遗书》卷首。转引自汤志钧《近代经学与政治》,中华书局,2000 年,第 69 页。
② 龚自珍:《平均篇》,《龚自珍全集》,上海人民出版社,1975 年,第 78 页。
③ 龚自珍:《壬癸之际胎观第四》,《龚自珍全集》,上海人民出版社,1975 年,第 15—16 页。
④ 龚自珍:《尊史》,《龚自珍全集》,上海人民出版社,1975 年,第 81 页。
⑤ 魏源:《魏源集》上册,中华书局,1976 年,第 13 页。

"回光返照，则为独知独觉；彻悟心源，万物备我，则为大知大觉。"①在龚自珍、魏源的推崇之下，为社会转型之需，陆王心学、佛学成复兴之势。梁启超说："晚清思想界有一伏流曰：佛学。前清佛学极衰微，高僧已不多，即有，亦与思想界无关系。……其后龚自珍受佛学于绍升，晚受菩萨戒。魏源亦然，晚受菩萨戒，易名承贯，著《无量寿经会译》等书。龚、魏为'今文学家'所推奖，故今文学家多兼治佛学。……故晚清所谓新学家，殆无一不与佛学有关系……"②后来者康有为、谭嗣同、梁启超、严复、章太炎、熊十力等无不推崇心之根本，大多受心学、佛学影响。因此，梁启超认为"数新思想之萌蘖，其因缘固不得不远溯龚、魏"。③

贺麟在《中国哲学的调整与发扬》一文里叙述了从康有为、谭嗣同、梁启超、章太炎到梁漱溟、熊十力、马一浮等人的思想。他认为根据这近五十年来中国哲学的叙述，可以看出"如何由粗疏狂诞的陆、王之学，进而为紧密系统的陆、王之学，如何由反荀反程的陆、王之学，进而为程、朱、陆、王得一贯通调解的理学或心学。并且可以看出这时期儒家哲学之发展，大都基于佛学的精研，因而儒学、佛学也得一新的调解"。对于五十年来陆、王学派兴盛的缘由，贺麟也有分析，认为主要有两点：

（一）陆、王注重自我意识，于个人自觉、民族自觉的新时代，较为契合。因为过去五十年，是反对传统权威的时代，提出自我意识，内心直觉，于反抗权威，解脱束缚，或较有帮助。

（二）处于青黄不接的过渡时代，无旧传统可以遵循，无外来标准可资模拟。只有凡事自问良知，求内心之所安，提挈自己

---

① 魏源：《魏源集》上册，中华书局，1976 年，第 14 页。
② 梁启超：《清代学术概论》，《梁启超论清学史二种》，复旦大学出版社，1985 年，第 81 页。
③ 梁启超：《论中国学术思想变迁之大势》，上海古籍出版社，2001 年，第 127 页。

的精神,以应付瞬息万变的环境。庶我们的新人生观,新宇宙观,甚至于新的建国事业,皆建筑在心性的基础或精神的基础上面。[①]

这些也是佛学复兴的缘由,陆、王心学与佛学往往互鉴互发。此外,佛学的批判意识、众生平等的观念,唯识学的思辨品格、依自不依他的精神等与西方近现代思潮有契合之处,皆有助于当时传统中国社会的近现代社会的转型。

除了贺麟所说的时代因素,晚清心学复兴的另一大缘由在于心的文化是中国传统思想的特质。徐复观在《心的文化》一文中说,中国文化最基本的特性是心的文化:"《易传》里有几句容易发生误解的话:'形而上者谓之道,形而下者为之器。'这里所说的道,指的是天道,'形'在战国中期指的是人的身体,即指人而言。器是指为人所用的器物。这两句话的意思是说在人之上者为天道,在人之下的是器物。这是以人为中心所分的上下。而人的心则在人体之中。假如按照原来的意思把话说完全,便应添一句:'形而中者谓之心。'所以心的文化,心的哲学,只能称为'形而中学',而不应讲成形而上学。"[②]从《诗经》里的"知我者谓我心忧"、《尚书》里的"人心惟危,道心惟微,惟精惟一,允执厥中",到孟子所说的"心之官则思",到老子的"圣人无常心,以百姓为心"、庄子的"心斋"、"有机事,必有机心",再到佛教所说的"应无所住而生其心""明心见性",再到宋明理学、心学的"无天地立心""吾心即宇宙,宇宙即吾心",可见"心"是儒释道的内核。在日常生活层面,汉语的"心"字渗透于中国普通民众的心灵体验之中。传统中国,世道人心极其重要。如郜元宝所说,从《诗经》时代延绵至今,有着由

① 贺麟:《五十年来的中国哲学》,商务印书馆,2002年,第18页。
② 徐复观:《心的文化》,《中国人文精神之阐扬——徐复观新儒学论著辑要》,中国广播电视出版社,1996年,第113—114页。

精英和俗众围绕"心"这个基本词共同书写的文化母本（心灵体验方式）。①

三、鲁迅之"心学"

鲁迅读过私塾，参加过科举考试，"几乎读过十三经"，身处上文所说的心学复兴、西学东渐的晚清，在这个中西思潮交汇激荡的时代，留日时期的鲁迅求异邦新声必然携带着自身的本邦旧声。向西方学习的日本明治维新也以阳明心学为先导。章太炎在《答铁铮》一文说："明之末世，与满洲相抗、百折不回者，非耽悦禅观之士，即姚江学派之徒。日本维新，亦由王学为其先导。王学岂有他成？亦曰'自尊无畏'而已。"②留日时期的鲁迅师从章太炎，受其影响颇深。1903 年，章太炎因替邹容的《革命军》作序触怒清廷而被捕入狱。在牢狱的三年，章太炎读法相唯识宗经典而悟大乘佛法之义。他推重华严、法相二宗，认为其自贵其心，依自不依他：

> 佛教里面，虽有许多他力摄护的话，但就华严、法相讲来，心佛众生，三无差别。我所靠的佛祖仍是靠的自心，比那基督教人依傍上帝，扶墙摸壁，靠山靠水的气象，岂不强得多吗？③
>
> 以勇猛无畏治怯懦心，以头陀净行治浮华心，以惟我独尊治猥贱心，以力戒诳语治诈伪心。此数者，其他宗教伦理之言，亦能得其一二，而与震旦习俗相宜者，厥惟佛教。④

受章太炎的影响，鲁迅在留日时期很关注佛教，读了许多佛经。据徐梵澄回忆："先生（鲁迅）在日本留学时，已研究佛学，揣想

---

① 郜元宝：《鲁迅六讲》，北京大学出版社，2007 年，第 6 页。
② 章太炎：《答铁铮》，《章太炎文集》，书林主编，线装书局，2009 年，第 225 页。
③ 章太炎：《东京留学生欢迎会演说辞》，《章太炎文集》，书林主编，线装书局，2009年，第 6—7 页。
④ 章太炎：《与梦庵》，《章太炎文集》，书林主编，线装书局，2009 年，第 268 页。

其佛学造诣,我至今不敢望尘。"①在《破恶声论》里,鲁迅认为"佛教崇高,凡有识者所同可"。② 作为鲁迅所说的"有学问的革命家",章太炎推重佛教归根是为了补救时弊,要"用宗教发起信心,增进国民的道德"③。无论是为社会的道德还是革命军的道德起见,提倡佛教是最要。因此,章太炎所说的自心、信心之心是世道人心之心,与一国的命运相始终,区别于笛卡儿二元论里与物质、身体、社会脱离的思维之心。可以说,章太炎之心学是中国传统心学之创新发扬,而这种创新发扬建立在与西方思潮的对照当中。鲁迅对尼采的接受,除了自身气质与尼采契合,或许也受到章太炎影响。章太炎曾谈论佛学与王学的关系时提及尼采,认为尼采超人学说的厚自尊贵之风可与王学、佛学相比:

> 仆所奉持,以依自不依他为皋极。佛学,王学虽有殊形,若以《楞伽》,五乘分教之说约之,自可铸融为一。王学深者,往往涉及大乘,岂特天人之诸教而已,及其失也,或不免偏于我见,然彼所谓我见者,是自信,而非利己,犹有厚自尊贵之风,尼采所谓超人,庶几近之(但不可取尼采贵族之说)。④

因此,伊藤虎丸认为尼采思想与中国传统文化完全异质的看法有待商榷。在西方众多思想家和哲学家中,尼采对中国的影响特别大,二十世纪,中国出现了几次尼采热。究其缘由,尼采思想与中国传统思想在某些方面的契合是其中之一。戴凯利认为,尼

---

① 徐梵澄:《星花旧影——对鲁迅先生的一些回忆》,见鲁迅博物馆、鲁迅研究室、《鲁迅研究月刊》选编的《鲁迅回忆录》散编(下册),北京出版社,1981 年,第 1329 页。
② 鲁迅:《破恶声论》,见《集外集拾遗补编》,《鲁迅全集》第 8 卷,人民文学出版社,2005 年,第 31 页。
③ 章太炎:《东京留学生欢迎会演说辞》,《章太炎文集》,书林主编,线装书局,2009 年,第 5 页。
④ 章太炎:《答铁铮》,《章太炎文集》,书林主编,线装书局,2009 年,第 230 页。

采思想与中国古典哲学的差异并不大，尼采实际上是一个非常中国式的思想家：

> 要之，尼采把哲学当做文化批判，毫不犹豫地把概念问题变成道德问题，所以他比起那些专业的、学院的哲学家，就更容易为中国读者所接受。……尼采设法同时在诗的领域和理性论述的领域进行思考论辩。他著作的风格总的来说，跟中国古典哲学思维是很协调的……①

张钊贻认为尼采有可能读过《道德经》《大学》等书，提及过老子和孔子。法兰尼·米斯齐（Freny Mistry）认为尼采的"永恒轮回"很可能来自佛教的轮回思想。② 他在《尼采与佛教》一书认为，尼采于1881年8月间永恒轮回思想的形成受到奥登堡（Oldenberg）所著《佛陀》一书的启发，此书1881年在柏林出版，有文献证明尼采读过此书。法兰尼·米斯齐认为在《查拉图斯特拉如是说》一书的注释中特别提到奥登堡所著《佛陀》一书中有关轮回内容的页数，而且尼采在自传中谈永恒回转思想形成时提到过佛教："正是这十八个月的数目，促使我，起码从佛教徒的观点来看，产生了这样的念头，即我本来就是一头母象。"③

回到鲁迅留日时期所写的《摩罗诗力说》《文化偏至论》《破恶声论》等文章，可以发现里面有中国传统心学的影子。这几篇文章的论述都将每个时期的人心与世道相关联，以此来对西方文明追根溯源。《摩罗诗力说》中对西方摩罗诗人的心声与诗力的引介与自龚自珍、魏源到康有为、严复、章太炎等人对心之力的推重的思

---

① 转引自[澳] 张钊贻：《鲁迅：中国"温和"的尼采》，北京大学出版社，第138页。
② 同上。
③ 转引自智化：《尼采对轮回的领悟》，《法音》，1992年第2期，第41页。原文见 Freny Mistry. *Nietzsche and Buddhism*. Walter de Gruyter & Co., 1987, p30.

潮契合。在《摩罗诗力说》《文化偏至论》《破恶声论》等文章里，鲁迅用自心、自性、所它、灵府、灵明、内曜、神明、神思等源自儒释道的概念来阐明尼采为代表的西方近代精神。郜元宝对此作了概括：

> 鲁迅的"立人"思想，一向被认为来自西方话语背景，然而如果着眼于早期著作中"立人"和"立心"之间不可分割的关系，则似乎更应该考察其"立人"思想与中国传统的渊源。实际上，"立人"与"立心"既是纯正的汉语，也是纯正的中国哲学的概念（特别是宋儒的口头禅）。魏晋时期，"人"即普遍被视为"五行之秀""天地之心"（刘勰《文心雕龙·原道》），宋儒干脆说"立人"就是"为天地立心"（《张子语录》）……"立人"，在根本上就是"立心"。人生天地间，倘无以自立，就好比天地无心。天地无心，整个世界就失去意义，而这正是青年鲁迅最大的忧患。用他的话说，就是"寂寞为政，天地闭矣"。①

四、佛学与鲁迅的精神自觉

鲁迅身上的传统"心学"之伏流，在他接触西方近代思潮时与之交汇，"取今复古，别立心宗"。鲁迅不是以哲学理论而是以文艺的方式来把握传统心学与西方精神。在他和周作人合译的《域外小说集》序言里，他曾论及翻译域外文学的目的："异域文术新宗，自此始入华土。使有士卓特，不为常俗所囿，必将犁然有当于心，按邦国时期，籀读其心声，以相度神思之所在。"②可见，神思、心声与鲁迅所说的"诗心"一样人人具有，没有中西古今之别。因此，与

---

① 郜元宝：《鲁迅六讲》，北京大学出版社，2007 年，第 3 页。
② 鲁迅：《〈域外小说集〉序言》，见《译文序跋集》，《鲁迅全集》第 10 卷，人民文学出版社，2005 年，第 168 页。

探究鲁迅留日时期的内在精神属于传统心学还是尼采为代表的近代欧洲精神相比，更重要的是揭示鲁迅如何摒弃传统心学与近代欧洲精神各自的"偏至"，发见两者根底上的相通之处。因此，探究鲁迅内在精神与传统心学、尼采思想的相通之处以及尼采思想与中国传统思想的契合之处，不是为了在中西二元对立的框架内将鲁迅定位为传统者或西化者，也不是弄清这些相通之处是谁受了谁的影响。事实上，从精神现象学的角度看，人的内在精神有一种如海德格尔所说的"深深隐藏着的亲缘关系"。这些相通之处正是这种亲缘关系的体现，不论彼此之间有没有事实上的关联。从精神现象学的角度直观这些"深藏的亲缘关系"，会对人的内在精神的本质有更深的洞见。

前文已从精神现象学的视角呈现了受尼采为代表的欧洲近代精神影响的鲁迅的精神自觉。对于尼采的隐喻和卡夫卡的寓言里呈现的集过去与未来于现时之裂隙，阿伦特说："我怀疑这个裂隙不只是一个现代现象，更不是一个历史材料，而是与人在地球上的存在共存的现象。它完全是一个精神场域，或者不如说思想开辟的道路，是思考在有死者的时空内踏出的非时间小径，从中，思想序列、记忆与想象的序列把他们所碰触的东西从历史时间和生物时间的毁损中拯救出来。"①作为"与人在地球上的存在共存的现象"的这个精神场域，也可以在佛学里发现。日本京都学派②第二代的代表人物西谷启治，受胡塞尔、海德格尔现象学影响，在其名著《宗教是什么》一书里，从现象学的角度直观到了佛教里的轮回与集过去、未来于当下的瞬间之关系的本质。

---

① 汉娜·阿伦特：《过去与未来之间》，王寅丽、张立立译，译林出版社，2011 年，第10 页。
② 日本京都学派由哲学家西田几多郎（1870—1945）开创，是日本近现代哲学的代表，依凭大乘佛教、中国禅宗、日本道元禅等东亚思想，致力于对西方现代哲学的借鉴、转化，以创造出独特的思想体现。竹内好受京都学派，特别是其开创者西田几多郎的影响颇深。后文对此有详细讨论。

在《宗教是什么》一书里,西谷启治认为尼采关于瞬间与永恒轮回的虚无主义思想,使得基督教的末世论及末日审判的观念不再具有给予人精神方向的力量,在权力意志的立场,世界变成意志的显现。他认为尼采的这种虚无立场接近佛教"空"的立场:

> 所有的世界过程成为由"朝向意志的意志"所贯通者,成为在清冷的"生成之无垢"中任运腾腾的"游戏"。这或许可以说是以"主意主义的"(voluntaristic)方式将赫拉克利特加以近代化的立场。可以感受到让人觉得接近之前所举道元的"三年逢一闰,鸡向五更啼",以及"一毫无佛法,任运且延时"之立场的气息。①

西谷启治指出,佛教的轮回时间观的根底在现在之瞬间,一切万有的生成变化都以现在之本现起,现在之瞬间纵贯于世界与时间的无限的回归当中,是作为脱自的超越之场:

> "时间"作为一个整体回归到"现在"的瞬间之本。在"时间"当中无尽散乱的一切万有,是纯然的"生成"的同时,又再被收摄为一,在现在之本现起。作为永劫回归的"世界——时"的直观,与朝向现在之"本"的回归是无法切离的。②

西谷启治认为尼采的永恒轮回所开启的虚无之场与之接近,"当'时间'成为环,世界成为永劫回归者之时,它在现在的当下开启了虚无的深渊,而且在现在之本中现起";"在尼采永劫回归的直观中,也有现在所说的意义。它与'现在'这一个瞬间结合,只有在

---

① 西谷启治:《宗教是什么》,陈一标、吴翠华译注,联经出版公司,2011年,第246页。
② 同上,第261页。

当下现前，也就是表示它拥有现在的实存性的自觉之性格"。①

　　然而，尽管尼采的虚无的立场接近于佛学的空的立场，西谷启治认为两者仍有差异。尼采的虚无立场反对外在一切对象化的存在，反对有一个像基督教的神一样的存在者；强力意志是绝对生成的原理，不是存在的绝对根本，"但是尽管如此，它只要是'意志'，亦即只要被认为是第三人称的'它'，便未脱离'存在者'的性格"。"它只要还被认为是意志的事物，它就还残留有对我们自身而言的他者的意义，就不能成为我们可以真正在其中根源性地自觉到我们自身者。"②这种看法与海德格尔相同，西谷启治或许受到海德格尔的启发。海德格尔认为，尼采试图用虚无主义摧毁主体形而上学，然而却构建了一个极端主体性形而上学，形而上学不但没有被克服，反而得以完成，因为虚无主义与形而上学是一体两面，探究的都是"存在者"而不是"存在"。③西谷启治认为尼采的虚无的立场更接近于佛教里"业的立场"。尼采说过，永恒轮回是最沉重的负担，每一样痛苦、欢乐、念头、叹息都再度出现。④强力意志将这种命运性的永恒轮回变成自我的意愿，自我的自由创造。在东洋的"业"的观念也有这种命运性，"身口意业"以无始无终的"时间"为场所，"无始无终的时间同时赋予存在以重担与负债的性格，

---

① 西谷启治：《宗教是什么》，陈一标、吴翠华译注，联经出版公司，2011年，第262—263页。

② 同上，第247、267页。

③ 马丁·海德格尔：《尼采》(上卷)，孙周兴译，商务印书馆，2003年，第645页。

④ 尼采在《快乐的科学》第四卷341节《最重的分量》里说道："假如恶魔在某一天或某个夜晚闯入你最难耐的孤寂中，并对你说：'你现在和过去的生活，就是你今后的生活。它将周而复始，不断重复，绝无新意，你生活中的每种痛苦、欢乐、思想、叹息，以及一切大大小小、无可言说的事情皆会在你身上重视，会以同样的顺序降临，同样会出现此刻树丛中的蜘蛛和月光，同样会出现现在这样的时刻和我这样的恶魔。存在的永恒沙漏将不停地转动，你在沙漏中，只不过是一粒尘土罢了！'你听了这恶魔的话，是否会瘫倒在地呢？你是否会咬牙切齿，诅咒这个口出狂言的恶魔呢？"见弗里德里希·尼采《快乐的科学》，刘小枫编，黄明嘉译，华东师范大学出版社，2007年，第317页。

以及创造与自由的性格,而且在其背后看见可称为无限行动者"。①
一方面,在"时间"当中"有"(being),本质上内含有不断不得已地
去"为"(doing)的意义。为确保我们的存在,必须借着活动来消偿
存在所欠下的负债不可。然而,我们有所作为以偿还负债时,此一
偿还行为自身成为新的负债的种子。我们的此在就禁闭在无限负
债性的自身当中。② 另一方面,业无论何时都是"我的"业。这就
表示它是自由的业,亦即含有朝向虚无的脱自的超越。可见,尼采
的"虚无的立场"和佛教的"业的立场"具有命运与自由的双重性
格,这根源在于两者都没有彻底脱离自我中心性的立场。③ 这种
我执的立场是永恒轮回里痛苦的根源。虚无的立场、业的立场需
要转换到空的立场,而空的立场是身心脱落的无我立场。④

　　回到对鲁迅的精神自觉的分析。从精神现象学角度看,尼采
思想和佛学的构思方式、精神内核有契合之处。鲁迅受尼采与佛
学的影响都非常深,伊藤虎丸说鲁迅原本地领会了尼采的内在精
神,同样可以说鲁迅对佛学的领会也非常原本。如上文所述,留日
时期的鲁迅推重尼采"立意在反抗,指归在动作"的自我意志,受章
太炎影响推重佛学"依自不依他"的自心、自性。然而,如西谷启治
所说,尼采的强力意志在反抗外在权威,破除超越的存在者之后,
不免会陷入自我中心,陷入自我与他者的二元对立,产生自我轮回
的痛苦。章太炎推重唯识学,批判阳明心学和尼采思想都偏于我
见,但仍然区分作为本体的自性的真我与无自性的幻我,万物托因
缘而起,但"真如本识非因缘生……真如本识无有缘起"⑤。龙树
在《中论》里则认为"如诸法自性,不在于缘中"的说法不当,"众因
缘生法,我说即是空;亦是为假名,亦是中道义",万物与一切法都

---

① 　西谷启治:《宗教是什么》,陈一标、吴翠华译注,联经出版公司,2011 年,第 270 页。
② 　同上,第 272—273 页。
③ 　同上,第 284 页。
④ 　同上。
⑤ 　章太炎:《菿汉微言》第 70 则,《菿汉三言》,辽宁教育出版社,2000 年,第 27 页。

因缘而起，缘起性空，因而皆无自性，皆为空。这就是西谷启治所说的"身心脱落、脱落身心"的"空的立场"。可以说，留日时期的鲁迅的精神自觉处于尼采的虚无的立场与佛学的业的立场，有一种乐观、优越的先觉者意识，这仍是一种我执。诚如伊藤虎丸所说，留日时期鲁迅的精神自觉只是第一次"回心"。随着所提倡的文艺运动的失败，回国后又经历许多挫折，鲁迅感到无端的悲哀、大毒蛇般的寂寞，从这些经历里反省到"我决不是一个振臂一呼应者云集的英雄"[①]，这才有了第二次"回心"。

事实上，从鲁迅留日之后的著作里可以窥探到鲁迅内在精神里常有一种令人窒息的沉重感和绝望的宿命感，对人生之苦也有深切体会，常可见他与虚无、痛苦搏斗的痕迹，除了自身气质和经历外，与他深受尼采与佛教的影响有很大关系。

第五节　纯文学与内在精神的发生

引言里说过，鲁迅内在精神的发生有不同面相和层次，各面相、层次不能简单线性串联，也不能相互割裂，而是在彼此的映照中形成一个复杂体。留日时期的鲁迅弃医从文，提倡文艺以改变国民的精神。文艺如何改变人的精神？事实上，在《摩罗诗力说》里论及了两种不同文艺改变精神的不同方式。一种是以拜伦为代表的摩罗诗人和以尼采为代表的新神思宗所体现的文艺思潮，这种文艺张扬意力与灵明，"立意在反抗，指归在动作"，新神思宗"厉如电霆，使天下群伦，为闻声而摇荡"，"凡人之心，无不有诗"，凡一读摩罗诗人之诗，心即解会，即无不自有诗人之诗。"诗人之为语，则握拨一弹，心弦立应，⋯⋯如睹晓日，益为之美伟强力高尚发扬，

---

① 鲁迅：《呐喊·自序》，见《呐喊》，《鲁迅全集》第 1 卷，人民文学出版社，2005 年，第 439—440 页。

而污浊之和平,以之将破。"①这种文艺能瞬间直指人心,激发意力以抗时俗。然而,《摩罗诗力说》里还论及了另一种文艺改变精神的方式,往往被人忽视,这种文艺鲁迅称之为"纯文学":

> 由纯文学上言之,则以一切美术之本质,皆在使观听之人,为之兴感怡悦。文章为美术之一,质当亦然,与个人暨邦国之存,无所系属,实利离尽,究理弗存。故其为效,益智不如史乘,诚人不如格言,致富不如工商,弋功名不如卒业之券。特世有文章,而人乃以几于具足。英人道覃(E. Dowden)有言曰,美术文章之桀出于世者,观诵而后,似无禅于人间者,往往有之。然吾人乐于观诵,如游巨浸,前临渺茫,浮游波际,游泳既已,神质悉移。而彼之大海,实仅波起涛飞,绝无情愫,未始以一教训一格言相授。顾游者之元气体力,则为之陡增也。故文章之于人生,其为用决不次于衣食,宫室,宗教,道德。……严冬永留,春气不至,生其躯壳,死其精魂,其人虽生,而人生之道失。文章不用之用,其在斯乎? 约翰穆黎曰,近世文明,无不以科学为术,合理为神,功利为鹄。大势如是,而文章之用益神。所以者何? 以能涵养吾人之神思耳。涵养人之神思,即文章之职与用也。②

可以看出,鲁迅这里所说的"纯文学"改变人的精神的方式明显不同于摩罗诗人的诗歌:前者对神思缓慢而柔和的涵养不同于后者对灵明、意志迅速而有力的张扬;前者"与个人暨邦国之存,无所系属",后者撄人心,破和平,抗时俗。前文从精神现象学角度呈现了鲁迅受拜伦、尼采影响而产生的精神自觉之形式:依凭先天

① 鲁迅:《摩罗诗力说》,见《坟》,《鲁迅全集》第 1 卷,人民文学出版社,2005 年,第 70 页。
② 同上,第 73 页。

本有的自心、自性对抗外在之物，在不断的抵抗中否定外在异化的非我，肯定真我、张扬意志，在这种对抗中，拥有身体的人将精神肉体化、肉体精神化；立足现在与过去和未来对抗，在对抗中将过去和未来集于当下瞬间。然而，在阅读"纯文学"时，人的内在精神的发生与此明显不同。

以游泳于大海而使得游者在不觉中"神质悉移""体力陡增"来比喻文章的不用之用，契合于中国传统文化里的文艺观。庄子说"人皆知有用之用，而莫知无用之用"（《人世间》）、"知无用而始可与言用矣"（《外物》），这种"无用之用"体现在"游"的自由境界里。庄子之文处处可见"游"字："逍遥游""游心""游乎四海之外""游乎天地之一气"……在庄子那里，"游"字象征着精神的自由解放。①可以说，"游"字是体悟中国文艺精神和哲学境界的核心字眼。孔子说"志于道，据于德，依于仁，游于艺"（《论语·述而》），嵇康说"俯仰自得，游心太玄"（《赠秀才入军》）。在游于文艺、自然、天地之中澄怀味道，涵养神思，变化气质。而道与天地、自然都是循环往复的。《易经》说："无往不复，天地际也。"《易系·辞传》说："易之为道也，累迁，变动不居，周流六虚。"中国文艺精神里呈现的宇宙是"时间率领空间，因而成就了节奏化、音乐化了的'时空合体'。这是'一阴一阳之谓道'"②。在游的自由境界被道涵养的神思能够"观古今于须臾，抚四海于一瞬"（陆机《文赋》）。刘勰则说："古人云'形在江海之上，心存魏阙之下'，神思之谓也。文之思也，其神远矣。故寂然凝虑，思接千载，悄焉动容，视通万里；……故思理为妙，神与物游。"（《文心雕龙》）

可见，这种"神与物游"与尼采的隐喻呈现的意志与物的对抗明显属于两种不同的精神发生方式。尼采反对西方传统形而上学

---

① 徐复观：《中国艺术精神》，广西师范大学出版社，2007 年，第 46 页。
② 宗白华：《中国诗画中所表现的空间意识》，《美学散步》，上海人民出版社，1981 年，第 113 页。

和基督教的关于感性世界与超感性世界的二元论,然而,如海德格尔所说,尼采只是对它们做了颠倒,并没有推翻二元论的传统形而上学反而是完成了它①。尼采在极端推崇感性世界时将超感性世界内化于感性世界,也就是在推翻传统形而上学的本体之后将意志本体化,意志与物的对立变得更激烈,只有立足于现在与过去、未来的对抗中才能将瞬间永恒化,意志在瞬间当中永恒轮回。在身心关系上,尼采反对西方传统形而上学贬低、忽视身体、推崇无身体的理性精神,要将肉体意志化、意志肉体化,这是一个充满痛苦的过程。而在"游"的精神里,"虚室生白",以虚白之心纳物,不是物我、身心的对抗而是融通。时空的合体与循环在"游"而不是对抗中呈现。在"游"当中,身心圆融无碍、合为一体。

　　如上文徐复观所说,中国文化是心的文化,而心在身体当中,与主张心居身之上的西方传统形而上学不同,因此"心学"可称为"形而中学"。心在身体当中不能从生物学角度理解,不能理解成笔在笔筒里那样的空间关系,而应理解成心交融于全身,心身不二。身体性是"形而中学"之特质。在西方传统形而上学看来,"心"也就是"精神""自我意识"等,没有空间性,不在身体当中,而身体只是物质性的躯壳,遭到贬抑。这种心身二元论直到20世纪的以法国哲学家梅洛-庞蒂为代表的身体现象学那里才逐渐被克服。在梅洛-庞蒂看来,身体是活的主体性肉体,心与身互动交织不可分离。身体现象学与中国传统心学有契合之处。鲁迅用游泳者来比喻观诵文章之人,以大海比喻文章,以在"游"中"神质悉移","元气与体力陡增"比喻观诵文章之人内在精神的发生方式。可见,这种"游泳之喻"的关键也在身体性,这里所说的"内在精神"是身体性的精神。在《摩罗诗力说》中,紧接着"游泳之喻",鲁迅以冰为喻,区分文章与科学,两者区分的关键也在"身体":

---

① 　马丁·海德格尔:《尼采》(上卷),孙周兴译,商务印书馆,2003年,第645页。

此他丽于文章能事者，犹有特殊之用一。盖世界大文，无不能启人生之闷机，而直语其事实法则，为科学所不能言者。所谓闷机，即人生之诚理是已。此为诚理，微妙幽玄，不能假口于学子。如热带人未见冰前，为之语冰，虽喻以物理生理二学，而不知水之能凝，冰之为冷如故；惟直示以冰，使之触之，则虽不言质力二性，而冰之为物，昭然在前，将直解无所疑沮。惟文章亦然，虽缕判条分，理密不如学术，而人生诚理，直笼其辞句中，使闻其声者，灵府朗然，与人生即会。如热带人既见冰后，曩之竭研究思索而弗能喻者，今宛在矣。……①

《外篇·秋水》说："夏虫不可以语于冰者，笃于时也。"这句话里暗含了一个道理：只有亲身所见、所感的"体知"才是真知，夏虫"笃于时"，没有这种"体知"，所以不能"语于冰"。这与鲁迅所说热带人未见冰前不可语于冰是同一个道理。钱锺书在谈到黑格尔所说由旧相识转而为真相知的认识过程时，引用《河南程氏遗书》里一段话，讲的也是这个道理："真知与尝知异。尝见一田夫被虎伤。……虎能伤人，虽三尺童子莫不知之，然也未尝真知，真知须如田夫乃是。"②可见，真知的关键在于要"体知"。龚鹏程认为"体察、体验、体认、体证、体悟、体贴、体会"等语词在中国哲学或中国人的理解活动中都极重要，"不理解这些语词或不懂，就不可能懂得中国哲学、不可能理解中国人"，它们"都是以体验之，而又验之于体的行为，得之于整个身心，故与仅赖知识性的认知活动并不相同"③。鲁迅说"闷机""人生之诚理"只有通过身体的感知才能获得的看法契合于中国传统思想对真知的看法。在胡塞尔开创的现

---

① 鲁迅：《摩罗诗力说》，见《坟》，《鲁迅全集》第 1 卷，人民文学出版社，2005 年，第 74 页。

② 钱锺书：《读拉奥孔》，《七缀集》，生活·读书·新知三联书店，2002 年，第 58 页。

③ 龚鹏程：《中国传统文化十五讲》，北京大学出版社，2006 年，第 13 页。

象学里也可以找到相近的看法,胡塞尔在《现象学的观念》一书谈到"认识如何可能"时举了一个天生的聋子的例子:

> "如何可能"的问题……永远不可能根据关于超越之物的预先被给予的知识以及对此预先被给予的公理得以解决,哪怕它是产生于精密科学之中的公理;对这个思想,我们的补充说明如下:一个天生的聋子知道,有声音存在,并且声音形成和谐,并且在这种和谐中建立了一门神圣的艺术;但他不能够理解,声音如何做这件事,声音的艺术作品如何可能。他也不能想象同一类东西,即:他不能直观它们,并且不能在直观中把握"如何可能"。……对只是被知道,而不是被直观到的存在进行演绎,这是行不通的。直观不能论证或演绎。……我完全可以肯定,有超越的世界存在,可以把所有自然科学的全部内容看作有效的;但我不能借用它们。我永远不能奢望借助超越的假设和科学的结论达到我在认识批判中想达到的目的:即观察到超越认识的客观性的可能性。①

在这里,胡塞尔区分了"被知道"和"被直观到"的存在,前者是科学的论证或演绎所得,后者则来源于人的身体性的直观。超越认识的客观性不能借用前者,而必须以后者为前提,身体性的直观是认识得以可能的根基。胡塞尔以一个天生的聋子与声音的关系为例,虽然天生的聋子可以知道许多关于声音的科学知识,但是他没听到过声音,对声音没有身体性的直观,因此一个天生的聋子对声音没有真知。这与鲁迅所说"热带人未见冰前,为之语冰,虽喻以物理生理二学,而不知水之能凝,冰之为冷如故;惟直示以冰,使之触之,则虽不言质力二性,而冰之为物,昭然在前,将直解无所疑

---

① 埃德蒙德·胡塞尔:《现象学的观念》(五篇讲座稿),倪梁康译,人民出版社,2007年,第34页。

沮"的看法相通。

可见，鲁迅所说的"纯文学"开启了一个精神发生之场，身与心在"游"于此发生场之中相感相通，成为不可分的心身一体。这一体之身心能够"体知"到主客未分之前的"真知"。

第六节　不论新旧的"白心"
与精神发生场

在《破恶声论》一文里，鲁迅破时人求新声于异邦之后所提倡的两大恶声：一主张"汝其为国民"，要破迷信，崇侵略，尽义务；一主张"汝其为世界人"，要同文字，弃祖国，尚齐一。鲁迅认为"二类所言，虽或若反，特其灭裂个性也大同"。[①] 人的个性在其心声与内曜，舍此而求外在之声，则是逐末忘本，"若其本无有物，徒附丽是宗，辄岸然曰善国善天下，则吾愿先闻其白心"。心是根本，其他皆为枝叶。具有心声与内曜之人：

> 天时人事，胥无足易其心，诚于中而有言；反其心者，虽天下皆唱而不与之和。其言也，以充实而不可自已故也，以光曜之发于心故也，以波涛之作于脑故也。是故其声出而天下昭苏，力或伟于天物，震人间世，使之瞿然。瞿然者，向上之权舆已。盖惟声发自心，朕归于我，而人始自有己；人各有己，而群之大觉近矣。[②]

这也就是《摩罗诗力说》《文化偏至论》所说依凭自心、自性、具

---

① 鲁迅：《破恶声论》，见《集外集拾遗补编》，《鲁迅全集》第 8 卷，人民文学出版社，2005 年，第 28 页。
② 同上，第 26 页。

有独立意志的先觉之人。然而，只有自白其心之人才具有心声与内曜：

> 志士英雄，非不祥也，顾蒙帼面而不能白心，则神气恶浊，每感人而令之病。奥古斯丁也，托尔斯泰也，约翰卢骚也，伟哉其自忏之书，心声之洋溢者也。①
>
> ············
>
> 夫使人元气瘝浊，性如沉鞠；或灵明已亏，沦溺嗜欲，斯已耳；倘其朴素之民，厥心纯白，则劳作终岁，必求一扬其精神。②

可见，朴素、纯白之心是心声、内曜之源。换句话说，白心是人的内在精神的发生场。充实有伟力的心声、内曜从虚灵、素白之心的场所生发出来。有生于无，实生于虚。

鲁迅有诗句"慰我素心香袭袖""独托幽岩展素心"。孔子有言：绘事后素(《论语·八佾》)。庄子说："机心存于胸中，则纯白不备。"(《庄子·外篇·天地》)"能体纯素，谓之真人。"(《庄子·外篇·刻意》)"瞻彼阕者，虚室生白。"(《庄子·内篇·人间世》)这里的"白"有"白光所照"之意。宗白华在论及《易经》的《杂卦》里"贲，无色也"一句的美学思想时说："这里包含了一个重要的美学思想，就是认为要质地本身放光，才是真正的美。所谓'刚健、笃实、辉光'，就是这个意思。"③司空图在《二十四诗品》里说："大用外腓，真体内充。返虚入浑，积健为雄。具备万物，横绝太空。"可见返归素白之心并不意味着心如死灰，反而会使人精力弥满。鲁迅在此

---

①　鲁迅：《破恶声论》，见《集外集拾遗补编》，《鲁迅全集》第 8 卷，人民文学出版社，2005 年，第 29 页。

②　同上，第 32 页。

③　宗白华：《中国美学史中重要问题的初步探讨》，《美学散步》，上海人民出版社，1981 年，第 45 页。

文中推崇佛教，认为"佛教崇高，为有识者所同可"，看到的也是佛教破除我执之后的无我反而更勇猛无畏。鲁迅不对象化地看待某一特定思想流派，而是"去其偏颇，得其神明"，这是破除二元对立的现象学视角。从现象学角度看，返归素白之心的过程是不断破除对象化、硬化之物的"无化"的过程，在此过程中活的精神：心声、内曜彰显，素白之心就是现象学所说的精神发生的场域（Horizon）①。在日本留学时期，鲁迅批评有些留日学生"眼睛石硬"，在书信中常有"硬眼""坚目"之说②。眼目是心灵之窗，石硬意味着心灵硬化，精神丧失。在鲁迅看来，人之心声与内曜并不封闭于个体之内，而是与天地相连："本根剥丧，神气旁皇，华国将自槁于子孙之攻伐，而举天下无违言，寂漠为政，天地闭矣。狂蛊中于人心，妄行者日昌炽，进毒操刀，若惟恐宗邦之不蚤崩裂，而举天下无违言，寂漠为政，天地闭矣。"③鲁迅一生致力于恢复个人与民族之精神，如汉唐那样"魄力雄大"，"人民具有不至于为异族奴隶的自信心，或者竟毫未想到，凡取用外来事物的时候，就如将彼俘来一样，自由驱使，绝不介怀"④。可见，力伟于天物的"心声"与"内曜"源于纯白之心，心越纯白，心声越大，内曜越明。

鲁迅在文中赞扬奥古斯丁、托尔斯泰、卢梭的自我忏悔之书，在忏悔中心声洋溢。他还认为尼采掊击基督教的超人之说，"虽云据科学为根，而宗教与幻想之臭味不脱，则其张主，特为易信仰，而非灭信仰昭然矣"。基督教思想认为，一方面，每个人都具有神所

---

① Horizon 是胡塞尔现象学的一个重要术语，一般被翻译为视域，是意识的构造、发生之场。晚期胡塞尔提出的"生活世界"的概念是一个人的主体意识之根源的视域，海德格尔的"实际生活经验""世界的因缘整体性"等概念也有视域的意义。

② 周作人：《鲁迅在东京》，见鲁迅博物馆、鲁迅研究室、《鲁迅研究月刊》选编的《鲁迅回忆录》专著（中册），北京出版社，1981年，第1042页。

③ 鲁迅：《破恶声论》，见《集外集拾遗补编》，《鲁迅全集》第8卷，人民文学出版社，2005年，第25页。

④ 鲁迅：《看镜有感》，见《坟》，《鲁迅全集》第1卷，人民文学出版社，2005年，第208页。

赋予的与外在之物不同的自由意志和独立人格；另一方面，人又是有限的受造物，要意识到自己的有限，为自己的行为负责，也要为自己的原罪、过错忏悔。尼采将人的自由意志与人格独立张扬到极致，从而取消了神对人的限制，取消了人的忏悔意识，有陷入西谷启治所说将自我固执于强力意志的可能。而在忏悔之中，封闭的我向一个超越的绝对者敞开，在敞开中领受神的光明，我执被破除，真我彰显。奥古斯丁在《忏悔录》里说，"我忏悔之际，即我之所是"，在忏悔之际的"这方寸之心才是真正的我"。[①]"我爱神，是爱另一种光明、音乐、芬芳、饮食、拥抱，在我内心的光明、音乐、馨香、饮食和拥抱。"[②]在基督教的"终末论"看来，人的自由意志、独立人格与人的忏悔意识并不矛盾，反而是不可分的统一体：

> 只有具有那种自由的人，其作为"人格"才有别于自然的、生物的、物欲的人。而只有当人直面作为绝对否定的超越者时，只有当他获得前者之启示时，才会从埋没于"多数"（亦可以置言为"多数"造就的既成秩序和价值）当中被呼唤出来，成为作为自由的"个人"（或"个性"）的人格。[③]

如上文所说，伊藤虎丸认为尼采思想属于基督教终末论的看法有失偏颇，因为尼采只取终末论所说人具有自由意志与独立人格的一面，取消了这里所说的"绝对否定的超越者"，并不主张从这种超越者那里获得启示。托尔斯泰则没有取消"绝对否定的超越者"，不过将人格神内在化甚至非人格化了，"托尔斯泰直到临终也拒绝向基督教神父忏悔，这并不说明他就没有忏悔意识。恰好相

---

① 奥古斯丁：《忏悔录》卷十第四节，周士良译，商务印书馆，1997 年，第 187 页。
② 同上，第 190 页。
③ 伊藤虎丸：《鲁迅与终末论》，李冬木译，生活·读书·新知三联书店，2008 年，第154 页。

反，这表明他只向唯一的上帝忏悔，而这个上帝，就是他所理解的善或人道。这种忏悔不容许有任何他人意志夹杂其间，而是当事人的灵魂直接面对上帝，是每个当事人纯粹个人的事"①。尼采张扬了终末论里所说人具有自由意志、独立人格的一面，托尔斯泰则使得忏悔意识更加内在化、人道化。伊藤虎丸所说的现实化了的终末论应该涵括尼采与托尔斯泰这两方面的思想。

鲁迅并不是从对象化、固化的角度看待某一特定信仰和宗教，而是从现象学式的非现成化的、境域性的视角关注信仰、宗教与人的内在精神之发生的关联。鲁迅受尼采和托尔斯泰的影响都很深，刘半农以"托尼学说，魏晋文章"赠鲁迅，鲁迅本人也接受这一说法。如果去除基督教的终末论里的宗教因素，将终末论所表达的思想用现象学的眼光看成人的内在精神的一种发生方式，也就是说，将"绝对否定的超越者"不看作人格神，而看作纯粹的无人格的超越之物，那么也可以说鲁迅内在精神的发生方式与终末论相契合。不过，从现象学的角度，作为一种人的内在精神的发生方式，叫"终末论"或别的什么并不重要。

可见，"白心"作为人的内在精神之发生场，不能被作为固定的对象化之物看待，没有中西、古今之分。离开作为源头活水的"白心"，无论是来自西方近代的新声还是来自本邦过去的旧声，都是需要破除的恶声。生发自"白心"的"心声"，无论新旧、中西，则皆是"善声"。

---

① 邓晓芒：《灵之舞》，《文学与文化三论》，湖北人民出版社，2005 年，第 52—53 页。

第三章　北京绍兴会馆里的"回心"

第一节　竹内好的"回心说"

一、"回心说"的提出

在《思想的形成》一文里，日本鲁迅研究先驱竹内好提出了著名的"回心说"。竹内好认为鲁迅在北京绍兴会馆一间"闹鬼的屋子里"埋头抄古碑的时期，"酝酿着呐喊的凝重的沉默"：

> 我想象，鲁迅是否在这沉默中抓住了对他一生来说都具有决定意义，可以叫做"回心"的那种东西。我想象不出鲁迅的骨骼会在别的时期里形成。他此后的思想趋向，都是有迹可寻的，但成为其根干的鲁迅本身，一种生命的、原理的鲁迅，却只能认为是形成在这个时期的黑暗里。所谓黑暗，意思是我解释不了。这个时期不像其他时期那么了然。任何人在他的一生当中，都会以某种方式遇到某个决定性的时机，这个时机形成在他终生都绕不出去的一根回归轴上，各要素不再以作为要素的形式发挥机能，而且一般来说，也总有对别人讲不清的地方。①

----

① 竹内好：《近代的超克》，孙歌编，李冬木、赵京华、孙歌译，生活·读书·新知三联书店，2005年，第45—46页。

　　《思想的形成》是竹内好的名著《鲁迅》系列文章中的一篇，"回心说"是"竹内鲁迅"的核心母题，另外的文章也围绕着这个母题展开，在这些文章里，竹内好把"回心"又看作"罪的自觉""死的自觉"和"文学的自觉"，认为"鲁迅的文学，在其根源上应该被称作'无'的某种东西"①。在竹内好看来，鲁迅抓住回心、获得自觉的时机是一次性的，"一个他一生中只有一次的时机"②。

　　如何理解竹内好所说的"回心"？竹内好以非学院化的富有个性的视角看待鲁迅，因此其行文思路往往比较跳跃，过于简略。竹内好本人对"回心"的内涵没有作具体的阐释，对"罪的自觉""死的自觉""文学的自觉"以及"无"也没有作进一步论述。关于日语"回心"一词的来源，一般有两种看法。一种看法认为"回心"一词，来自英语 Conversion 一词，从基督教意义上来说，这个词特指对上帝的皈信，表示一个人意识到并忏悔自己过去的生活所犯的罪过和天生具有的原罪，真心悔改并把心转向对主耶稣的信仰。通过皈信，过去有罪之人获得赦免，成为新造的人。③ 另一种看法认为"回心"原本是佛教用语，伊藤虎丸在《鲁迅早期的尼采观与明治文学》一文里说："回心（或廻心）原是佛教语，意思是忏悔过去的罪恶，人信佛教，从而达到悔过自新。"④可以看出，在两者的看法里，"回心"都有通过否定原有自我主体、与绝对的超越者相遇而觉悟，并生成新的自我之意。

　　在《何谓近代——以日本与中国为例》这篇名文里，竹内好将

---

① 竹内好：《近代的超克》，孙歌编，李冬木、赵京华、孙歌译，生活·读书·新知三联书店，2005 年，第 58 页。
② 同上，第 40 页。
③ 参见竹内好：《近代的超克》，孙歌编，李冬木、赵京华、孙歌译，生活·读书·新知三联书店，2005 年，第 45 页译者对"回心"的注释。参见《圣经·新约》哥林多后书第 5 章 17 节："若有人在基督里，他就是新造的人，旧事已过，都变成新的了。"
④ 伊藤虎丸：《鲁迅、创造社与日本文学——中日近现代比较文学初探》，孙猛、徐江、李冬木译，北京大学出版社，2005 年，第 62 页。参见竹内好《鲁迅》，李心峰译，浙江文艺出版社，1986 年，第 46 页。

"回心"与"转向"对比,认为日本文化为"转向型文化",中国文化为
"回心型的文化":

> 表面上看来,回心与转向相似,然而其方向是相反的。如
> 果说转向是向外运动,回心则向内运动。回心以保持自我而
> 反映出来,转向则发生于自我放弃。回心以抵抗为媒介,转向
> 则没有媒介。发生回心的地方不可能产生转向,反之亦然。
> 转向法则所支配的文化与回心法则所支配的文化,在结构上
> 是不同的。①

伊藤虎丸对"回心"与"转向"作过解释:"'转向'是改变或转变
自己原有的思想、立场或方向的意思。在日本,'转向'一语本来指
20 世纪 30 年代中,由于政府、警察的压制和压迫,迫使许多马克
思主义者、共产党员,或者受其影响的青年文学者抛弃或表示放弃
自己的思想的现象。但,这里所用的'回心'和'转向',则是竹内好
提出的他独自的概念。他说:'回心'和'转向'都是意味着'改
变',这一点是没有差异的。但是,'回心'是媒介(通过)'抵抗'而
后改变的;而'转向'是无媒介地(趋向有支配性、权威性的思想)改
变的。同时,他还说明所谓'抵抗'这一概念,是'固执(坚持下去)
自己'的意思。"②

事实上,在竹内好所处的时代,许多日本思想家、哲学家讨论
过"回心"与"转向":

> 回心和转向并不是竹内好独创的概念,而是在日本京都

---

① 竹内好:《近代的超克》,孙歌编,李冬木、赵京华、孙歌译,生活·读书·新知三联
　　书店,2005 年,第 212—213 页。
② 伊藤虎丸:《鲁迅、创造社与日本文学——中日近现代比较文学初探》,孙猛、徐江、
　　李冬木译,北京大学出版社,2005 年,第 62 页。

学派哲学家和欧洲哲学的著作中产生的概念。京都派的哲学家三木清(Miki Kiyoshi)、田边元(Tanabe Hajime)，以及马克思主义者如服部之总(Hattori Shiso)等人都讨论过转向和回心的问题。田边元等在第一高等学校(位于现在的东京大学驹场校区，相当于帝国大学的预科)时，曾参与无教会运动(No Church Movement)，在他们后来的学术生涯中，仍然保留了新教的理论影响……"回心"是佛教净土真宗的语汇，但若离开了西方哲学和京都学派的脉络，意义也很难突显。①

竹内好受京都学派的影响颇深，在《政治与文学》一文里，竹内好认为在鲁迅那里，政治与文学的关系是"矛盾的自我同一"关系。② "矛盾的自我同一"是京都学派的开创者西田几多郎在论文《绝对矛盾的自己同一》里提出的哲学术语。竹内好在引用西田几多郎"矛盾的自我同一"这一说法时自注："此种由西田哲学借来的词汇随处可见，它们是来自当时读书倾向的影响，以今日之见，是思想贫乏的表现。当然在措辞上，它们也并非在严格意义上遵从了西田哲学的术语。"③

可见，竹内好提出的"回心"一词与基督教、佛教、西方哲学和西田几多郎开创的京都学派都有关联。

二、"回心"的两种不同方式

人的主体精神之自觉无法进行对象化的把握，描述精神自觉的词"回心"也难以进行抽象化、概念化的理解。因此，关键不在于考察"回心"一词源于哪个特定宗教或哲学流派，而在于探究某些

① 汪晖：《鲁迅文学的诞生——读〈呐喊自序〉》，《现代中文学刊》2012 年第 6 期(总第 21 期)，2012 年 3 月，第 31 页。

② 竹内好：《近代的超克》，孙歌编，李冬木、赵京华、孙歌译，生活·读书·新知三联书店，2005 年，第 134 页。

③ 同上。

宗教或哲学流派里对人的内在精神之发生、运作的看法，呈现它们与鲁迅的精神自觉的相通之处。竹内好并非学院派的学者，对于"回心"这一富有精神性的词用而不释，让它的内涵在使用它的过程中、在它与上下文的关联中呈现。他说："我本来当初就没打算凭借语言去为鲁迅造型。那是不可能的。告诉我这不可能的，不是别人，正是鲁迅。我只想用语言来为鲁迅定位，用语言来充填鲁迅所在之周围。"①

竹内好的这种非对象化的现象学式视角富有独特性和启发性，使得鲁迅研究进入深层的、动态的精神层面。然而，语言不能为鲁迅造型，并不意味着鲁迅的内在精神的发生无法切近。竹内好提出鲁迅在绍兴会馆里抄古碑的沉默时期抓住了决定他一生的"回心"，这种看法是直觉式的，他没有从内在精神的发生的角度呈现鲁迅是如何抓住"回心"的，也就是没有描述"回心"是如何在鲁迅的内在精神里以何种方式发生的。因此，即便将"回心"放入竹内好文章的上下文语境，也难以理解"回心"所意味的鲁迅的精神自觉的实质。

更重要的是，细读文本可以发现，竹内好在《思想的形成》等文章里关于"回心"的表述与他后来在《何谓近代——以日本与中国为例》一文里的表述并不一致。在《鲁迅》的一系列文章里，竹内好把"回心"看作"罪的自觉""死的自觉"和"文学的自觉"，认为鲁迅追求的是"终极之静谧"②，又把鲁迅的文学"置于类似于宗教的原罪意识之上"③，还认为鲁迅的文学"在其根源上是应该被称作'无'的某种东西"。这些说法尽管表达方式不同，但都意味着"回心"的内核是否定自我，将自我无化，从而融于超越于自我的静谧的"无"。而在《何谓近代——以日本与中国为例》里，"回心"却意

① 竹内好：《近代的超克》，孙歌编，李冬木、赵京华、孙歌译，生活·读书·新知三联书店，2005年，第104页。
② 同上，第4页。
③ 同上，第8页。

味着抵抗，在抵抗中既否定外在他者，也否定固化的自我，这些都是异化的非我，只有在不断对非我的动的抵抗中才能肯定自我、保存自我。同而言之，两者都意味着否定非我，回归真我；异而言之，两者回归的路途不同，前者偏于静的融通，后者偏于动的抵抗。竹内好本人并没有阐明这两种"回心"方式的关联与区别，而它们的关联与区别极其关键，直接关系到"竹内鲁迅"的得与失，进而关系到竹内好在《何谓近代——以日本与中国为例》里对欧洲近代精神以及中国、日本文化、历史的判断的有效性。

竹内好之所以忽视了他在《思想的形成》等文章里提出的"回心"与《何谓近代——以日本与中国为例》里提出的"回心"的不同，其原因在于竹内好没有进一步分析"回心"所意味的鲁迅的精神自觉是如何发生的。竹内好认为鲁迅的"回心"是一次性的，没有意识到鲁迅的精神自觉有不同面相和层次，事实上，在鲁迅那里，"回心"的呈现不止一种方式。竹内好对绍兴会馆时期鲁迅的精神自觉的直觉式领会，不免模糊笼统，需要从新的角度来揭示绍兴会馆时期鲁迅的精神自觉的动态发生，也就是揭示"回心"是如何发生的。

第二节　伊藤虎丸对"回心"的阐释

伊藤虎丸赞同竹内好的"回心说"，认为在绍兴会馆时期，鲁迅的内在精神发生关键性的转变，他认为这种转变是鲁迅继留日时期第一次精神自觉之后的第二次精神自觉。鲁迅在留日期间接触西方思潮特别是尼采思想而有了作为"精神界之战士"的自觉，但鲁迅所理解的精神界之战士与尼采贵族式孤傲的超人不同，鲁迅期待"人各有己，而群之大觉近矣"。[①] 因此，鲁迅为改善国民的精

---

① 鲁迅：《破恶声论》，见《集外集拾遗补编》，《鲁迅全集》第 8 卷，人民文学出版社，2005 年，第 24 页。

神、为"群之大觉"而提倡文艺运动。然而,创办杂志《新生》的失败以及回国后又经历的各种挫败使得鲁迅感到了寂寞与悲哀①,"这寂寞又一天一天的长大起来,如大毒蛇,缠住了我的灵魂了……然而我虽然自有无端的悲哀,却也并不愤懑,因为这经验使我反省,看见自己了:就是我决不是一个振臂一呼应者云集的英雄"②。

这是对过去挫败经验的追忆、反省而形成的新的自觉。伊藤虎丸认为这种自觉是鲁迅对他在留学期间与西方思潮接触而获得的"独醒的领导者意识"的扬弃,是一种从优越感中解放出来成为"普通的人"的自觉。他认为这种自觉就是竹内好所说的"回心",它作为"文学的自觉"呈现在鲁迅的第一篇白话文小说《狂人日记》里。《狂人日记》里的狂人因"月光"的刺激而觉醒,看到他身处的人世是吃人世界,并且从历史里得知这是"四千年来时时吃人的地方",呼吁大家不要再吃人,"你们立刻改了,从真心改起!你们要晓得将来是容不得吃人的人"③。伊藤虎丸认为这时狂人获得了一种"独醒"的自觉,他将自己外置于吃人世界的成员。后来回想起自己死掉的妹妹,觉悟到自己也许无意之中吃了妹妹的几片肉,"有了四千年吃人履历的我,当初虽然不知道,现在明白,难见真的人"④。这时狂人把自己也看作吃人世界内部的一员,扬弃"独醒意识"而获得了一种"罪的意识"⑤。伊藤虎丸认为这种"罪的意

① 挫败经验包括鲁迅个人婚姻的不幸、志向的不遂、身体的多病以及辛亥革命、讨袁的二次革命的失败,等等。鲁迅在收入《南腔北调集》的《〈自选集〉自序》里说过:"见过辛亥革命,见过二次革命,见过袁世凯称帝、张勋复辟,看来看去,就得怀疑起来,于是失望,颓唐得很了。"

② 鲁迅:《呐喊·自序》,见《呐喊》,《鲁迅全集》第 1 卷,人民文学出版社,2005 年,第 439—440 页。可以说,"振臂一呼应者云集的英雄"指的是鲁迅曾推崇的拜伦、裴多菲那样的摩罗诗人。

③ 鲁迅:《狂人日记》,见《呐喊》,《鲁迅全集》第 1 卷,人民文学出版社,2005 年,第 453 页。

④ 同上,第 454 页。

⑤ "从真心改起!"类似于基督教《圣经·新约》里耶稣的话:"你们应当悔改。"《藤野先生》里鲁迅提及这句话。因此,从后来狂人自身的悔悟看出是类似宗教的"罪的意识"有其道理,但这种罪的意识跟基督教的原罪意识有区别,具体解释见下文。

识"就是竹内好说的"罪的自觉"，也就是"回心"。至于"回心"为什么又被竹内好称为"死的自觉"，伊藤虎丸也从《狂人日记》来解释，因为罪的自觉就是死的自觉：

> 换句话说，就是来自"吃过人的人"及其世界已经"无法再自身内部保持其存在的根据"这样一种"背负死的罪人"的自觉。因为只有经历这种来自"死"的根本上的"自我的被否定"，人才会意识到，才能、勇气、思想、世界观、社会、国家，要而言之，那些一切中间权威都不构成自己存在的根据，而只有在超越这一切，断绝这一切，否定这一切的假定这（即比"死"更为强有力的东西）面前寻求自己存在的根据，人才会在此时真正获得作为人格的和社会性个人的自觉，即紧张与责任意识。①

伊藤虎丸是从基督教终末论的角度来理解这种比"死"更为强有力的终极意义上的绝对否定者。

伊藤虎丸认为，作为先觉的"启蒙者"狂人的治愈并赴某地候补，并不意味着狂人对大众的启蒙以失败告终②，最终放弃启蒙的任务向现实妥协，而意味着他对自己进行了两次启蒙，第一次意识到自己是独醒者而具有优越感，将自己与大众和现实世界拉开，第二次让自己"能够从无意识的、经常不可避免的等级感觉中解放出来，获得真正的个别性，成为'普通人的人'（吃人的人）这样一种'回心'的体验"③。狂人治愈后成为大众中的一员，不再有外于、

---

① 伊藤虎丸：《鲁迅与终末论》，李冬木译，生活·读书·新知三联书店，2008年，第178页。

② 李欧梵持此看法。参见李欧梵：《铁屋中的呐喊》，尹慧珉译，河北教育出版社，2001年，第67页。

③ 伊藤虎丸：《鲁迅与终末论》，李冬木译，生活·读书·新知三联书店，2008年，第176页。

高于大众的优越感,对身处的现实世界真正负有责任,"从优越感(它往往与自卑感相同)中获得解救,重新回到这个世界的日常性中来(即成为能对这个世界真正负有自由之责的主体),不知疲倦地持续战斗到生命的最后一天"①。

伊藤虎丸把绍兴会馆时期鲁迅的"回心"称为终末论式的自觉:

> 总而言之,一方面认识到现实世界几乎不可能变革,一方面又将自己投放到其中,面对眼前零散琐屑的现实付出极为踏实的、科学的,而且不知疲倦的持续不断的努力(有责任的参与);同时,令这种活法成为可能的,是与终极意义上的绝对否定者的相遇——可以将其试表述为根植于终极意义的"死"的、伦理的和意志的活法,以上两点就是我以"终末论"来称呼的东西。②

前文已论及这种源于基督教的终末论,并分析了伊藤虎丸将尼采划为基督教谱系里的哲学家、将尼采的思想定位为基督教终末论的世俗化这种看法的偏颇之处,认为受尼采影响的鲁迅的思想也不能完全从源于基督教的终末论角度看待。同样,绍兴会馆时期鲁迅的"回心"也不能只从终末论角度看待。竹内好所说的"罪的自觉",也不能只从基督教角度来理解。基督教意义上的罪是指人人先天具备的"原罪",而在《狂人日记》里,鲁迅关于人的本性的看法和在日本留学时期并没有本质区别,都认为人人先天具备"纯白"之心,只是后来因被外在对象压制而使人忘记。在《狂人日记》里,由"我不见他,已是三十多年"可知,"我"在三十多年前有

---

① 伊藤虎丸:《鲁迅与终末论》,李冬木译,生活·读书·新知三联书店,2008 年,第176 页。
② 同上,第185 页。

纯白之心的孩童时期曾见过月光，纯白的人性被压制、扭曲才使得
后来的"我"看不见月光。此外，"我"悔悟的缘由是"我"可能实际
犯过的错（"我"或许无意中吃了自己妹妹的几片肉），而不是基督
教意义上的人人先天具有的原罪。因此，狂人最后才说："没有吃
过人的孩子，或者还有？"可见，伊藤虎丸认为《狂人日记》里狂人对
自己也吃过人的罪的自觉体现了这种终末论式自觉的看法有待
商榷。

　　事实上，伊藤虎丸对鲁迅两次精神自觉的论述本身也有不一
致之处。伊藤虎丸意识到留日时期和绍兴会馆时期的鲁迅的精神
自觉并不相同，前一次自觉鲁迅获得的只是"独醒意识"，后一次自
觉是鲁迅对自身的"独醒意识"的反省而成为普通人的自觉。然
而，他却将这两次自觉都称为终末论式自觉，注重两者的同而忽视
两者的异。伊藤虎丸说过，把鲁迅的精神自觉的"核心"叫作"终末
论"或别的什么并不重要。① 然而他却又认为这种"终末论"源于
基督教而非东方思想。此外，伊藤虎丸认为根源于基督教终末论
的欧洲近代精神与中国传统思想完全是异质的，鲁迅的终末论式
自觉只能从基督教角度来理解。然而在《鲁迅与终末论——近代
现实主义的成立》的《附录四篇》里，伊藤虎丸改变了原来的观点，
认为鲁迅的剥夺了一切高论、正论、公论之权威，将虚伪暴露得淋
漓尽致的终末论视点，并非来自与西欧式的至高无上的超越者相
遇，相反是来自构成亚洲历史社会最底层之"深暗地层"的民众的
死，或与他们四处彷徨的孤魂幽鬼的"对坐"②。伊藤虎丸也反思
了对"罪的自觉"的看法，认为《狂人日记》中的"罪的意识"称为丸
尾常喜所说的"羞的意识"③。丸尾常喜在其著作《耻辱与恢

---

① 伊藤虎丸：《鲁迅与终末论》，李冬木译，生活·读书·新知三联书店，2008 年，第
　　185 页。
② 同上，第 344 页。
③ 同上，第 325 页。

复——〈呐喊〉与〈野草〉》里对鲁迅的耻辱意识作了细致分析,认为狂人发现自己无意中吃过人,"将民族的耻辱原封不动地引为自己的耻辱"①。此外,在《"难见真的人!"再考——〈狂人日记〉第十二节末尾的解读》一文里,丸尾常喜认为"难见"可以理解为"没脸见人"的意思,狂人意识到自己也吃过人后,从耻辱中寻找恢复之路。②

伊藤虎丸从基督教终末论的角度来研究鲁迅的精神自觉,视角新颖独特,论述详实。然而,从单一视角、层面研究鲁迅内在精神之发生不免有失偏颇。因此,关键不在探究鲁迅的思想来源于中国传统思想、西方近代思潮还是基督教,或说考据鲁迅具体受到过哪些思潮的影响。如前文所说,从现象学的角度看,人的内在精神有海德格尔所说的"深深隐藏着的亲缘关系"。关键在于切近鲁迅的精神自觉的发生过程和转变方式。

第三节 从精神现象学的角度看"回心"

一、沉寂的十年

留日时期鲁迅弃医从文,提倡文艺运动以改变国民精神,最终因创办文艺杂志《新生》的难产而失败。1909 年,"回国以后,就办学校,再没有看小说的工夫了,这样有五六年"③。1912 年随教育部迁移到北京,1919 年搬去八道湾十一号的住宅之前一直住在绍兴会馆,绍兴会馆时期是鲁迅极其寂寞、苦闷的时期。在教育部

---

① 丸尾常喜:《耻辱与恢复——〈呐喊〉与〈野草〉》,秦弓、张丽华编译,北京大学出版社,2009 年,第 22 页。
② 丸尾常喜:《"人"与"鬼"的纠葛——鲁迅小说辨析》,秦弓译,人民文学出版社,1995 年,第 262 页。
③ 鲁迅:《我怎么做起小说来》,见《南腔北调集》,《鲁迅全集》第 4 卷,人民文学出版社,2005 年,第 525—526 页。

社会教育司任职期间，虽在筹建图书馆、博物馆、美术馆及推广通俗教育、美学教育等方面做了不少工作，但辛亥革命并不彻底，中国政府招牌虽换，里子仍很陈旧。1912 年孙中山辞去大总统一职，袁世凯继任。不久蔡元培也辞去教育总长一职，袁世凯任命的教育总长个个不懂教育，心思只在当官不在教育，鲁迅后来回忆说："对'教育当局'谈教育的根本误点，是在将这四个字的力点看错了：以为他要来办'教育'。其实不然，大抵是来做'当局'的。"①

　　工作之外，为了驱除寂寞和苦闷，鲁迅大多时间在绍兴会馆里读佛经，抄古碑，校《嵇康集》，整理古籍，搜集金石、造像、拓本。鲁迅在《呐喊·自序》里回忆了在绍兴会馆里的生活："S 会馆里有三间屋，相传是往昔曾在院子里的槐树上缢死过一个女人的，现在槐树已经高不可攀了，而这屋还没有人住；许多年，我便寓在这屋里钞古碑。客中少有人来，古碑中也遇不到什么问题和主义，而我的生命却居然暗暗的消去了，这也就是我惟一的愿望。"②来看周作人对鲁迅在绍兴会馆里的生活的一段回忆：

　　　　他的卧榻设在窗日靠北的墙下。旁边是一张书桌和藤椅，此外几个书架和方桌，都堆着已裱未裱的石刻拓本，各种印本的金石史书等。他下午四五点下班，回家吃饭谈天，如无来客，晚上八九点钟，便回到房里做他的工作。始起是辑书，后来一直弄碑刻，从拓本上抄写本文与金石萃编等相校，看出许多错误来；这样校录至于半夜，有时或至一二点才睡。③

---

① 鲁迅：《反"漫谈"》，见《而已集》，《鲁迅全集》第 3 卷，人民文学出版社，2005 年，第 484 页。
② 鲁迅：《呐喊·自序》，见《呐喊》，《鲁迅全集》第 1 卷，人民文学出版社，2005 年，第 440 页。
③ 周作人：《鲁迅的故家》，见鲁迅博物馆、鲁迅研究室、《鲁迅研究月刊》选编的《鲁迅回忆录》专著（中册），北京出版社，1981 年，第 1028 页。

许寿裳在《亡友鲁迅印象记》里也回忆了鲁迅这段时期的生活：

> 自民二以后我常常见鲁迅伏案校书,单是一部嵇康集,不知道校过多少遍,参照诸本,不厌精详,所以成为校勘最善之本……至于鲁迅整理古碑,不但注意其文字,而且研究其图像,……民三以后,鲁迅开始看佛经,用功很猛,别人赶不上。……别人读佛经,容易趋于消极,而他独不然,始终是积极的。①

按照鲁迅在《呐喊·自序》里的说法,在这段时期,过去的挫败经验带给鲁迅的寂寞如一天天长大起来的大毒蛇,缠住他的灵魂,因此用各种方法来驱除这种寂寞,麻醉自己的灵魂。"各种方法"就是读佛经,抄古碑,校书,整理古籍,等等。竹内好认为鲁迅在绍兴会馆时期"酝酿着呐喊的凝重的沉默",并在沉默中抓住了对一生来说有决定意义的"回心"。那么,这"凝重的沉默"是如何酝酿的? 这种沉默与鲁迅的自我反省相关。读佛经,抄古碑,校书,整理古籍等行为如何参与到这一酝酿过程从而使得鲁迅抓住了"回心"这一精神自觉? 竹内好和伊藤虎丸都没有做解释。从精神现象学的角度看,这些是鲁迅的"主观之内面精神"的运作发生问题。因此,下文试图从精神现象学的视角来探讨鲁迅的精神自觉的发生运作如何与读佛经,抄古碑,校书,整理古籍,搜集金石、造像、拓本等行为相关。②

---

① 许寿裳：《亡友鲁迅印象记》,岳麓书社,2011 年,第 35,39 页。
② 值得再次强调的是,本章的主旨是探究鲁迅精神自觉的不同面相与层次,而不是确定其自觉的具体时机,每一面相与层次的自觉会在不同时期的文章中呈现。对于鲁迅来说,读佛经,抄古碑,校书,整理古籍等行为不只发生在竹内好所说的发表《狂人日记》前的北京绍兴会馆时期,在以后的时期这些行为并没有完全消失。因此,下文的探讨涉及的文本除了鲁迅在绍兴会馆时期的资料,还会涉及其他时期的相关资料。

二、慢与快

从 1907 年创作《新生》杂志失败到 1918 年发表《狂人日记》之前，鲁迅沉寂了十年，为了驱除痛苦的寂寞，"用了种种法，来麻醉自己的灵魂，使我沉入于国民中，使我回到古代去，后来也亲历或旁观过几样更寂寞更悲哀的事，都为我所不愿追怀，甘心使他们和我的脑一同消灭在泥土里的，但我的麻醉法却也似乎已经奏了功，再没有青年时候的慷慨激昂的意思了"①，更没有文艺创作的心思。特别是在北京绍兴会馆生活的七年，鲁迅过着隐居的独身生活，在寂寞苦闷里抄古碑，校《嵇康集》，读佛经。在这苦闷、寂寞的七年甚至十年里，鲁迅酝酿着竹内好所说的凝重的沉默，抓住了对他的一生具有决定意义的"回心"。

留日时期的鲁迅期待中国出现精神界的先觉者、发出心声和内曜的智者。1907 年所写的文章《摩罗诗力说》里说："家国荒矣，而赋最末哀歌，以诉天下贻后人之耶利米，且未之有也。"②在《破恶声论》里说："吾未绝大冀于方来，则思聆知者之心声而相观其内曜。内曜者，破瘰暗者也；心声者，离伪诈者也。人群有是，乃如雷霆发于孟春，而百卉为之萌动，曙色东作，深夜逝矣。""奥古斯丁也，托尔斯泰也，约翰卢骚也，伟哉其自忏之书，心声之洋溢者也。若其本无有物，徒附丽是宗，辄岸然曰善国善天下，则吾愿先闻其白心。"③尔后的十年却沉寂无闻，直到 1918 年 5 月《狂人日记》在《新青年》上发表。

作为"哀歌""自忏之书"的《狂人日记》一经发表就引起新文学

① 鲁迅：《呐喊·自序》，见《呐喊》，《鲁迅全集》第 1 卷，人民文学出版社，2005 年，第440 页。
② 鲁迅：《摩罗诗力说》，见《坟》，《鲁迅全集》第 1 卷，人民文学出版社，2005 年，第102 页。
③ 鲁迅：《破恶声论》，见《集外集拾遗补编》，《鲁迅全集》第 8 卷，人民文学出版社，2005 年，第 25、29 页。

界的震动,"几乎在一夜之间就使鲁迅闻名全国并登上了新文学领袖的地位"①。它成为鲁迅心声的第一次呐喊,一出鲁迅之口便响彻全国,"人群有是,乃如雷霆发于孟春"。《狂人日记》作为中国现代文学史上第一篇白话文短篇小说,无论是从思想、情感的成熟度还是技巧、体式的创新性上看,都达到了很高的水准。短短几年连续创作的《呐喊》《彷徨》里的二十几篇小说的成熟度都相当高,成为中国现代小说的代表之作。严家炎说:"中国现代小说在鲁迅手中开始,又在鲁迅手中成熟,这在历史上是一种并不多见的现象。"②白话文运动刚一开始,鲁迅用白话文写的小说里的白话就相当成熟,《呐喊》《彷徨》很快成为经典之作。这一点让许多当代著名作家感到惊讶。陈映真曾说:

　　我一直有一个疑问:鲁迅的《狂人日记》。在我看来,早在一九一八年,鲁迅就能以极为成熟的白话汉语写这么好的小说了。文学的语言的成熟,有一个漫长的过程,总是从比较不那么流畅,不那么成熟的语言经过几代作家的尝试,才逐渐变成成熟的优美的文学的语言,这是一般的例子。可是鲁迅,早在一九一八年,忽然之间像一座高山拔地而起。他的语言非常的完美,作为白话文,我的看法,甚至今人都很少超过他。我不懂这个道理,因为跟鲁迅同时代的其他的作家写的白话文,并不是那么成熟。甚至像巴金和其他的人都存在着一些问题,可是只有鲁迅,在我看来,他的文章至今一个字也不能改,一个逗点、一个句点都不能改。这真是我们中国新文学史上的一个奇案。③

① 李欧梵:《铁屋中的呐喊》,尹慧珉译,河北教育出版社,2001年,第45页。
② 严家炎:《〈呐喊〉〈彷徨〉的历史地位》,《世纪的定音》,作家出版社,1996年,第64页。
③ 陈映真:《鲁迅与我——在日本〈文明浅说〉班的讲话》,《陈映真文选》,生活·读书·新知三联书店,2009年,第31—32页。余华也认为鲁迅的小说里的白话文已经非常完美成熟,近一个世纪以来的汉语仅仅在鲁迅的基础上增加了一些新词汇而已。余华、王尧:《一个人的记忆决定了他的写作方向》,2002年第4期,第28—29页。

可以看出，鲁迅十年的沉默无声与一夜的声震全国、长久苦行般的生活与瞬间顿悟式的回心，慢与快形成鲜明对比。在这漫长的沉默中，竹内好说鲁迅抓住了"回心"，然而鲁迅是如何抓住"回心"的？竹内好认为绍兴会馆时期不像其他时期那么了然，这个时期里形成"回心"的黑暗是他解释不了的。① 卡尔维诺在《新千年文学备忘录》第二讲的结尾虚构了一个庄子画蟹的寓言故事：

> 庄周多才多艺，包括善于画画。国王要他画一只蟹。庄周回答说，他需要五年时间、一座乡村房子和十二个仆人。五年后，他还没画。"再给我五年，"庄周说。国王准许。在十年结束时，庄周拿起画笔，在一瞬间，只用一笔，就画了一只蟹，那是人们所见过的最完美的蟹。②

卡尔维诺虚构这个故事旨在呈现慢与快的辩证关系。他还将罗马神话里瘸腿的工匠之神伍尔坎与有一双飞腿的通讯之神墨丘利分别代表慢和快，"对墨丘利在空中的飞翔，伍尔坎答以一瘸一拐的步履和手中铁锤铿锵有力的敲击"③。卡尔维诺认为"一个作家的工作，必须考虑各种节奏：伍尔坎的和墨丘利的，既要有通过凭耐性和谨慎的调整而获得的非说不可的话，也要有直觉，这直觉是如此稍纵即逝，以致一旦形成，便敲定了某种在其他情况下无法达到的东西"④。

在《快》这篇讲稿里，卡尔维诺主要是从文学的品质来谈慢与快。然而，如果从精神现象学的角度看，庄子画蟹的故事、工匠之

---

① 竹内好：《近代的超克》，孙歌编，李冬木、赵京华、孙歌译，生活·读书·新知三联书店，2005年，第46页。
② 伊塔洛·卡尔维诺：《新千年文学备忘录》，黄灿然译，译林出版社，2009年，第56页。
③ 同上，第55页。
④ 同上，第56页。

神伍尔坎与信使墨丘利的神话也可以用来喻示鲁迅在绍兴会馆里的精神自觉。徐梵澄回忆鲁迅时曾说:"是得力于那一长时期看佛经和抄古碑的修养呢,抑或是得力于道家的修养——因为先生也深通老庄——胸襟达到了一极大的沉静境界,仿佛是无边的空虚寂寞,几乎要与人间绝缘,如诗所说的'心事浩茫连广宇',外表则冷静得可怕,尤其在晚年如此。"①在庄子画蟹的故事里,庄子十年的精神修养之慢与瞬间一笔画蟹之快对比鲜明,这体现了庄子所说的心斋、坐忘然后物化的思想。忘我之后随物而化,才能一笔画出最完美的蟹。在绍兴会馆的七年,鲁迅用抄古碑,校《嵇康集》,整理古籍来麻痹自己的灵魂,其实也是破除主体的自我意识、打破主体对客体的主宰与对立、将心化为物的心斋、坐忘工夫。抄古碑,校《嵇康集》,整理古籍的行为如同匠神伍尔坎用铁锤敲打器具一样,需要细心、谨慎和忍耐。汪晖在《鲁迅文学的诞生》一文里说:"我自己到鲁迅博物馆查过他在这个时期抄录的一些古碑的文字,除了前面提及的《沈下贤文集》外,最重要的就是他七次校勘《嵇康集》,全部是蝇头小楷。看到这些一丝不苟的文本时,我不由得想,一个人的心要静到什么样的程度,才能这样誊抄呢。"②在抄古碑,校《嵇康集》,整理古籍,搜集造像、拓本的漫长沉默中,"时间磨透于忍耐"(卞之琳诗《白螺壳》)。

可见,鲁迅的文学的语言的成熟根源于他在长久的沉默之中酝酿的精神之成熟。瓜熟蒂落发生于一瞬间,然而从种子破土到瓜熟有一个不易察觉的缓慢过程。如同瓦雷里的《石榴》一诗所描述,坚硬的石榴因结子太多而绽开。③

---

① 徐梵澄:《星花旧影——对鲁迅先生的一些回忆》,见鲁迅博物馆、鲁迅研究室、《鲁迅研究月刊》选编的《鲁迅回忆录》散编(下册),北京出版社,1981年,第1329页。
② 汪晖:《鲁迅文学的诞生——读〈呐喊自序〉》,《现代中文学刊》2012年第6期(总第21期),2012年3月,第31页。
③ 保尔·瓦雷里:《石榴》,《卞之琳译文集》(中卷),安徽教育出版社,2000年,第226页。瓦雷里从石榴的裂开,窥见了"内心的隐秘结构"。卞之琳注:"崩裂的石榴使诗人回想起智力活动的紧张时刻,认为瞥见了心灵活动的秘密。"

三、重与轻

绍兴会馆时期，鲁迅对辛亥革命之后中国社会的走向失望，"见过辛亥革命，见过二次革命，见过袁世凯称帝，张勋复辟，看来看去，就看得怀疑起来，于是失望，颓唐得很了"，当时北京处在政治高压下，人心惶惶；咀嚼着自身以前所提倡文艺运动的失败经历；个人身体多病、婚姻不幸，过着青灯黄卷的独身生活，他曾在写给许寿裳的信中说："仆荒落殆尽……又翻类书，荟集逸书数种，此非求学，以代醇酒妇人者也。"① 此时的鲁迅也经常喝酒，甚至想到过自杀（在床褥下藏匕首）。据郁达夫回忆，鲁迅为压抑性欲，冬天仍然穿单裤、睡硬板床。② 鲁迅自己也说过，一个人如果不得已过单身生活，不合常态，生理变化不免导致心理变化，变得偏执，变得世事无味，人物可憎。鲁迅深谙弗洛伊德学说，以弗洛伊德的力比多理论创作小说《补天》，后来推崇并翻译日本文艺理论家厨川白村的《苦闷的象征》，这部理论著作发展了弗洛伊德的性欲理论，认为"生命力受压抑而生的苦闷懊恼乃是文艺的根柢"③。此外，尼采对鲁迅有深刻的影响。留日时期鲁迅主张尼采式精神界之战士，在与外在之物持续对抗中，张扬内在的强力意志，在对抗的行动中将瞬间永恒化。然而，现实中的挫败使得鲁迅内在被压制的意志力变成一种沉重的负担，尼采也说过强力意志的永恒轮回是最大的重负和痛苦。鲁迅深爱尼采的《查拉图斯特拉如是说》，在《查拉图斯特拉如是说》的序白里，尼采将强力意志的永恒轮回以自身盘绕的蛇为象征。④《呐喊·自序》里鲁迅则将自身的寂寞之

---

① 鲁迅：《101115 致许寿裳》，见《书信（一九〇四——一九二六）》，《鲁迅全集》第 11 卷，人民文学出版社，2005 年，第 335 页。
② 郁达夫：《回忆鲁迅》，《郁达夫谈鲁迅全编》，上海文化出版社，2006 年，第 15 页。
③ 鲁迅：《〈苦闷的象征〉引言》，见《译文序跋集》，《鲁迅全集》第 10 卷，人民文学出版社，2005 年，第 257 页。
④ 弗里德里希·尼采：《查拉图斯特拉如是说》，杨恒达译，中国人民大学出版社，2011 年，第 16 页。

感称为缠住灵魂的大毒蛇。①

　　无论是弗洛伊德所说的力比多、尼采所说的强力意志还是厨川白村所说的生命力，都意味的是一种主体内的根本性力量，这种根本性力量不是空洞、抽象的，而是具有身体性的，与身体密不可分。另外，这种根本性力量不断有突破主体、在与外在之物的对抗中张扬自己的冲动，这种冲动一旦受到压制，就会产生沉重的分裂之感。主体力量越张扬，外在之物的压制越强烈，两者一体两面，沉重的分裂成为必然，且越演越烈。那么，鲁迅如何能在长久的沉重、痛苦之中获得顿悟般的轻松、爽快？需要一种媒介，将分裂的主体与客体连接起来。在十年的沉默之后，鲁迅抓住了决定性的"回心"，在长久的沉重、痛苦之中有了顿悟般的轻松、爽快。那么，从重到轻，鲁迅利用的媒介是什么？

　　在《狂人日记》的开篇，鲁迅以"月光"的意象来喻示精神顿悟后的轻松、清爽："今天晚上，很好的月光。/我不见他，已是三十多年；今天见了，精神分外爽快。"②尼采在《查拉图斯特拉如是说》里《关于幻象与迷》一节的一个寓言式的场景中提到月光：在午夜的月光下，一个牧羊人咬掉了象征永恒轮回的蛇头。③卡尔维诺在《新千年文学备忘录》第一讲里也提及月光："月光一出现于诗中，就带来一种轻盈感、浮悬感，一种静默的魅力。"在谈到意大利诗人、思想家莱奥帕尔迪时说："在他有关生活中不能承受之重的孜孜不倦的论述中，奥帕尔迪把很多轻的形象赋予他认为欧美永远无法获得的幸福：鸟儿、姑娘在窗前歌唱的声音、空气的明净——

① 鲁迅：《呐喊·自序》，见《呐喊》，《鲁迅全集》第1卷，人民文学出版社，2005年，第439页。
② 鲁迅：《狂人日记》，见《呐喊》，《鲁迅全集》第1卷，人民文学出版社，2005年，第444页。
③ 弗里德里希·尼采：《查拉图斯特拉如是说》，杨恒达译，中国人民大学出版社，2011年，第159—160页。

还有最重要的：月亮。"①月色如霜，呈现为无数轻而微的粒子状。卡尔维诺在同一讲里谈到卢克莱修的《物性论》：

> 卢克莱修的《物性论》是第一部描写对世界的认识偏向于溶解世界的坚固性的伟大诗篇，引导人们认识所有无穷小、轻和游移的事物。卢克莱修试图写一部关于物质实体的诗，但他一开始就警告我们，这实体是由不可见的粒子构成的。他是重视物质的具体性的诗人，这具体性是通过物质永恒不变的实质来观照的，但他首先告诉我们，空虚与实物一样具体。卢克莱修主要关心的是防止物质的重量压碎我们。②

事实上，可以从精神现象学的角度来看待沉重的物质的粒子化。卡尔维诺在谈论卢克莱修的粒子论时，提及莱布尼茨。莱布尼茨的单子论其实也是一种粒子论，他反对笛卡儿把物质和精神对立的二元论，单子这种粒子既不能定义为物质也不能定义为精神，而是物质和精神未分之时的统一体，也可以说，粒子是物质也同时是精神。斯宾诺莎也同样否定了精神与物质、主体与客体的区分。他一生未婚、安于在清贫中磨镜片为业，同时思考哲学。打磨镜片这一行为有很深的哲学意味。手工打磨镜片，将玻璃磨成粉末状的微小粒子，而磨成的透镜成为连接主体与世界的媒介。随着透镜的曲光率的变化，主体与世界呈现不同的状态。斯宾诺莎的哲学认为唯一的实体是神，神是唯一的发光体，所有的光均是由此发散出来，"精神与物体都不是作为实体而存在的，都只不过是透过光时使其略微曲折的密度上的特异点罢了"③。因此，正如

---

① 伊塔洛·卡尔维诺：《新千年文学备忘录》，黄灿然译，译林出版社，2009 年，第 25—26 页。
② 同上，第 7—8 页。
③ 隈研吾：《反造型——与自然连接的建筑》，朱锷译、陆宇星校，广西师范大学出版社，2011 年，第 82 页。

日本著名建筑设计师隈研吾所说："透镜这个事物的存在方式与斯宾诺莎哲学之间有着共通之处。"①

鲁迅在绍兴会馆里生活的时期，除了上班之地的教育部，北京宣武门外出售古书、古玩字画的琉璃厂是鲁迅去得最多的地方。在绍兴会馆里鲁迅抄古碑，校书，整理古籍、造像、石刻、墓志、铭文的拓片等，这些都从琉璃厂买来。鲁迅花费了大量时间与这些古物打交道。与它们打交道，不仅要用心，更要用眼与手。这些古物也不是一般的自然之物，而是人文之物，打上了人的精神的烙印。从精神现象学的角度看，鲁迅抄古碑、校书、临拓片等与物打交道的行为中的精神发生方式与尼采式的主体意志对抗外在之物，并在对抗中张扬自身的方式不同，反而与斯宾诺莎打磨镜片有相通之处。前文已述，尼采式的主体意志对外在之物的对抗，在主体意志张扬的同时，外在之物也越来越坚硬，精神与物质、主体与客体的分裂会越加严重。在挫败的现实里，鲁迅感受到了这种分裂的痛苦，这是绍兴会馆时期鲁迅压抑、苦闷的根源。而在抄古碑、校书、临拓片等与古物打交道的行为中，心需要极度的静化，在沉静里聚精会神，用眼细审古物的每一个细微之处，通过手中的一笔一画来感受古文字的笔触的精神性。这是将古物和主体意志同时"粒子化"的过程，也就是将物质精神化、精神物质化，物质与精神交融为粒子。粒子轻微而自由，在这种粒子化过程中，人会体验到主客未分、精神与物质一体的自由状态，而自由是轻的，把人从生命之沉重中解放出来。

在与这些古物长久地打交道中，鲁迅的强烈主体性散成细微的精神粒子，不再固执于自我；同时，外在之物不再是与之对抗的完全的异质之物，外在之物粒子化之后，也具有精神性。海德格尔在名文《艺术作品的本源》和《物》里都论及物的"物性"。切近真正

---

① 隈研吾：《反造型——与自然连接的建筑》，朱锷译、陆宇星校，广西师范大学出版社，2011年，第82页。

的物本身，不能以主客对立的方式，"石头负荷并且显示其沉重。这种沉重向我们压来，它同时却拒绝我们向它穿透。要是我们砸碎石头而试图穿透它，石头的碎块却决不会显示出任何内在的和被开启的东西"①。切近真正的物本身，需要破除我执，虚怀敞开，"向着物的泰然任之"，这样物本身才会自身出场。鲁迅在绍兴会馆的大量时间都在与碑帖、古书、造像、墓志、铭文拓片等散杂的古物打交道，1912 年开始写日记一直持续到 1936 年逝世之前，记着"信札往来，银钱收付"等日常琐事，鲁迅的杂文也总是紧贴着日常性的事与物展开，不凌空蹈虚。这种对日常琐碎之事与物的关注呈现出鲁迅的精神细密而自由。伊藤虎丸从基督教终末论的角度探讨绍兴会馆时期鲁迅的"回心"，认为获得终末论式自觉之后，鲁迅所写的作品中，有一种非常静谧的东西，读鲁迅的作品经常会感到某种轻松，"感受到活泼的精神跃动及其发展"②。伊藤虎丸认为如果抛开终末论，无法理解鲁迅的精神自觉。事实上，不从终末论的角度而从精神现象学的角度，能更好地理解鲁迅的精神自觉。

四、动与静

鲁迅的精神自觉呈现一种独特的动与静的辩证。在留日时期所写《摩罗诗力说》里论及文学的无用之用时，以游泳之喻加以阐明："吾人乐于观诵，如游巨浸，前临渺茫，浮游波际，游泳既已，神质悉移。而彼之大海，实仅波起涛飞，绝无情愫，未始以一教训一格言相授。顾游者之元气体力，则为之陡增也。"③在游泳之中，主体精神在不知不觉中静静地发生变化。从精神现象学的角度看，

---

① 马丁·海德格尔：《艺术作品的本源》，《林中路》，孙周兴译，上海译文出版社，2004年，第33页。

② 伊藤虎丸：《鲁迅与终末论》，李冬木译，生活·读书·新知三联书店，2008年，第184—185页。

③ 鲁迅：《摩罗诗力说》，见《坟》，《鲁迅全集》第1卷，人民文学出版社，2005年，第73页。

抄古碑、誊古籍与观诵文章一样,沉浸既久,"神质悉移"。抄古碑、誊古籍等过程中,主体的自我意识消泯,内在精神出场,更新,融于一个当场构成的活的因缘世界当中。海德格尔在《存在与时间》里说,顺手的锤子在锤打的过程中,因其锤打而敞开了一个因缘整体性的世界。锤子越顺手,锤打人越没有意识到锤子的存在,敞开的世界越"澄明","因缘整体性构成了在一个工厂中上到手头的东西的上手状态"①。此刻的锤打人不是具有主体意识的我,而是主观未分之时的"在世界之中存在"的缘在(Dasein)。这个敞开的因缘整体性的世界不是实体性的"有",而是使"有"得以生成的"无"。操劳于世的缘在处在这个敞开因缘世界里聆听良知的呼声,领会自身的罪责。② 这种罪责是一种原始的自身的欠缺。竹内好说鲁迅在抄古碑的沉默中抓住的"回心"是一种"罪的自觉",可以从这个角度来理解。

在《单向街》中一篇名为《中国古董》的短文里,本雅明对中国誊抄书籍的行为进行了现象学式的描述:

> 走在乡路上,人所感觉到的乡路的力量不同于乘飞机从上空飞过时感觉到的它的力量。同样,阅读一个文本感觉到的力量不同于阅读它的复制文本所感觉到的力量。飞机上的乘客仅仅看到道路如何在地面的景象中延展,如何随着周围地形的伸展而伸展。只有双脚走在路上的人才能感觉到道路所拥有的力量,从对于飞行员来说只是一马平川的风景中认识到,它是怎样在每一次转弯时需要使用距离、瞭望台、林间空地和视野的,就像指挥官在前线调兵遣将似的。因此,只有被复制的文本才能指挥全神贯注阅读的人的灵魂,而纯粹的

① 马丁·海德格尔:《存在与时间》(修订本),陈嘉映、王庆节合译,生活·读书·新知三联书店,2006年,第98页。
② 同上,第315、321页。

读者绝不会发现文本所开启的他的内在自我的新方面，绝不会发现那条穿过丛林内部永远消失在丛林后面的道路：因为读者任他的思绪在白日梦中自由地飞翔，但是誊抄者却对它进行控制。中国誊抄书籍的实践就这样无与伦比地保全了文学文化，誊本是解答中国之谜的钥匙。①

　　本雅明认为"双脚走在路上的人才能感觉到道路所拥有的力量"来比喻用手抄誊文本感受到的开启人的内在自我的力量。因为，双脚在路上走的过程中才能切身感受到一路的风景"是怎样在每一次转弯时需要使用距离、瞭望台、林间空地和视野的"，用手抄誊文本时，人的手与臂、眼与心随着所抄文本的一笔一画而缓慢耐心地移动，在这种移动当中能感受到所抄文本含有的精神性力量。从现象学角度看，一边走，一边感受，在一路的风景里心身不觉发生变化，与鲁迅说的在大海里游泳的过程中，游者的元气体力不觉中陡增所描述的人的内在精神的发生机制是相通的。这种"双脚走在路上的人才能感觉到道路所拥有的力量"，在中国古典园林里有更好的体现。园林里曲径通幽，走在小径上，一步一景。在行走当中，主体之心慢慢与身体、步态融合，迎接身前扑面而来的景色，也就是说，随小径的曲折、景色的各异，心身在不觉中调整姿与态。在缓慢的步伐里，空间变成流动的时间，外在物质景色、小径化成精神发生之场所。德国建筑设计师布鲁诺·陶特（Bruno Taut，1880—1938）反对分裂主体和客体的造型体建筑，孤立的造型体割裂了意识与物质、个体与世界。他推崇日本的古典园林桂离宫，认为在桂离宫里被割裂的心与身、个体与自然在流动中重新连接为一体：

---

① 瓦尔特·本雅明：《单向街》，《本雅明文选》，陈永国、马海良编，赵国新译，中国社会科学出版社，1999 年，第 367 页。

　　穿过林泉通往茶室(松琴亭)的道路,是一条通往哲学的
道路。起先出现的祥和的田园诗、涓涓细流与小瀑布从这里
开始变得严肃起来。荒滩上可见的粗石、岬角之端,立在最远
处的一只石灯笼。姿态严肃的石块仿佛在对来访者呵斥"静
思吧"……①

　　日本建筑设计师隈研吾用现象学式的视角进一步描述了直面
桂离宫外的竹篱的那一刻,人的心身的内在变化:

　　竹子是一种尺寸体系,是重复的间距。追随着它的间距
节奏,主体的眼睛与身体也与之同步反应。这时主体突然丧
失了来到这里以前一直持有的日常的身体速度及视觉感知上
的粒子基准。然后,身体获得了新的速度和粒子尺寸,主体带
着他们踏入一系列的场景之中。人在桂离宫的体验与此相
同。从直面桂离宫外的竹篱的那一刻起,日常的速度和粒子
就消失了。日常得以净化。②

　　在中国卷轴画的展开、中国书法的临摹与观赏中,也会呈现与
之相通的精神的发生方式。

　　对鲁迅来说,抄古碑的初衷只是为了麻痹自己的灵魂,也就是
为了忘却年轻时候的梦,以驱除它带来的寂寞,此外没有什么用。
鲁迅总处在记忆与忘却之间。幼年创伤记忆使得他想忘却,于是
逃离故乡,然而"灵台无计逃神矢",他终究忘怀不了风雨如磐的故
园与麻木愚弱的同胞,为了改变国民的精神而提倡文艺运动,通过
追忆人与文明的本源而提倡拜伦等摩罗诗人和尼采为代表的新神

---

① 　隈研吾:《反造型——与自然连接的建筑》,朱锷译、陆宇星校,广西师范大学出版
社,2011年,第49页。
② 　同上,第56页。

思宗的"任个人，排众数"。然而，这种富有浪漫气质的个人主义在现实中遭遇种种挫败，"麻痹自己的灵魂"其实就是对这种张扬的自我主体的忘却，扬弃。按照本雅明的看法，在"抄古碑"这一行为中，誊抄者不会任由个体的思绪的发散而是控制着它，尼采式的个人主义消融在所抄的文本里，而文本阅读着他的灵魂，开启了"他的内在自我的新方面"。与游走于古典园林的人的内在精神的发生方式相通，誊抄者的眼与身与所誊抄文字的节奏同步反应，在一笔一画粒子般的笔触之中获得了不同于日常的新的感知方式。鲁迅在杂文《拿来主义》里说："尼采就自诩过他是太阳，光热无穷，只是给与，不想取得。然而尼采究竟不是太阳，他发了疯。"与尼采相反，在深夜里抄古碑，抄誊者更多的是领受而不是给予，尼采式个人主义消融于"无"。竹内好说过，鲁迅的文学，在其根源上是应该被称作"无"的某种东西。这种"无"不是什么也没有的空虚，而是"穿过丛林内部永远消失在丛林后面的道路"，用海德格尔的说法，这"林中路"是作为存在者的缘在消融于其中的存在的"澄明"，如鲁迅在《夜颂》一文里所说，"爱夜的人于是领受了夜所给与的光明"[1]。

五、色与空

在绍兴会馆时期，鲁迅"开始看佛经，用功很猛，别人赶不上"。与佛教界人士梅光羲等来往密切，所研读的佛经多是与原始佛教的教义较为接近的经、律、论。[2] 前文已论及，人类文明的活力随着时间流逝而不可避免衰退的现象是鲁迅的萦心之念，因此鲁迅看重源发性的事物。源发性的事物所呈现的精神富有生机，因此

---

① 鲁迅：《夜颂》，见《准风月谈》，《鲁迅全集》第 5 卷，人民文学出版社，2005 年，第 203 页。

② 参见姚锡佩：《鲁迅对佛教的探求及遗存的佛典》，《鲁迅研究月刊》，1996 年第 1 期，第 49—57 页。

佛教的经、律、论更切近原本的佛教精神。读佛经也是鲁迅驱除如大毒蛇一般的寂寞的一种方法，"大毒蛇"的意象会让人联想到佛教的"毒龙"意象，联想到王维《过香积寺》里的诗句"安禅制毒龙"。前文已提及，缠住灵魂的大毒蛇也会让人联想到尼采所说的象征永恒轮回的盘绕着的蛇。

上文在探讨留日时期鲁迅的精神自觉与尼采和佛教的关系时，引用过日本京都学派的代表人物西谷启治的观点。西谷启治是京东学派开创者西田几多郎的后继者。前文已述，竹内好受西田几多郎哲学的影响较深，在谈论鲁迅的"回心"时多次借用西田哲学的术语。西谷启治在其名著《宗教是什么》一书用过"回心"一词。在《空与历史》一章里，西谷启治认为佛教的空观所呈现的时间是一种无限的开显，这种时间"本质上是根本转换之场所、'回心'或'转识'之场所"①。这种"回心"之根本转换是从尼采的虚无之场转换到佛教的空之场。

上一章用尼采的《查拉图斯特拉如是说》里的一则隐喻和卡夫卡的一个寓言来呈现鲁迅受接触西方近代思潮特别是尼采思想时的精神自觉。在卡夫卡的寓言中，一个人与分别在他前面和后面的敌人交战。可以说，这两个敌人喻示的是尼采隐喻里的过去和未来，这个人站在此刻与过去和未来交战意味着尼采的隐喻里所说的过去和未来在瞬间中的碰撞，在这碰撞的瞬间，人的自由的强力意志彰显。在卡夫卡的寓言和尼采的隐喻里，一个战士站在此刻与过去未来交战，作为一切外在之固化之物的本质的空洞、同质、连续的时间之流（过去与未来）在当下瞬间的抵抗中被截断，形成一个过去、现在和未来彼此交融未分的场所。这个战士通过抵抗而获得的站立之场所，就是西谷启治所说的尼采的虚无之场。西谷启治认为，尼采的虚无之场很接近佛教的空之场，但是尼采的

---

① 西谷启治：《宗教是什么》，陈一标、吴翠华译注，联经出版公司，2011年，第254页。

虚无之场是强力意志的永恒轮回之场，尼采的虚无化不彻底，在将外在之物虚无化之后并没有进一步将强力意志本身虚无化，使得尼采最终也陷入我执之境地。西谷启治借用海德格尔对存在和存在者的区分，认为尼采的强力意志仍然只是存在者而不是存在本身，"只要是'意志'，亦即只要被认为是第三人称的'它'，便未脱离'存在者'的性格"①。执着于强力意志，最终必然带来沉重的痛苦和负罪之感。西谷启治认为尼采的虚无之场是佛教所说的业之场。业之场、虚无之场需要彻底破除我执，转换为身心脱落、脱落身心的空之场。②

在卡夫卡的寓言里，阿伦特说这个战士找不到力的平行四边形的对角线所建构的理想空间，他的力量很可能"在持续的战斗压力下消耗殆尽"③。因此，这个战士的"梦想是在一个出其不意的时刻——这就需要一个比曾经有过的任何黑夜更黑的夜晚——跳出战场，凭着他在战斗中的经验上升到一个裁判的位置，旁观他的两个敌人彼此交战"④。阿伦特评论道："这个梦想难道不正是从巴门尼德一直到黑格尔的西方形而上学的古老梦想吗？这个领地难道不正是西方形而上学一直梦想的、作为思想本然所在的一个无时间、无空间的超验的领域吗？显然，在卡夫卡对思想事件的描述中缺少的是一个空间维度，思考可以从那里切入而不被迫完全置身于人类时间之外。"⑤

可见，阿伦特认为只要卡夫卡或尼采寓言里的战士能够找到力的平行四边形的对角线所建构的理想空间，就能沿着对角线无限地走下去。然而，在西谷启治看来，即便找到这条力的对角线，

---

① 西谷启治：《宗教是什么》，陈一标、吴翠华译注，联经出版公司，2011 年，第 247 页。
② 同上，第 284 页。
③ 汉娜·阿伦特：《过去与未来之间》，王寅丽、张立立译，译林出版社，2011 年，第 10 页。
④ 同上，第 5 页。
⑤ 同上，第 9 页。

这个战士的力量"在持续的战斗压力下消耗殆尽"也是必然的。西谷启治认为解脱之道也不在于跳出战场，成为巴门尼德一直到黑格尔的西方形而上学所追求的旁观者，而在于这个战士能在因抵抗而带来的痛苦与负罪中破除我执、身心脱落，将固执于自身之"有"的虚无之场转换为西田几多郎所说的"绝对无的场所"，也就是西谷启治所说的空之场。

对于鲁迅来说，留日时期受尼采影响而自觉到虚无之场，在抵抗外在之物当中张扬自我意志与自由，在现实的挫败经验和内在精神的痛苦体验里，鲁迅尝到了尼采式的虚无之场带来的难以承受之重和负罪之感。但他并没有跳出战场，仍然沿着阿伦特所说的力的平行四边形的对角线在抵抗中前行，他在随感录里说："生命的路是进步的，总是沿着无限的精神三角形的斜面向上走，什么都阻止他不得。"①但这并不意味着鲁迅没有在夜里对一个绝对超越的领地有所感悟，他是在交战中感悟。在鲁迅那里，这个空间维度不只包括他作为一个战士的站立之地，还包括他所依靠的场域，作为精神界之战士的鲁迅之所以能持续地韧性地战斗，是因为他体验到了与个体自我牵连难分的超越性的场域，强烈的自我意志在这个场域里得以"无化"，无化之我反而领受了这个超越场域所赋予的源源不断的力量。这个超越性的场域不是"从巴门尼德一直到黑格尔的西方形而上学"所梦想的领地，而是竹内好所说的"无"，也就是西谷启治所说的佛教的空之场。

竹内好说鲁迅通过抵抗追求一种终极之静谧，而争论对于他只是"终生之余业"②。伊藤虎丸认为，鲁迅的作品里不仅有复仇与憎恶的迸发，还有一种"所谓'善战者不怒'的，叫作 Serenity 也

---

① 鲁迅：《随感录六十六　生命的路》，见《生命的路》，《鲁迅全集》第 1 卷，人民文学出版社，2005 年，第 286 页。
② 竹内好：《近代的超克》，孙歌编，李冬木、赵京华、孙歌译，生活·读书·新知三联书店，2005 年，第 4 页。

好的那种非常静谧的东西"①。内山完造认为"鲁迅先生，是深山苦行的一位佛神"。② 鲁迅内在精神的"终极之静谧"与他研读佛经，与他受佛学思想的浸染有关。不妨再提及徐梵澄对鲁迅的回忆，他曾说鲁迅先生"在日本留学时，已研究佛学，揣想佛教造诣，我至今不敢望尘，但先生能入乎佛学，亦能出乎佛学。……是得力于那一长时期看佛经和抄古碑的修养呢，抑或是得力于道家的修养——因为先生也深通老庄——胸襟达到了一极大的沉静境界，仿佛是无边的空虚寂寞，几乎要与人间绝缘，如诗所说的'心事浩茫连广宇'，外表则冷静得可怕，尤其在晚年如此"③。《写在〈坟〉后面》的开篇有一段对夜的体验的描写：

> ……今夜周围是这么寂静，屋后面的山脚下腾起野烧的微光；南普陀还在做牵丝傀儡戏，时时传来锣鼓声，每一间隔中，就更加显得寂静。电灯自然是辉煌着，但不知怎地忽有淡淡的哀愁来袭击我的心，我似乎有些后悔印行我的杂文了。我很奇怪我的后悔；这在我是不大遇到的，到如今，我还没有深知道所谓悔者究竟是怎么一回事。……④

在《怎么写——夜记之一》中也有一段对夜的体验的描写，可以参照：

> ……夜九时后，一切星散，一所很大的洋楼里，除我以外，

---

① 伊藤虎丸：《鲁迅与终末论》，李冬木译，生活·读书·新知三联书店，2008 年，第 184 页。
② 徐梵澄：《星花旧影——对鲁迅先生的一些回忆》，见鲁迅博物馆、鲁迅研究室、《鲁迅研究月刊》选编的《鲁迅回忆录》散编（下册），北京出版社，1981 年，第 1330 页。
③ 同上，第 1329 页。
④ 鲁迅：《写在〈坟〉后面》，见《坟》，《鲁迅全集》第 1 卷，人民文学出版社，2005 年，第 298 页。

没有别人。我沉静下去了。寂静浓到如酒，令人微醺。望后窗外骨立的乱山中许多白点，是丛冢；一粒深黄色火，是南普陀寺的琉璃灯。前面则海天微茫，黑絮一般的夜色简直似乎要扑到心坎里。我靠了石栏远眺，听得自己的心音，四远还仿佛有无量悲哀，苦恼，零落，死灭，都杂入这寂静中，使它变成药酒，加色，加味，加香。这时，我曾经想要写，但是不能写，无从写。……①

从现象学的角度看，这种对夜的体验已超越心理层面甚至思辨的哲学层面，上升到现象学意义上的存在的领域。如法国现象学家加斯东·巴拉什所说："真正的体验到一个诗歌形象，就是在这些细小心弦中的一根上体会一次存在的生成。"②鲁迅有时想，这种淡淡的哀愁、这种无量悲哀的静寂是一点"世界苦恼"，但又不确定，因为也有一种愉悦之感。从这两段文字看，这里有一种佛家的境界在，也就是西谷启治所说的身心脱落、脱落身心的空之场所呈现的境界。

六、古与新

留日时期，鲁迅和周作人一起听过章太炎讲解《说文解字》，受章太炎的影响，周氏兄弟注重单个文字所呈现的精神性。鲁迅和周作人在翻译《域外小说集》里的小说时，采取直译、"硬译"的方法，"他们把尊重原文的精神一直贯彻到标点符号的层面，一一进行细致的提示"③，"为了对应于细致描写事物和心理细部的西方写实主义，他们所果敢尝试的以古字古意相对译试验，哪怕因而失

① 鲁迅：《怎么写——夜记之一》，见《三闲集》，《鲁迅全集》第4卷，人民文学出版社，2005年，第18页。
② 加斯东·巴拉什：《空间的诗学》，张逸清译，上海译文出版社，2009年，第241页。
③ 木山英雄：《文学复古与文学革命》，《文学复古与文学革命——木山英雄中国现代文学思想论集》，赵京华编译，北京大学出版社，2004年，第231页。

之牵强，但恰恰因为如此，通过这样的摩擦，作为译者自身的内部语言的文体感觉才得以真正形成吧"①。鲁迅和周作人翻译所用的古字与后来新文化运动反对的文言不同，"古文是古人的口语，是与宋以后的文言截然不同的语言。从这一古文形式与古人日常口语的关系的角度看，古文与口语化的白话之间反而有着某种一致性——它们都是对体制化的文言的拒绝"②。海德格尔非常注重对词语的追根溯源。从现象学角度看，古字是"古而新"的，承载着一种本源性的活的精神。以单个古字为基本单位对译域外小说，"籀读其心声，以相度神思之所在"③，使得鲁迅原本地领会了西欧近代小说所呈现的"近代意识"。同样，在绍兴会馆时期，鲁迅一笔一画地抄古碑、誊古书、编古籍的过程中，能细心体会到每个古字的精神性。而与文言相对的白话，也意味着一种鲜活的精神。可见，绍兴会馆里多年的抄古碑等行为看似与文艺创作不相关，实则和鲁迅的文学翻译一样，促成了鲁迅的白话文的成熟。鲁迅的文章既体现了近代意识，往往又透出一种独特的"古雅"。

前文已提及，绍兴会馆时期的鲁迅，除上班以外，去得最多的地方是北京宣武门外出售古书、字画、金石拓片、古玩的琉璃厂。《鲁迅日记》里频繁记录这一时期从琉璃厂买来的各种古书、古文物。鲁迅在留日时期就喜爱收藏各种版本的书籍、浮世绘等，而大量的收藏则从绍兴会馆时期的琉璃厂开始，他的收藏涉猎很广：古籍、字画、版画、碑帖、汉画像拓片、石刻、钱币、古陶俑等，而且有很深的造诣。收藏活动对于鲁迅内在精神发生很深的影响。在深

---

① 木山英雄：《文学复古与文学革命》，《文学复古与文学革命——木山英雄中国现代文学思想论集》，赵京华编译，北京大学出版社，2004年，第231页。
② 汪晖：《声之善恶：什么是启蒙？——重读鲁迅的〈破恶声论〉》，《开放时代》2010年第10期，第91页。
③ 鲁迅：《〈域外小说集〉序言》，见《译文序跋集》，《鲁迅全集》第10卷，人民文学出版社，2005年，第168页。

夜抄古碑与读佛经的沉默中，内在精神在潜移默化的生成。在搜集、编校古籍，收藏碑帖、造像、石刻、墓志、铭文的拓片、古钱币等行为里，也会有内在精神的转变。本雅明也酷爱收藏，在《打开我的藏书——谈谈收藏书籍》一文中对收藏与内在精神的关联有精彩的描述：

> 对于一个真正的收藏家，一件物品的全部背景累积成一部魔幻的百科全书，此书的精华就是此物件的命运。于是，在这圈定的范围内，可以想见杰出的相面师——收藏家即物象世界的相面师——如何成为命运的阐释者。我们只需观察一个收藏家怎样把玩欣赏存放在玻璃柜里的物品就能明白。他端详手中的物品，而目光像是能窥见它遥远的过去，仿佛心驰神往。①

对于鲁迅来说，从各种古物里窥见的遥远的过去也曾让他心驰神往。在《看镜有感》一文里，鲁迅从衣箱里翻出几面古铜镜，联想到汉代的铜镜从而"遥想汉人多少闳放，新来的动植物，即毫不拘忌，来充装饰的花纹"。鲁迅喜爱收藏古陶俑，画像石，进而说："唐人也还不算弱，例如汉人的墓前石兽，多是羊，虎，天禄，辟邪，而长安的昭陵上，却刻着带箭的骏马，还有一匹驼鸟，则办法简直前无古人。""汉唐虽然也有边患，但魄力究竟雄大，人民具有不至于为异族奴隶的自信心，或者竟毫未想到，凡取用外来事物的时候，就如将彼俘来一样，自由驱使，绝不介怀。"②然而，遥远的过去更多的是动他心魄，如狂人在半夜从每页写满"仁义道德"的历史

---

① 瓦尔特·本雅明：《打开我的藏书——谈谈收藏书籍》，《启迪：本雅明文选》，汉娜·阿伦特编，张旭东、王斑译，生活·读书·新知三联书店，2008 年，第 72 页。
② 鲁迅：《看镜有感》，见《坟》，《鲁迅全集》第 1 卷，人民文学出版社，2005 年，第 208 页。

书的字缝里看出"吃人"两字。在本雅明那里，收藏家是寓言家、相面师，他把沉睡在藏品中的过去唤醒，让被人遗忘的过去的碎片在记忆里获救，"只要收藏活动专注于一类物品(不仅是艺术品，艺术品反正已脱离日常用品世界，因为它们不能'用'于什么)，将其只作为物本身来救赎，不再是达到目的的手段而有了内在的价值，本雅明就可以把收藏家的热情理解为类似革命者的心态"①。作为相面师的收藏家寓示着历史批评者和革命家，因为藏品所开启的遥远的过去的意象唤起收藏家的深层记忆，捕获这种记忆预示着打破雷同、空泛的历史连续统一体的革命行动。②《狂人日记》里，狂人"翻开历史一查，这历史没有年代，歪歪斜斜的每叶上都写着'仁义道德'几个字"。没有年代的历史正是本雅明所说的雷同、空泛的历史，这种历史以"仁义道德"的假面目出现。而"吃人"的意象是活在这种历史的延续里的人的深层记忆，这种记忆因被压制而为人所忘却，只能存在于字缝里，如同本雅明所说的"思想像一件浮雕那样在折层和裂缝中存活"，真相呈现在褶皱里。③ 这种褶皱里的深层记忆的复活撕下了"仁义道德"的假面，成为变革现实的力量。

在现实中的挫败使得鲁迅的梦——破灭，为了驱除幻灭后的寂寞与悲哀，他用种种方法麻痹自己的灵魂。在北京绍兴会馆里的鲁迅抄古碑、搜集古籍、碑帖、汉画像、古陶俑等行为也是麻痹灵魂的方法。然而，在试图麻痹自己的灵魂，忘却过去的梦想，不再记起曾经的寂寞、悲哀的事时，反而在抄古碑、搜集古籍等过程中唤醒了超越于一己的记忆与梦想的民族文化里的深层记忆与梦

① 汉娜·阿伦特：《瓦尔特·本雅明：1892—1940》，《启迪：本雅明文选》，汉娜·阿伦特编，张旭东、王斑译，生活·读书·新知三联书店，2008 年，第 61 页。
② 瓦尔特·本雅明：《历史哲学论纲》，《启迪：本雅明文选》，汉娜·阿伦特编，张旭东、王斑译，生活·读书·新知三联书店，2008 年，第 274 页。
③ 瓦尔特·本雅明：《单向街》，《本雅明文选》，陈永国、马海良编，赵国新译，中国社会科学出版社，1999 年，第 393 页。

想。在缢死过一个女人的绍兴会馆里抄古碑、读佛经，鲁迅的内在精神进入了一个幽暗的鬼神世界。本雅明的历史唯物主义有着犹太教弥赛亚主义的影子，认为过去随身带着一份时间的清单，它通过这份时间的清单而被托付给救赎。如同犹太教的经文在回忆中指导犹太人，无产阶级对过去被奴役的祖先的意象、灾难中堆积的尸骸的记忆是其获得拯救和解放的前提。① 如同本雅明关于过去的苦难意象受犹太教思想影响，鲁迅心中的意象多受佛教影响："正当苦痛，即说不出苦痛来，佛说极苦地狱中的鬼魂，也反而并无叫唤！……华夏大概并非地狱，然而'境由心造'，我眼前总充塞着重迭的黑云，其中有故鬼，新鬼，游魂，牛首阿旁，畜生，化生，大叫唤，无叫唤，使我不堪闻见。我装作无所闻见模样，以图欺骗自己，总算已从地狱中出离。"②"华夏如地狱"这一意象是滋养鲁迅内心的革新的种子。

作为收藏家的鲁迅深谙历史与记忆的意义："中国野地上有一堆烧过的纸灰，旧墙上有几个划出的图画，经过的人是大抵未必注意的，然而这些里面，各各藏着一些意义，是爱，是悲哀，是愤怒，……而且往往比叫了出来的更猛烈。也有几个人懂得这意义。"③本雅明认为，要在最卑微的支离破碎的事与物中捕捉历史的真面目。前文已述，本雅明以一个比喻来呈现文学评论者和批评家的不同："如果，打个比方，我们把不断生长的作品视为一个火葬柴堆，那它的评论者就可比作一个化学家，而它的批评家则可比作炼金术士。前者仅有木柴和灰烬作为分析的对象，后者则关注火焰本身的奥妙：活着的奥秘。因此，批评家探究这种真理：它生

---

① 瓦尔特·本雅明：《历史哲学论纲》，《启迪：本雅明文选》，汉娜·阿伦特编，张旭东、王斑译，生活·读书·新知三联书店，2008年，第276页。

② 鲁迅：《"碰壁"之后》，见《华盖集》，《鲁迅全集》第3卷，人民文学出版社，2005年，第72页。

③ 鲁迅：《写于深夜里》，见《且介亭杂文末编》，《鲁迅全集》第6卷，人民文学出版社，2005年，第517页。

动的火焰在过去的干柴和逝去生活的灰烬上持续地燃烧。"①这个
比喻同样适用于历史批判者和革命者，要在鲁迅所说烧过的纸灰、
本雅明所说干柴的灰烬里复活曾经燃烧的火焰，这活火里藏着爱、
悲哀、愤怒……作为批评家，鲁迅关注的是一些小事与细物，他在
《且介亭杂文》的序言里说到自己的杂文："当然不敢说是诗史，其
中有着时代的眉目，也决不是英雄们的八宝箱，一朝打开，便见光
辉灿烂。我只在深夜的街头摆着一个地摊，所有的无非几个小钉，
几个瓦碟，但也希望，并且相信有些人会从中寻出合于他的用处的
东西。"②鲁迅有一种本雅明式的对琐碎、日常的事与物朴素而细
致思考的能力。鲁迅的杂文里广征博引各种琐碎之事、物与观点，
如同广泛收藏各种细散之旧物。在这种引用与收藏的过程中，各
种琐碎之事、物、观点在组合、排列中创造出"新的突发性关系"③，
体现一种精神的自由。

就单个物来说，物本身的物性粒子不仅仅是物质元素，而且也
具有精神性，对物的朴素而细致的思考需要意识到物的实与虚，虚
就是精神性。鲁迅很重视书的装帧，在《忽然想到》一文里，鲁迅感
叹当时中国排印的新书大多一篇篇挤得很满，"大抵没有副页，天
地头又都很短，想要写上一点意见或别的什么，也无地可容，翻开
书来，满本是密密层层的黑字；加以油臭扑鼻，使人发生一种压迫
和窘促之感，不特很少'读书之乐'，且觉得仿佛人生已没有'余
裕'，'不留余地'了"。他认为真正的质朴"是开始的'陋'，精力弥
满，不惜物力的。现在的却是复归于陋，而质朴的精神已失，所以

① 瓦尔特·本雅明：《歌德的〈亲和力〉》，《本雅明文选》，陈永国、马海良编，赵国新译，中国社会科学出版社，1999 年，第 45—46 页。参见汉娜·阿伦特为英文版《启迪：本雅明文选》写的导言。瓦尔特·本雅明：《启迪：本雅明文选》，汉娜·阿伦特编，张旭东、王斑译，生活·读书·新知三联书店，2008 年，第 25 页。
② 鲁迅：《〈且介亭杂文〉序》，见《且介亭杂文》，《鲁迅全集》第 6 卷，人民文学出版社，2005 年，第 4 页。
③ 三岛宪一：《本雅明：破坏·收集·记忆》，贾倞译，河北教育出版社，2001 年，第 245 页。

只能算窳败,算堕落,也就是常谈之所谓'因陋就简'。在这样'不留余地'空气的围绕里,人们的精神大抵要被挤小的"①。可见,在鲁迅看来,"质朴"与"简陋"的不同关键在于物的精神性。在"不惜物力"的"实"当中才生出"精力弥满"的"虚"。本雅明也对书的装帧有异常的关心。朔勒姆认为本雅明的这种唯美主义倾向与他极其形而上学的思想生活相矛盾:"我从不认为形而上学的、正统的考察能从装帧书和纸质考察出来。"然而,在本雅明那里并不存在朔勒姆所说的这种矛盾。三岛宪一认为,"在非魔术化清醒的这个现代世界中,重视书的装帧,把视线投向那种'物',而且狂热地收藏那些暗号,并使之'可读解'"②。如鲁迅那样,本雅明重视书的装帧,也是看到了"实"之"物"当中藏着的"虚"之"精神"。古而旧的"实"之"物"当中藏着的"虚"之"精神"总是活而新的。这种活而新的"虚"之"精神"将僵硬之物粒子化,如同人的内在精神将人从异化、物化之状态中解救出来,获得自由,这正是鲁迅和本雅明的萦心之念。

第四节　"回心"与近代中国

一、回心型近代中国与转向型近代日本

前文已述,竹内好除了在《思想的形成》一文明确提出了鲁迅的"回心",在后来的《何谓近代——以日本与中国为例》一文里也提到"回心",将它与"转向"对举,认为以鲁迅为代表的中国近代文化是回心型文化,日本近代文化则为转向型文化。竹内好认为,同

---

① 鲁迅:《忽然想到》,见《华盖集》,《鲁迅全集》第 6 卷,人民文学出版社,2005 年,第 517 页。
② 三岛宪一:《本雅明:破坏·收集·记忆》,贾倞译,河北教育出版社,2001 年,第 245—246 页。

处"东洋"的中国和日本的近代化是欧洲强制的结果，中国和日本的近代化必然受欧洲近代精神的影响，"回心"与"转向"是近代中国与近代日本面对欧洲近代精神时呈现的两种方式。要理解"回心"与"转向"的不同，首先要弄清什么是欧洲近代精神，竹内好描述了欧洲近代精神里历史与自我的关系：

> 历史并非空虚的时间形式。如果没有无数为了自我确立而进行的殊死搏斗的瞬间，不仅会失掉自我，而且也将失掉历史。如果欧洲仅仅是欧洲，它就不再是欧洲。通过不断自我更新的紧张，它顽强地保存着自我，历史上的诸多事实昭示了这一点，"无法怀疑怀疑着的自我"这个近代精神的根本命题之一，正是根植于自我被置于这一紧张状态下时人们的心理，这一点恐怕是难以否认的。①

近代欧洲的物质与精神都在不断地自我运动、自我扩张，在持续的运动、扩张当中才能自我更新，为了保存自我必须与外在非我对抗，在紧张的对抗中将非我纳进自我。因此，竹内好认为欧洲为了成为欧洲，必须入侵"东洋"，"这是与欧洲的自我解放相伴随的必然命运"②。欧洲对"东洋"的入侵，遇到了"东洋"的抵抗，然而这"没能动摇欧洲彻底的理性主义的信念：所有事物在终极意义上都可以对象化并被提炼。他们预想到了抵抗，并洞察到东洋越抵抗就越将欧洲化的宿命，东洋的抵抗不过是使世界史更加完整的要素而已"③。然而，竹内好认为，欧洲通过把东洋包括进来，世界史几近完成的同时，"以内在化了的异质性的因素为媒介，世界

---

① 竹内好：《近代的超克》，孙歌编，李冬木、赵京华、孙歌译，生活·读书·新知三联书店，2005年，第183页。
② 同上，第184页。
③ 同上。

史本身的矛盾露出水面"①。其中的矛盾之一,就是东洋通过不断的抵抗,"一边以欧洲为媒介一面超越它从而逐渐产生出非欧洲的东西来"②。

可见,欧洲近代精神只有在对外在非我的持续对抗中才能成立。因此,面对欧洲的入侵,东洋要想近代化,必须采取抵抗的姿态。在竹内好看来,一方面,东洋对欧洲的抵抗必然失败,东洋被欧洲化,成为世界史的一部分;另一方面,东洋如果失败之后仍不断抵抗,会以欧洲为媒介产生出超越欧洲的非欧洲的东西。不过,这种失败之后仍不断抵抗的东洋特指以鲁迅为代表的"回心型"的近代中国,不包括"转向型"的近代日本。竹内好说,"回心以保持自我而反映出来,转向则发生于自我放弃。回心以抵抗为媒介,转向则没有媒介"③。日本在面对欧洲近代精神时没有产生抵抗,"没有抵抗,即没有想保存自己的欲望(自己本身并不存在)。没有抵抗,说明日本不具有东洋的性格,同时,它没有自我保存的欲望(没有自我)这一点上,又说明日本并不具有欧洲性格。就是说,日本什么也不是"④。日本的近代化没有产生主体性的自我这一根本,因此热衷于舍旧取新,不断向外寻求,没有精神的生产性。⑤近代中国因为有了鲁迅,则与日本不同,鲁迅"拒绝成为自己,同时也拒绝成为自己以外的任何东西。这就是鲁迅所具有的、而且使鲁迅得以成立的、'绝望'的意味。绝望,在行进于无路之路的抵抗中显现,抵抗,作为绝望的行动化而显现。把它作为状态来看就是绝望,作为运动来看就是抵抗"⑥。

①　竹内好:《近代的超克》,孙歌编,李冬木、赵京华、孙歌译,生活・读书・新知三联书店,2005年,第185页。
②　同上。
③　同上,第212—213页。
④　同上,第196—197页。
⑤　同上,第198、208页。
⑥　同上,第206页。

二、对"回心"与"转向"的诠释

回心与转向的区分不是竹内好首创,西田几多郎开创的试图融合东方思想特别是佛教与欧洲哲学的京都学派的哲学家在竹内好之前就讨论过回心与转向。据汪晖在《鲁迅文学的诞生——读呐喊·自序》一文所说,当时的许多马克思主义者和京都学派哲学家对亲鸾(Shinran)感兴趣,亲鸾在十二世纪创立了净土真宗:"亲鸾最吸引人的教诲接近于黑格尔意义上的否定,即对现世的全盘否定及对在现世获得可能救赎的彻底否定。在十四至十六世纪的日本,亲鸾的教义曾经吸引许多无知的农民和大众,成为动员他们反抗统治阶级的动力,有鉴于此,京都派哲学家和马克思主义者致力于寻找某种激进的宗教性,以塑造完全不同的全新的主体性。回心或转向就被用于描述这种历史时刻,即转向一种新的主体性和新的历史性,或者一种新的主体性或历史性的突然诞生。"①在此背景下,京都学派的开创者西田几多郎讨论了断裂的问题,"这个问题源自现代数学,尤其是集合论,涉及独特性或独特点的问题,田边元和三木清将这个问题与历史性问题连接起来。独特性问题首先涉及如何转化现实,而如何转化现实又依赖于那些在现在中寻求未来和行动的主体的中断或转化。京都学派论辩说,在计划和激情处于过去、现在与未来的连续性模式下,社会现实的彻底转变是不可能获得的。只有当我们关于未来的计划被瓦解,或者说,未来的时间性是断裂的,现实中的革命才有可能"②。竹内好在《何谓近代——以日本与中国为例》一文提出回心与转向,以此为背景。此外,更值得注意的是,日本马克思主义者和京都学派讨论回心与转向的根本缘由和竹内好一样,都是在思考如何面对

---

① 汪晖:《鲁迅文学的诞生——读〈呐喊自序〉》,《现代中文学刊》2012 年第 6 期(总第 21 期),第 32 页。
② 同上。

欧洲哲学或近代精神,如何实现日本的近代化。因此,回心与转向的内涵必然与欧洲哲学或近代精神有关。

《何谓近代——以日本与中国为例》论及欧洲近代精神时认为"无法怀疑怀疑的自我"是欧洲近代精神的根本命题之一,这是近代哲学之父笛卡儿的哲学命题。事实上,笛卡儿之后,主体自我的不断自我怀疑与否定,并在不断否定之否定中肯定自身的精神运动成为近代欧洲哲学特别是德国哲学的核心命题。如费希特所说的自我与非我的对立与统一、黑格尔所说的精神的否定之否定、马克思所说的自否定等,都是在描述精神之自我运动。这种精神之自我运动到尼采那里变成了强力意志的无限肯定与张扬的永恒轮回。伊藤虎丸认为,尼采思想集中体现了欧洲近代精神,鲁迅因接触尼采思想而原本地把握住了意志的自由运动这一欧洲近代精神。[1]

上一章讨论尼采思想时,引用了尼采《查拉图斯特拉如是说》里的一个隐喻和卡夫卡的一则寓言,旨在说明处在无限的过去与未来之间的人介入连续性的时间的方式。同质、空洞的无限连续的时间之链由于当下之人的意志的抵抗而断裂,形成了集过去未来于现在的精神空间,人因而在同质、空洞的无限连续的线性时间里找到了一块自由之地。这是尼采所说的强力意志的无限运动的隐喻化呈现,同样可以用来说明竹内好在《何谓近代——以日本与中国为例》所描述的欧洲近代精神的无限的自我运动。上文提及西田几多郎讨论了断裂的问题,田边元和三木清等认为社会现实的彻底转变必须要瓦解过去、现在与未来的连续性模式,行动的主体性只能在突然的断裂处生成。这些讨论所呈现的精神发生与尼采的隐喻和卡夫卡的寓言所呈现的精神发生相通。可见,对于竹内好在《何谓近代——以日本与中国为例》里说的"回心"与京都学

---

[1] 伊藤虎丸:《鲁迅与终末论》,李冬木译,生活·读书·新知三联书店,2008 年,第124—126 页。

派所说的"回心"所意味的精神发生相通，都可以用尼采的隐喻和卡夫卡的寓言来呈现，其核心是与外在之物的对抗，并在对抗中张扬自由而无限的意志。

在竹内好看来，"转向"是"回心"的反面，在"转向"中不能产生变革现实的主体性。因此，"转向"成为应该避免和批判的负面行为。

三、竹内好的矛盾

从上文对《何谓近代——以日本与中国为例》一文里的"回心"的诠释可以发现，竹内好在此文里的"回心"正是伊藤虎丸所说的留日时期鲁迅的第一次精神自觉，这种精神自觉受尼采的影响，主张在与外在之物的对抗中张扬主体的强力意志，可以用尼采《查拉图斯特拉如是说》里的一则隐喻来呈现。然而，伊藤虎丸将竹内好在《思想的形成》里提出的绍兴会馆里鲁迅的"回心"称为第二次精神自觉，这次精神自觉反省了第一次精神自觉产生的独醒的优越意识。可见，《何谓近代——以日本与中国为例》一文与《思想的形成》一文里的"回心"的内涵不完全相同，它们之间的相同与差异之处已在上文《"回心"的两种不同方式》一节里分析过，不再赘述。上文对绍兴会馆里鲁迅的"回心"作了现象学式描述，从中可以看出，"回心"或者内在精神的转变并不只是存在于尼采式意志对外在之物的动的抵抗当中，也存在于对主体意志、自我的无化，与绝对的超越者的相遇、相感，从而融于超越于自我的静谧的"无"之时。因此，如果从这个意义上将后者所呈现的精神转变称为"转向"，那么"转向"并不必定意味着一种没有精神性的行为。在《何谓近代——以日本与中国为例》一文里，竹内好提及的"回心"只强调了鲁迅通过抵抗而获得主体性，可见他没有意识到"回心"除了以抵抗的方式，还可以融通的方式发生。

可见，在竹内好看来，鲁迅的"回心"式抵抗只能是受了尼采为

代表的欧洲近代精神的影响才发生。按照竹内好所说，一方面，
"东洋"越抵抗就越将被欧洲化，在抵抗中"东洋"最终被纳入世界
史。那么，这同样意味着鲁迅越抵抗就越将被欧洲近代精神同化。
另一方面，"东洋"通过不断抵抗，会以欧洲为媒介逐渐产生出非欧
洲的东西，这也同样意味着鲁迅通过不断抵抗，会以欧洲近代精神
为媒介产生出非欧洲精神的东西。竹内好认为，"从思想史上看，
鲁迅的位置在于把孙文媒介于毛泽东的关系中。近代中国，不经
过鲁迅这样一个否定的媒介者，是不可能在自身的传统中实现自
我变革的"①。也就是说，经过鲁迅的抵抗，才会出现毛泽东所开
创的将马克思主义中国化的道路。② 然而，竹内好的这两种说法
存在模糊、矛盾之处，如果鲁迅越抵抗将越被欧洲近代精神同化，
那么后来经过不断抵抗而产生出来的东西仍然不会逃出欧洲精
神，只能说在欧洲近代精神之自我运动把包括东洋在内的整个世
界纳入自身之后，在自身内部出现了分裂，东洋的不断抵抗成为裂
隙之一。因此，东洋经过不断抵抗产生出的东西在内容上与欧洲
不同，但在精神内核上仍不能脱离欧洲精神。竹内好认为近代中
国因为抵抗欧洲而最终超越了欧洲的看法其实仍然没有脱离欧洲
的视角，正如日本著名史学家沟口雄三在《考察"中国近代"的视
角》所说：

　　　　把中国的近代看做是自我更生式的近代这一观点是将
　　"落后"正当化，即通过推翻"先进"的根据来否定"先进—落
　　后"这一欧洲一元化的思维方式。看起来是全面否定，但正如
　　后文所述，由于这种否定是在一旦进入了"先进—落后"这一

① 竹内好：《近代的超克》，孙歌编，李冬木、赵京华、孙歌译，生活·读书·新知三联
　　书店，2005 年，第 151 页。
② 伊藤虎丸：《鲁迅与终末论》，李冬木译，生活·读书·新知三联书店，2008 年，第
　　126—129 页。

模式之后所进行的自我正当化的否定，而并不是站在这一模式的外部从完全不同的角度来进行否定，因此在方法论上仍然不够彻底。①

其实在竹内好的《中国的近代与日本的近代》这篇文章里，"欧洲＝先进"作为前提仍然没有失效，所以以"先进"为目标的日本的近代才会被看做是没有意识到自己的后进性、缺乏主体性的近代而遭到否定；于是中国的近代也就被看做是从"败北的自觉"即意识到自己的后进性出发、谋求再生的主体性的近代。这里我们也可以看出，上述主旨，看起来是否定了中国的后进性，但实际上仍然以此为前提，只不过否定了一元地把落后视为落后的观点；更准确地说，是试图把落后＝"非欧洲"放在肯定轴上来给予评价。就这一点而言，尽管视角发生了 180 度的转变，但"先进—落后"这一模式本身却仍然没有被完全否定掉。②

在《何谓近代——以日本与中国为例》一文里，竹内好认为在东洋没有近代欧洲那样的"精神之自我运动"，"就是说，精神这个东西就不曾存在过。当然近代以前有过与此相似的东西，如在儒教或佛教中就曾经有过，但这并非欧洲意义上的发展，近代以后，连这个程度的运动也没有了"③。可见，竹内好的视角是欧洲式的。不存在近代欧洲那样的"精神"的东洋如何能超越欧洲呢？只有先通过抵抗获得原本的近代欧洲精神（像鲁迅那样），然后在不断地抵抗中产生非欧洲的东西。显然，这种所谓的"非欧洲的东

① 沟口雄三：《作为方法的中国》，孙军悦译，生活·读书·新知三联书店，2011 年，第 11 页。
② 同上，第 26 页。
③ 竹内好：《近代的超克》，孙歌编，李冬木、赵京华、孙歌译，生活·读书·新知三联书店，2005 年，第 191 页。

西"根子上还是欧洲式的。

矛盾的是,竹内好在《鲁迅》的一系列文章里论及鲁迅的精神发生时,采取的却多是中国传统思想的视角,比如引用日本文学家松尾芭蕉富有老庄意味的词语来形容鲁迅①,将鲁迅与屈原和魏晋文人相比②,认为鲁迅的强韧或许根源于原始孔子教的精神。③"回心"与佛教也有密切关联。竹内好的这些说法显然与他在《何谓近代——以日本与中国为例》一文里认为"东洋"没有"精神"这个东西的看法不一致。事实上,前文已述,鲁迅的精神自觉或说"回心"并非只能从尼采思想为代表的欧洲近代精神自觉的角度来理解。

沟口雄三反思竹内好在《中国的近代与日本的近代》一文里的"中国观"时论述到,竹内好把日本文化称为转向型而把中国文化定位为回心型的做法是片面的,中国成为一种憧憬的对象,这种憧憬的对象是在各种日本内部的自我意识的对立面所形成的一种反自我意识的投影,一开始便是主观的。"这种憧憬的对象并不是客观的中国,而是在自身内部主观成像的'我们内部的中国'。"④同样可以说,具有竹内好所说的"回心"的鲁迅,是其自身内部主观成像的"竹内鲁迅"。"竹内鲁迅"作为一个镜像,竹内好从中反观自身获得主体性,从这一独特的视角看待自己和日本,这对竹内好和当时的日本来说有重大意义。然而,竹内好主观化、镜像化的鲁迅或许呈现了鲁迅本身的一些重要精神,却也不可避免地有所简化、歪曲。鲁迅在他翻译的日本文艺理论家厨川白村所著《出了象牙之塔》的后记里说:

---

① 竹内好:《近代的超克》,孙歌编,李冬木、赵京华、孙歌译,生活·读书·新知三联书店,2005 年,第 4—5 页。
② 同上,第 9、79 页。
③ 同上,第 150 页。
④ 沟口雄三:《作为方法的中国》,孙军悦译,生活·读书·新知三联书店,2011 年,第 5—6 页。

著者呵责他本国没有独创的文明，没有卓绝的人物，这是的确的。……总而言之，毕竟并无固有的文明和伟大的世界的人物；当两国的交情很坏的时候，我们的论者也常常于此加以嗤笑，聊快一时的人心。然而我以为惟其如此，正所以使日本能有今日，因为旧物很少，执著也就不深，时势一移，蜕变极易，在任何时候，都能适合于生存。不像幸存的古国，恃着固有而陈旧的文明，害得一切硬化，终于要走到灭亡的路。中国倘不彻底地改革，运命总还是日本长久，这是我所相信的；并以为为旧家子弟而衰落，灭亡，并不比为新发户而生存，发达者更光彩。

⋯⋯⋯⋯⋯⋯

恰如日本往昔的派出"遣唐使"一样，中国也有了许多分赴欧，美，日本的留学生。现在文章里每看见"莎士比亚"四个字，大约便是远哉遥遥，从异域持来的罢。然而且吃大菜，勿谈政事，好在欧文，迭更司，德富芦花的著作，已有经林纾译出的了。做买卖军火的中人，充游历官的翻译，便自有摩托车垫输入臀下，这文化确乎是迩来新到的。

他们的遣唐使似乎稍不同，别择得颇有些和我们异趣。所以日本虽然采取了许多中国文明，刑法上却不用凌迟，宫庭中仍无太监，妇女们也终于不缠足。①

可见，鲁迅并非像竹内好所说的那样否定近代日本"转向"欧洲文明的做法，反而批判了中国固执于自身的陈旧文明。上文从现象学的角度描述了北京绍兴会馆里鲁迅的"回心"，这种精神的发生方式与其说是激烈的抵抗式不如说是静缓的转向式。鲁迅的萦心之念是如病弱之人一样的中国如何恢复健康，健康之人饿而

① 鲁迅：《〈出了象牙之塔〉后记》，见《译文序跋集》，《鲁迅全集》第10卷，人民文学出版社，2005年，第269—270页。

食,渴则饮,没有什么忌讳,不会时时斟酌挑选吃食,担心吃坏肚子。① 鲁迅说汉唐有自信力,外邦之物拿来自由驱使,毫不介怀,不是在抵抗中接受外物,而是接纳过来后凭自身的精神魄力去其偏颇。近代日本也并非像竹内好所说"什么也不是",因为即便是"转向"欧洲文明,也并不意味着在"转向"中完全放弃了自我。不只是在抵抗欧洲近代精神中才有主体性精神的发生,在转向、接纳欧洲近代精神时,日本自身本有的精神在转向、接纳中与欧洲近代精神融合、汇通,其中也会有精神的发生,而且这种精神具有主体间性,也就是沟口雄三所说的"国际性交流主体"②。

第五节　心、身与现代性

上文对绍兴会馆里鲁迅的"回心"作了多方面的诠释。鲁迅的"回心"或精神自觉发生在与抄古碑,整理古籍,校书,收藏画像、石刻、古陶俑、墓志、铭文拓片等古旧之物打交道的过程中。从现象学角度看,在与古旧之物打交道的过程中古旧之物被粒子化,粒子不再是作为与主体对立的客体,也就是说不再是对象化的物质,而是具有了精神性。物质精神化了或说精神物质化了。同样,在与物打交道过程中,心、眼、手协调运作,人不再作为与客体对立的主体,心与身也不再呈现精神自我和物质性肉体的分裂状态,用身体现象学的话说,心(精神自我)弥漫于周身每一处。精神肉体化了或说肉体精神化了。因此,绍兴会馆里鲁迅的"回心",离不开身体性,身体作为媒介,使得身与心、物质与精神不再对立,精神自我不

① 徐梵澄:《星花旧影——对鲁迅先生的一些回忆》,见鲁迅博物馆、鲁迅研究室、《鲁迅研究月刊》选编的《鲁迅回忆录》散编(下册),北京出版社,1981年,第1328页。
② 沟口雄三:《作为方法的中国》,孙军悦译,生活·读书·新知三联书店,2011年,第31页。

再困于身体的囚笼，不再是在与外在之物对立之中张扬自身的强力意志，而是弥漫于全身的身体性精神，它与所照面的古旧之物处于一个相互牵连、感通的因缘性的世界，这个世界不再是与自我分离的对象化的外在世界，而是一个绝对的超越者，可以说是"无"。"无"不是什么也没有，而是精神之生成的场域。绍兴会馆里鲁迅的"回心"与留日时期鲁迅接触尼采后的精神自觉的不同之处，在于前者反省了后者的意志自我的中心性，不是在抵抗中与外在之物对立，而是破除二元对立，在融会中不断消解固化之自我，在与绝对的超越者"无"的相遇中生成新的自我。

在《何谓近代——以日本与中国为例》一文里，竹内好所说的鲁迅的"回心"只是鲁迅受尼采影响后产生的精神自觉。以抵抗为媒介来张扬主体意志、生成自我是这种精神自觉的核心，竹内好认为这也是欧洲近代精神的内核。因此，在竹内好看来，"东洋"要真正近代化，必须在抵抗中发生"回心"，原本把握这种欧洲近代精神。伊藤虎丸也持相同的看法。在他们看来，近代性（也可以说是"现代性"）的根本就是这种以抵抗为媒介的精神之自我运动。现代性是一个非常复杂的问题。竹内好和伊藤虎丸直接将欧洲近代精神之自我运动成为近代之本质有待商榷。竹内好受西田几多郎等京都学派的哲学家的影响很深，而事实上，以西田几多郎为代表的京都学派一直致力于融合本土思想与欧洲哲学思潮，在对话当中形成具有现代意识而又不离日本自身实际的哲学思想。比如西田几多郎在与欧洲哲学特别是以胡塞尔、海德格尔为代表的现象学的对话中，将日本传统的禅佛思想理论化、体系化，创立了独特的京都学派，他提出的"纯粹经验""绝对无""自我的绝对同一"等术语是融合东西哲学思想的成果。前文提及过京都学派的后继者西谷启治，他也通过与欧洲哲学如尼采、海德格尔的对话中，将佛教思想现代化，并认为佛教思想里有超越尼采、海德格尔之处。

可见，"现代性"并非有固定的内涵，"东洋"的现代化（近代化）

不只有原本接受欧洲近代精神,然后再对之不断抵抗,最终生成非欧洲的东西这条路可走。毋庸置疑,"东洋"的现代化(近代化)离不开欧洲近代精神,然而"东洋"在与欧洲相遇时,自身并不是一无所有,而是带着自身的思想资源,学习欧洲近代精神的过程必然是东、西方思想融合的过程。如沟口雄三所说,从历史上看,无论是日本的近代还是中国的近代都有着自己的特点。

从上文对鲁迅在北京绍兴会馆里的"回心"的现象学式描述也可以看出,自我的生成除了以心与身、主体与客体对抗的方式,还可以心与身、主体与客体融通的方式。现象学家如海德格尔、梅洛-庞蒂等反思了竹内好所说的笛卡儿式与身体分离的精神之自我运动,注重身体的重要性,打破精神与物质的对立。竹内好在《何谓近代——以日本与中国为例》里提到布鲁诺·陶特(Bruno Taut,1880—1938)[1]。前文已述,陶特反对笛卡儿式精神与物质的分裂,他要用建筑重新构建意识与物质、世界与主观的桥梁,他要在物质之中寻找"精神性"。[2] 在日本看到桂离宫前的竹篱时,他认为他找到了他一直追寻的在欧洲已经逐渐丧失的"现代":"唯有默然而立而已。我说:'这不就是真正的现代么?'"[3]隈研吾认为陶特在竹子的粒子性中,找到了"现代"的本质。粒子就像莱布尼茨所说的单子,是物质,但同时也必须是精神,粒子化就是凝聚的反转,是对与精神对立的物质的消解。[4] 世界由无数的动态的粒子构成,永远地敞开,永远不能被对象化地看成固化的客体,也没有与之对立的主体。这个粒子化世界是精神的发生之场。可见,对于现代(近代)、现代性(近代性)的理解也有多种可能性。

---

① 竹内好:《近代的超克》,孙歌编,李冬木、赵京华、孙歌译,生活·读书·新知三联书店,2005年,第220页。
② 隈研吾:《反造型——与自然连接的建筑》,朱锷译,陆宇星校,广西师范大学出版社,2011年,第56页。
③ 同上,第179页。
④ 同上,第180页。

第四章 《野草》里的生死挣扎与通脱

第一节 从自我悬搁到自我审视

一、世界苦恼与蚊子叮咬

不妨再引一次鲁迅 1927 年所写杂文《怎么写——夜记之一》当中的这段话：

> 夜九时后，一切星散，一所很大的洋楼里，除我以外，没有别人。我沉静下去了。寂静浓到如酒，令人微醺。望后窗外骨立的乱山中许多白点，是丛冢；一粒深黄色火，是南普陀寺的琉璃灯。前面则海天微茫，黑絮一般的夜色简直似乎要扑到心坎里。我靠了石栏远眺，听得自己的心音，四远还仿佛有无量悲哀，苦恼，零落，死灭，都杂入这寂静中，使它变成药酒，加色，加味，加香。这时，我曾经想要写，但是不能写，无从写。①

前文认为这种体验有一种佛家境界在。鲁迅曾经想要写出这

---

① 鲁迅：《怎么写——夜记之一》，见《三闲集》，《鲁迅全集》第 4 卷，人民文学出版社，2005 年，第 18 页。

种体验，"但是不能写，无从写"。在上一段话后，他对这种体验作
了进一步解释：

> ……这也就是我所谓"当我沉默着的时候，我觉得充实，
> 我将开口，同时感到空虚"。
>
> 莫非这就是一点"世界苦恼"么？我有时想。然而大约又
> 不是的，这不过是淡淡的哀愁，中间还带些愉快。我想接近
> 它，但我愈想，它却愈渺茫了，几乎就要发见仅只我独自倚着
> 石栏，此外一无所有。必须待到我忘了努力，才又感到淡淡的
> 哀愁。①

"当我沉默着的时候，我觉得充实，我将开口，同时感到空虚"
是《野草·题辞》的开篇之句。深夜寂静里含有的"无量悲哀的苦
恼，零落，死灭""淡淡的哀愁""世界苦恼"②就是这开篇之句里所
说的"充实"，这种充实只有在沉默无言的寂静里忘却了主体自我
之后才能体会到。鲁迅的回心式自觉发端于这种自我忘却，在参
禅悟道者般自我忘却中超脱尼采式个人主义，获得新的觉悟。然
而，鲁迅的精神自觉不止一次，有多个面相和层次，各个面相、层次

---

① 鲁迅：《怎么写——夜记之一》，见《三闲集》，《鲁迅全集》第 4 卷，人民文学出版社，
2005 年，第 19 页。
② "世界苦恼"（Weltschmerz）一说出自德国诗人莱瑙（N. Lenau）。日本文艺理论家
厨川白村在所著《苦闷的象征》一书里提及莱瑙的"世界苦恼"（Weltschmerz）一说。
厨川白村认为无论是在内在生活还是在外在生活上，都有两种力的冲突与纠葛，人在两
种力之间挣扎而生人间苦、社会苦、劳动苦等各种苦恼："德国的厌生诗人莱瑙（N.
Lenau）虽曾经将这称为世界苦恼（Weltschmerz），但都是名目虽异，而包含意义的
内容，总不外是想要飞跃突进的生命力，因为被和这正反对的力压抑了而生的苦闷
和懊恼。"见厨川白村：《苦闷的象征》，《鲁迅译文集》第 3 卷，人民文学出版社，
1958 年，第 13 页。1924 年到 1925 年，鲁迅着手翻译了厨川白村的《苦闷的象征》
《出了象牙之塔》《到十字街头去》等论著，并把《苦闷的象征》作为在北京大学和
北京女子师范大学的授课教材。《野草》里的散文诗写于 1924 年到 1926 年之间，
鲁迅用"世界苦恼"来解释《野草·题辞》开篇所说的沉默的充实，可见厨川白村在
《苦闷的象征》里所论述的文艺理论对鲁迅创作《野草》有很深的影响。

的自觉相互映射、蕴含，成为一个复杂体。鲁迅回心式自觉是一个重要面相，但这一自觉并不是竹内好所说的具有决定性意义的终生不变的回心之轴，其他自觉形式围绕这一回心之轴。因为，对鲁迅来说，不仅有自我忘却之后的无我境界之体验，还有无法忘却的切身之事的体验。在《怎么写——夜记之一》一文里，鲁迅在描述了上述那种佛家般境界之后写了自己被蚊子叮咬的体验：

> 腿上钢针似的一刺，我便不假思索地用手掌向痛处直拍下去，同时只知道蚊子在咬我。什么哀愁，什么夜色，都飞到九霄云外去了，连靠过的石栏也不再放在心里。……虽然不过是蚊子的一叮，总是本身上的事来得切实。能不写自然更快活，倘非写不可，我想，也只能写一些这类小事情，而还万不能写得正如那一天所身受的显明深切。而况千叮万叮，而况一刀一枪，那是写不出来的。①

在沉默的寂静里体验到的充实的"世界苦恼"和佛教般境界，"不能写，无从写"，也无从说，开口就会感到空虚。蚊子的叮咬是切身的事，能写的只是这类小事情。《怎么写——夜记之一》写于《野草·题辞》半年之后，鲁迅在《怎么写——夜记之一》中对不可说、不可写之存在境界与可说、可写之切身小事的自觉根源于《野草》里形成的新的精神自觉。在《野草》里，鲁迅自我观照，试图反观生命之本体，说不可说之生死体验。而《野草》的写作与鲁迅听新文化运动主导者的将令而呐喊之后的彷徨有关。

二、进化论的崩溃与自我的审视

前文已论及，鲁迅在日本留学期间接触西方思潮特别是尼采

---

① 鲁迅：《怎么写——夜记之一》，见《三闲集》，《鲁迅全集》第 4 卷，人民文学出版社，2005 年，第 18 页。

思想而有了作为"精神界之战士"的自觉，这种尼采式的自我肯定的个人英雄主义在他经历一系列挫败之后得到反省与自我否定。《狂人日记》里，作为先觉者的狂人最终发觉自己也无意中吃过人，"有了四千年吃人履历"，因此将自己也划归入吃人的黑暗世界，以因吃过人而负罪的父辈的身份发出"救救还未吃过人的孩子"的呐喊，并在病愈后付诸拯救孩子的行动。这就是鲁迅在《我们现在怎样做父亲》一文里所说的觉醒的人应该用"无我的爱，自己牺牲于后起新人"："没有法，便只能先从觉醒的人开手，各自解放了自己的孩子。自己背着因袭的重担，肩住了黑暗的闸门，放他们到宽阔光明的地方去；此后幸福的度日，合理的做人。"①这两个文本都体现了鲁迅的一种乐观的进化论，他认为黑暗的吃人世界只属于父辈们，只要他们真心悔改，用无我的爱对待新一代的孩子，他们就会成为没有吃过人的真人，生活在光明的世界。可见，父辈的觉醒与悔改是孩子脱离吃人世界的前提。那么，吃人世界里的孩子的父辈是怎样的人？他们能像狂人一样觉醒与悔改吗？当鲁迅的目光从先觉者狂人转向狂人的同辈，也就是孩子的父辈，以画出这些"沉默的国民的灵魂"时，发现的却是"阿Q"。

没有主体人格的阿Q的"精神胜利法"不会实现黑格尔所说的"主奴辩证法"里奴隶对主人的颠倒②，而是一种以自轻自贱换取生存的方法。"精神胜利法"的秘诀是"画圆圈"，心里一切的屈辱不满都画进这个"大团圆"，这个封闭的圆圈没有核心，囚禁着真正的主体精神，阻碍其自觉。孩子的父辈们大多和没有主体人格的阿Q一样，具有"精神胜利法"的他们的自我觉醒几乎不可能。鲁迅说过："群众，——尤其是中国的，——永远是戏剧的看客。牺

---

① 鲁迅：《我们现在怎样做父亲》，见《坟》，《鲁迅全集》第1卷，人民文学出版社，2005年，第135页。
② 按照黑格尔的"奴主辩证法"，在为主人服务的物的劳作中奴隶直观到自我意识的独立性，而不劳作的主人对物的享受依赖于奴隶，因此主人的意识反而不独立。从意识的独立性上，主奴位置出现颠倒。

牲上场，如果显得慷慨，他们就看了悲壮剧；如果显得觳觫，他们就看了滑稽剧。北京的羊肉铺前常有几个人张着嘴看剥羊，仿佛颇愉快，人的牺牲能给与他们的益处，也不过如此。而况事后走不几步，他们并这一点愉快也就忘却了。"①作为看客，他们"颈项都伸得很长，仿佛许多鸭，被无形的手捏住了的，向上提着"②。阿Q直到死亡前的一刹那，才瞥见属于个体精神内面的灵魂，然而为时已晚，阿Q最终连"救命"二字都没有说出口。此外，在《狂人日记》里，狂人看见小孩子像大人一样睁着怪眼睛似乎想害自己时，认为这并不是出自孩子自身的意愿，而是"他们娘老子教的"③，孩子总是好的。然而，在收入《彷徨》的小说《孤独者》里，魏连殳开始也认为"孩子总是好的""他们全是天真"，孩子的坏都是环境教坏的。中国的希望在孩子身上。④ 然而，经历了一系列挫败的魏连殳在街上看见一个不太能走路的小孩拿一片芦叶指着他喊"杀"时，对孩子的天真有了怀疑。

孩子的父辈阿Q们觉醒无望，这意味着孩子的得救最终无望，觉醒者狂人"救救孩子"的呐喊在面对现实社会里孩子的父辈时显得很无力，病愈返回社会的先觉者狂人不得不陷入彷徨。此外，孩子本身也不是原以为的那样总是好的，即便父辈们觉醒，牺牲自我以肩住黑暗的闸门，孩子们也不一定能到宽阔光明的地方，幸福地度日，合理地做人。面对阿Q般麻木的父辈和天生就可能有坏根苗的孩子，鲁迅的乐观的进化论崩溃，他从呐喊陷入彷徨甚至虚无，不得不重新审视自己。

从鲁迅的生活经验看，随着《新青年》团体的分裂，五四运动进

---

① 鲁迅：《娜拉走后怎样》，见《坟》，《鲁迅全集》第1卷，人民文学出版社，2005年，第170页。
② 鲁迅：《药》，见《呐喊》，《鲁迅全集》第1卷，人民文学出版社，2005年，第464页。
③ 鲁迅：《狂人日记》，见《呐喊》，《鲁迅全集》第1卷，人民文学出版社，2005年，第445页。
④ 鲁迅：《孤独者》，见《彷徨》，《鲁迅全集》第2卷，人民文学出版社，2005年，第93—94页。

入退潮期，与留日时期提倡文艺运动失败后的挫败经历类似，鲁迅又体验到了没有战友的寂寞与彷徨。此后，鲁迅与周作人决裂，这给了鲁迅巨大打击。鲁迅为此大喝了几次酒，而且大病一场。关于这件事，鲁迅的三弟周建人曾回忆道："鲁迅到上海以后，对我说了关于八道湾的生活，但没有责难周作人那样的话，只是深深地感叹道，'我已经流出了最后一滴，可他们还是不满足'，我也有同感。"①此外，鲁迅相信青年人比自己更有未来，不遗余力地帮助他们，结果常常被自己帮助过的青年人奚落、背叛。鲁迅在致曹聚仁的一封信里说："今之青年，似乎比我们青年时代的青年精明，而有些也更重目前之益，为了一点小利，而反噬构陷，真有大出意料之外者，历来所身受之事，真是一言难尽，但我是总如野兽一样，受了伤，就回头钻入草莽，舔掉血迹，至多也不过呻吟几声的。"②这些挫败的经历使得鲁迅乐观的进化论逐渐崩溃，他开始怀疑自己的这种自我牺牲的意义。因此，鲁迅思想里存在的"人道主义"与"个人主义"的矛盾凸显出来。鲁迅在写给许广平的一封信里说："其实，我的意见原也不容易了然，因为其中本有着许多矛盾，教我自己说，或者是'人道主义'与'个人主义'的两种思想的消长起伏罢，所以我忽而爱人，忽而憎人；做事的时候，有时确为别人，有时却为自己玩玩，有时则竟因为希望将生命从速消磨，所以故意拼命的做。"③如丸尾常喜所说，鲁迅在《兔和猫》里凝视、怀想着"人不知鬼不觉"就丧失生命的兔子、鸽子、小狗、苍蝇等小动物，这与鲁迅

---

① 周建人：《鲁迅和周作人》，见鲁迅博物馆、鲁迅研究室、《鲁迅研究月刊》选编的《鲁迅回忆录》散编（上册），北京出版社，1981年，第1446页。关于周氏兄弟决裂这件事，许寿裳曾说鲁迅把绍兴老屋卖掉在北京购买八道湾十一号宅子，全是为了周作人夫妇，周建人夫妇和他们的孩子："鲁迅说：'我取其空地很宽大，宜于儿童的游戏。'他那时并无子息，而其弟作人建人都有子女，他钟爱侄儿们，有同自己的孩子，……鲁迅对于两弟非常友爱，因为居长，所以家务，统由他自己一人主持，不去麻烦两弟。"

② 鲁迅：《致曹聚仁》，见《书信（一九二七——一九三三）》，《鲁迅全集》第12卷，人民文学出版社，2005年，第405页。

③ 鲁迅：《两地书》，《鲁迅全集》第11卷，人民文学出版社，2005年，第81页。

要正视自己的生命只有一纸之隔。① 而《野草》就是鲁迅"以丰富多彩的表象来表现鲁迅自己建构并用来规约自我的思想之崩溃，由此带来内部的冲突与苦闷，尝试着走向新思想的凤凰涅槃"②。木山英雄在《〈野草〉主体建构的逻辑及其方法》一文里认为，在《野草》里，鲁迅致力于主体自我的建构，而这个鲁迅创造的鲁迅是最具个性的鲁迅。③ 鲁迅自己也曾说《野草》是他"碰了许多钉子之后写出来的"，他的哲学思想都体现在《野草》里。

第二节　书斋、花园与生死的发生场

诗人张枣认为《野草》有一个结构，首篇《秋夜》和末篇《一觉》相互勾连，有着很强的同构性，《一觉》完美地结束了《秋夜》：

> 《一觉》的整个方法、意象以及同构性与《秋夜》一模一样，一个白天一个黑夜，一个室内一个室外，那个室外有室内的感觉，这个室内有室外的感觉，而室内总是在命名一种场景，还有词语的花园，那个花园是我们生活的向往之地，好东西，鲁迅在梦中一直设计的好东西。④

张枣是从文学性的角度来看待《秋夜》和《一觉》的同构性。事

---

① 丸尾常喜：《耻辱与恢复——〈呐喊〉与〈野草〉》，秦弓、孙丽华编译，北京大学出版社，2009 年，第 90—91 页。在北京绍兴会馆里酝酿呐喊的沉默时期，鲁迅常在夏夜摇着蒲扇坐在相传缢死过女人的槐树下，"从密叶缝里看那一点一点的青天，晚出的槐蚕有每每冰冷的落在头颈上"。在寂静的夏夜对树叶、青天、槐蚕的凝视，与《兔和猫》一文里，鲁迅在夜半的灯下对兔子、鸽子、小狗、苍蝇等小动物的怀想，都呈现出一种哲学甚至宗教般的意味。
② 同上，第 130 页。
③ 木山英雄：《文学复古与文学革命——木山英雄中国现代文学思想论集》，赵京华编译，北京大学出版社，2004 年，第 2—3 页。
④ 张枣：《〈野草〉讲义》，《张枣随笔选》，颜炼军选编，人民文学出版社，2012 年，第 151 页。

实上,这种文学性的同构根源于主体精神的自我运动。在这两篇文章里,鲁迅构建了书斋、花园这两种场所,它们都是生死的发生场,是主体内在精神空间的象征性显现。

在首篇《秋夜》里,"我"的目光从书斋内转向后园:"在我的后园,可以看见墙外有两株树,一株是枣树,还有一株也是枣树。"①目光从一株枣树向另一株枣树的动态环视意味着枣树从现实之物转变成精神之象征物,主体精神之运动在目光的转向中开启。随着目光的仰观俯察,奇怪而高的天空、冷眼的星星、极细小的粉红花、白得发窘的月亮、夜游的恶鸟一一呈现在象征性的后园。这个秋夜的后园弥漫着阴冷、肃杀之气。极细小的粉红花在冷的夜里瑟缩地梦见春的到来,然而春后仍会有秋。落尽叶子的枣树知道小粉红花的梦,秋后要有春,然而他也知道落叶的梦,春后还是秋。春秋的循环意味着希望与绝望的循环。枣树深知这种希望与绝望的循环,因此并没有做希望之梦,也没有陷入绝望,而是执着于当下,认为落尽叶子,单剩枝干,"脱了当初满树是果实和叶子的弧形,欠伸得很舒服",并将最直最长的几枝树干默默地铁似的直刺奇怪而高的天空和圆满的月亮。树干铁似的直刺天空,"一意要制他的死命"的行动意味着打破希望与绝望循环,肯定自我的生命意志。夜游的恶鸟"哇"的一声,将这种生死的战斗推向高潮。②而半夜的笑声意味着一种生死挣扎之后的解脱。此后,"我"被笑声所驱逐,回到自己的房。从生死之场的后园回到室内,"我"的目光落在撞灯扑火的小飞虫身上,这意味着一种为寻求光明而赴死的行动,与后园里枣树直刺夜的天空所意味的抗恶求生形成对应。

枣树处在这个生死发生场的中心,也就是主体内在精神空间

---

① 鲁迅:《秋夜》,见《野草》,《鲁迅全集》第 2 卷,人民文学出版社,2005 年,第 166 页。
② 在小说《药》的结尾,在笔直的树枝间铁铸一般站着的乌鸦虽没有像夏瑜的母亲希望的那样飞上夏瑜的坟头,但"哑"的一声打破死一般的寂静,箭似的飞向远处的天空。这里的乌鸦意味着一种无言的超越性力量。夜游的恶鸟有同样的意味。

的中心。在《空间的诗学》一书里，巴什拉从现象学的角度探讨了人的内在精神空间，认为"有时候我们可以在一个切近的对象面前体验到内心空间的扩大"，这个切近的对象可以是一棵树。巴什拉以里尔克的诗歌《鸟群从他身上钻过的那人》的以下诗句为例：

> 空间，外在于我们，囊括并转换事物
> 如果你想让一棵树成活
> 就给它注入内在空间，这个在你心中
> 获得其存在的空间，用种种限制将它围住
> 它没有界限，它要真正成为一棵树
> 只有安置在你的遗世独立之中。①

在《鸟群从他身上钻过的那人》这首诗里，里尔克将内在空间注入一棵树，内在空间本是无边无际的，在人的"断念"中，内在空间造型为一棵真正的树。在诗歌《它向触感致意》里，里尔克提及"世界内在空间"（Weltinnenraum）：

> 这一种空间足以通过一切生物：
> 世界内在空间。鸟儿静止地飞翔

---

① 加斯东·巴拉什：《空间的诗学》，张逸清译，上海译文出版社，2009年，第218页。这段诗句的英译如下：

> Space reaches from us and translates Things:
> to become the very essence of a tree,
> throw inner space around it, from that space
> that lives in you. Encircle it with restraint.
> It has no limits. For the first time, shaped
> in your renouncing, it becomes fully tree.

Rainer Maria Rilke: *Selected Poems: with Parallel German Text*, edited by Robert Vilain, translated by Susan Ranson and Marielle Sutherland, Oxford University Press, 2011, p126.

从我们身中穿过。哦我，我愿成长，

我向外望去，我身中长出了树。①

"世界内在空间"成为里尔克代表性的诗艺口号。绿原对"世界内在空间"作了注释："据专家研究，'世界内在空间'既不是世界的内在空间，也不是内在的世界空间，而是世界与内在的相互关联的主观整体，用胡塞尔的用语来说，是'客体极与自我极的宇宙'。"②

此外，这首诗里也出现了树这一意象。里尔克在一封写给友人的信里说："这些树是雄伟的，但比它们更雄伟的是它们中间那崇高而悲壮的空间，仿佛随着树木的增长，这一空间也在增大。"③巴什拉认为"树木被归还给想象的力量，被倾注了我们的内在空间，因而它和我们一起投入追求巨大的自我超越"④。

上一章提及了鲁迅在《写在〈坟〉后面》和《怎么写——夜记之一》里对窗外寂静的夜的体验，鲁迅认为这种体验接近"世界苦恼"，但又不过淡淡哀愁，还夹些愉悦。上一章认为这里有一种佛家的境界在，也就是日本京都学派哲学家西谷启治所说的身心脱落、脱落身心的空之场所呈现的境界。可见，鲁迅体验到的夜的无边的寂静空间也是主客二分之前"世界与内在相互关联的主观整体"。从现象学存在论角度看，它与里尔克所说的"世界内在空间"、莱瑙所说的世界苦恼接近，都是对存在本身的体验。⑤ 通过将目光从一棵枣树转向另一棵枣树，鲁迅将自身体验到的难言的世界苦恼或说内在空间注入枣树之中，使得枣树具有了打破希望与绝望的循环、铁似的直刺天空的力量。

① 里尔克：《里尔克诗选》，绿原译，人民文学出版社，1999 年，第 588 页。
② 同上。
③ 加斯东·巴拉什：《空间的诗学》，张逸清译，上海译文出版社，2009 年，第 217 页。
④ 同上，第 219 页。
⑤ 里尔克在《佛》一诗中说："仿佛他在谛听。寂静：一片远处……/我们且打住，它已远不可闻。"上文已述，鲁迅对夜的体验的描述接近佛家的境界。《佛》一诗见里尔克《里尔克诗选》，绿原译，人民文学出版社，1999 年，第 292 页。

在《野草》的末篇《一觉》里，首先呈现的则是室外的情景，这也是一个生死攸关之场：飞机轰炸北京城，"每听的机件搏击空气的声音，我常觉到一种轻微的紧张，宛如目睹了'死'的袭来，但同时也深切地感着'生'的存在"①。轰炸过后，"也许有人死伤了罢，然而天下却似乎更显得太平"②。劫后余生，主体内在精神有着新的自觉。"我"的目光从窗外的景象转向书斋内：

> 窗外的白杨的嫩叶，在日光下发乌金光；榆叶梅也比昨日开得更烂漫。收拾了散乱满床的日报，拂去昨夜聚在书桌上的苍白的微尘，我的四方的小书斋，今日也依然是所谓"窗明几净"。
>
> 因为或一种原因，我开手编校那历来积压在我这里的青年作者的文稿了；我要全都给一个清理。我照作品的年月看下去，这些不肯涂脂抹粉的青年们的灵魂便依次屹立在我眼前。
>
> ……………
>
> 漂渺的名园中，奇花盛开着，红颜的静女正在超然无事地逍遥，鹤唳一声，白云郁然而起……这自然使人神往的罢，然而我总觉得我活在人间。③

末篇《一觉》与首篇《秋夜》，除了张枣所说的白天与黑夜、室内（书斋）与室外（后园）的对照，还有春与秋、嫩叶与嫩叶、烂漫的榆叶梅与极细小的粉红花、日常生活与象征世界、新生与赴死的对照。《野草》的末篇与首篇的这些对照意味着由《秋夜》开启的反抗死亡之自我运动，经过一系列散文诗所呈现的生与死之挣扎，最终

---

① 鲁迅：《一觉》，见《野草》，《鲁迅全集》第 2 卷，人民文学出版社，2005 年，第 228 页。
② 同上。
③ 同上。

在《一觉》里呈现为向死而生的通脱。"一觉"有宗教般觉悟之意。

　　窗外的金色阳光、鲜嫩的树叶与盛开的花朵洋溢春天的生机。收拾散乱满床的日报,拂去书桌上的苍白的微尘,开手编校、清理积压的青年作者的文稿,这一系列的行为蕴含着觉悟之后开启新的生活的意味。弥漫死亡气息的秋夜的后园也变成充满生机的春日的书斋。巴什拉从现象学的角度探讨了家务活的精神内涵,他认为现象学会赋予擦拭陈旧家具这种"最熟悉的动作以开端的价值"①。当一个诗人在擦拭一件家具时,"他创造了一个新的对象,他增加了对象的人性尊严,他把这个对象登记在人性家宅的户籍簿上"②。上述收拾、拂去、清理的动作虽不全是做家务活,但从现象学角度看,都具有"开端的价值",意味着重整自己的生活。

　　在《秋夜》里,窗外的枣树由自然物转变成象征物,以呈现反抗死亡的生命意志。而在《一觉》里,窗外的白杨树则为现实世界里的自然物,没有象征之意。从《秋夜》里象征性的枣树到《一觉》里的现实世界中的白杨树,意味着一种类似禅宗所说的从"见树不是树"的境界觉悟到"见树还是树"的境界。可见,从主观的象征世界回归到日常的现实生活世界并不意味着从精神世界堕落为物质世界,而意味着一种超脱主客之后对生活的新自觉。莱昂内尔·特里林在《诚与真》里谈到西方文学呈现的自我观念从浪漫的"英雄"观念向现实的"真实"观念的转变,认为"对具体平凡、无所提高的实际生活的关心,不仅是为了家居伦常,它还是一种崭新的或被重新发现的精神经验的土壤"③。如佛家所说,挑水担柴之间可见佛性。从现象学角度看,"真实"意味着存在(Being)的自身显现。

　　可以说,《秋夜》里的后园是死亡之场,《一觉》里的书斋则是新生之场。写完《野草》之后,向死而生的鲁迅从彷徨、虚无中摆脱出

① 　加斯东·巴拉什:《空间的诗学》,张逸清译,上海译文出版社,2009年,第71页。
② 　同上,第72页。
③ 　莱昂内尔·特里林:《诚与真》,刘佳林译,江苏教育出版社,2006年,第89页。

来,重新投入具体工作与日常生活。如木山英雄所说,"从《野草》的写作终了前后开始,鲁迅变得常常表示出要工作的欲望而以'印点关于文学的书'和'发点议论'为内容的工作欲望,在'还想活下去''戒酒,吃鱼肝油,以望延长生命'等表述里有着《野草》式努力之淡淡的流露"①。

第三节　观看与主体精神的发生

柏拉图的《理想国》里有一个著名的"洞喻"。被锁在洞穴里的囚徒的目光开始只能看到洞壁上木偶的影子,以为那就是真实的事物。后挣脱锁链看到真实的木偶,再出洞看水中倒影,看自然界里的事物,最后看到使一切显现的太阳。囚徒的目光不断转向是对真理的不断切近。在《文学与现代性》中,伊夫·瓦岱引述亨利·梅绍尼克对现代性的理解,认为现代性不存在于事物之中,而"存在于创造主体和主体的目光之中"②。较之柏拉图的看法,现代性意义上的目光的不断转向,不是为了认识一个确定的等级分明的真理秩序,而是主体的建构与更新过程。然而,从精神现象学角度看,两种目光的观照都意味着一种"精神"的发生与运作。在传统的儒家心学、佛家、道家里,精神之眼的反观自照则是修身悟道的功夫。

前文在探讨鲁迅弃医从文的契机时已述,鲁迅走上文艺创作道路的自觉首先源于其在个体的创伤经历中,即在外在他者带有侵略性的目光的刺激下,反观个体自身的内面精神。"幻灯片事件"使鲁迅在心中形成"看与被看"的意象,这一心象反复出现,对

① 木山英雄:《文学复古与文学革命——木山英雄中国现代文学思想论集》,赵京华编译,北京大学出版社,2004年,第68页。
② 伊夫·瓦岱:《文学与现代性》,田庆生译,北京大学出版社,2001年,第42页。

鲁迅精神的自觉起着关键作用。《狂人日记》里的狂人在月光的刺激下，将目光反照自身的主观内面，从而自觉到周围动物似的吃人目光，并从历史书的字缝里洞察到吃人世界。《阿Q正传》里被示众的阿Q在觉察到围观他的人群的眼睛比要吃他的恶狼的眼睛更可怕的一刹那，瞥见了属于主体自我的灵魂。

　　同样是看/被看的场景，存在不同的视角与目光。《阿Q正传》结尾阿Q被示众的场景是从被看者阿Q的视角来呈现的看客的可怕目光，阿Q完全被动地承受他者目光的残害，而且看者与被看者是同一类人。《野草》里《复仇》和《复仇（其二）》中的看者与被看者来自不同阶层，而且看/被看的场景呈现出两个层面，在第二个层面里，第一个层面的看者成为被看者，被看者成为看者。在《复仇》里，两位裸身持刀对立于旷野者，既不拥抱又不杀戮，使得看客的目光不能像看被示众、杀头的阿Q那样落实在一个对象或事件上，永久空洞地悬着，终于"面面相觑""觉得干枯到失了生趣"①。而作为被看者，与阿Q完全被动承受他者的目光不同，两位立于旷野者的内在目光反过来射向看者，"以死人似的眼光，鉴赏这路人们的干枯，无血的大戮，而永远沉浸于生命的飞扬的极致的大欢喜中"②。这种内在目光所呈现的生命的飞扬、极致的大欢喜类似于尼采所说的本体意义上的生命意志。《复仇（其二）》取材于圣经《新约全书》，与《复仇》不同，这篇文章里作为看者的以色列人的目光不是完全落空，而是全然落实到被看者身上。被看者被钉十字架时不肯用没药调的酒来止痛，"要分明的玩味以色列人怎样对付他们的神之子"③，因而看者得以看到他被钉手脚的痛楚直到死亡。以色列人目光的全然落实，意味着他们所犯的罪孽之极致。

---

① 鲁迅：《复仇》，见《野草》，《鲁迅全集》第2卷，人民文学出版社，2005年，第177页。
② 同上。
③ 鲁迅：《复仇（其二）》，见《野草》，《鲁迅全集》第2卷，人民文学出版社，2005年，第179页。

在《复仇》和《复仇（其二）》里，鲁迅的目光向外对作为看客的民众进行复仇，而后目光又进一步向内转向自身精神内面，在彷徨和虚无中寻求出路，试图看见自己生命的本体。随着鲁迅的自我观照不断深入，主体自我的深层悖论显现出来。

《好的故事》一文开首描绘了一个昏沉的夜的图景，一个无尽绵延的世界：缩小的灯火、昏暗的灯罩、四近的鞭爆、身边的烟雾。然后"我"闭眼仰靠在椅背上朦胧中看见一个"永是生动，永是展开"的好的故事。这样的世界也可以说是鲁迅在沉默中觉得充实的世界。在寂静的夜里，鲁迅听到的心音不只有带着些愉快的淡淡的哀愁，还能在朦胧中看见这样的好的故事。然而，当"我"正要凝视他们时，"仿佛有谁正掷一块石头下河水中，水波陡然起立，将整篇的影子撕成片片了"①。我从想象里清醒，返回现实，眼前只剩下几点霓虹色的碎影，当要取笔将其描绘出来时，连一丝碎影也消失了。这一情境和鲁迅在《怎么写——夜记之一》里描述的带些愉快的淡淡的哀愁、"世界苦恼"一样，都无法追述。

这种凝视的困境在《死火》里也有呈现。《死火》里，"我"自幼小就爱看"快舰激起的浪花，洪炉喷出的烈焰。不但爱看，还想看清。可惜他们都息息变幻，永无定形。虽然凝视又凝视，总不留下怎样一定的迹象"②，现在"我"看到了死的火焰。"死火"是鲁迅将自己一分为二，在流动的内在生命体验里观看到的自我形象。先来看鲁迅写于1919年的《火的冰》，它可以看作是《野草·死火》一文的草案：

　　　流动的火，是熔化的珊瑚么？
　　　中间有些绿白，像珊瑚的心，浑身通红，像珊瑚的肉，外层

---

① 鲁迅：《好的故事》，见《野草》，《鲁迅全集》第2卷，人民文学出版社，2005年，第191页。
② 鲁迅：《死火》，见《野草》，《鲁迅全集》第2卷，人民文学出版社，2005年，第200页。

带些黑，

　　是珊瑚焦了。

　　好是好呵，可惜拿了要烫手。

　　遇着说不出的冷，火便结了冰了。

　　中间有些绿白，像珊瑚的心，浑身通红，像珊瑚的肉，外层带些黑，

　　也还是珊瑚焦了。

　　好是好呵，可惜拿了便要火烫一般的冰手。

　　火，火的冰，人们没奈何他，他自己也苦么？

　　唉，火的冰。

　　唉，唉，火的冰的人！①

　　在鲁迅译介的《苦闷的象征》里，厨川白村认为"生命力受了压抑而生的苦闷懊恼乃是文艺的根柢，而其表现法乃是广义的象征主义"。② 古希腊哲学家赫拉克利特认为："这个世界，对于一切存在物都是一样的，它不是任何神所创造的，也不是任何人所创造的；它过去、现在、未来永远是一团永恒的活火。"③将这种作为世界本原的火内在化、肉身化就是这首诗里象征个体生命本原的珊瑚状的火，火的冰则象征生命力受压抑而生苦闷的人。法国现象学家巴什拉在《火的精神分析》里说，生命内部的火最具有辩证性："只须燃烧到点就足以相互否定。当一种感情达到火的烈度，一旦这种感情在它的猛烈爆发中暴露在火的形而上学中时，我们可以肯定它将积累起一定量的对立物。在受到巨大诱惑之时，拉·巴

① 鲁迅：《自言自语》，见《集外集拾遗补编》，《鲁迅全集》第 8 卷，人民文学出版社，2005 年，第 115 页。
② 厨川白村：《苦闷的象征》，《鲁迅译文集》第 3 卷，人民文学出版社，1958 年，第 20 页。
③ 鲁迅在《科学史教篇》里谈及古希腊哲学家对构成宇宙的基本元素的各自观点时，介绍了赫拉克利特的火本原说。

希法埃·德·维莱克利芬低声道：温热的气息使我满脸通红，浑身冷颤使我变得冰冷。无法摆脱这种辩证法：意识到燃烧，这等于冷却；感觉到强烈度，就是在减弱它；应当成为强度而自身不知。这就是行动的人的苦涩的规律。"①

可将《火与冰》与一则关于蛇发女怪美杜莎的希腊神话对观。作为生命本原的火不是虚幻无形的，而是具有珊瑚状的肉身。在希腊神话里，蛇发女怪美杜莎的目光能使与其对视的人变成石头，珀尔修斯通过他的铜盾上反映的形象来看她，最终用剑砍下她的头颅。海草和植物的嫩枝沾染到美杜莎头颅的血都变成了珊瑚。人不能用手去直接把握珊瑚状的火、火的冰，只能如波德莱尔所说，把"一颗心变成它自己的镜子"，去间接观看映照在心之镜上的珊瑚状的火、火的冰的形象。美杜莎的目光不能直视（直视会被石化），人类因此感到恐惧。生命之火不能碰触（碰了会烫手），火的冰的人因此感到苦闷。对于珀尔修斯，美杜莎是外在的他者，借助他物（铜盾、宝剑）可以砍下美杜莎的头颅。生命之火内在于个体自我，不能做对象式把捉，心之镜上的自我凝视又会让火变成火的冰，这种生命的苦恼没法摆脱，久而久之，冰里的火奄奄一息，变成了《野草·死火》一文里的"死火"。木山英雄认为，"这里有着一种'观看'生命的固定姿态，换言之，存在一种有关一面活着一面欲认识生这样一种矛盾的强烈意识。因此也可以说，正是存在于这种意识根柢上的那个愿望使燃烧着的生命之'火'于一瞬间成为冻结起来的东西，'死火'本身便是一个矛盾"②。

在《野草·死火》里，"我"不再只是在心之镜上间接观照生命本原的火、火的冰，而是进入冰与火的内部世界，原本一体的外在

① 加斯东·巴什拉：《火的精神分析》，杜小真、顾嘉琛译，生活·读书·新知三联书店，1992，第 102 页。
② 木山英雄：《文学复古与文学革命》，赵京华编译，北京大学出版社，2004 年，第 328 页。

的我与作为本原的"死火"的我分裂为具有独立意识的我与他者。
我得以将死火"塞入衣袋中间",用温热融化了冰,死火开始燃烧。
我与死火有了复调式对话,死火可以被凝视,然而这是僵死的生
命,没有温热就会灭亡,还不如烧完,最终死火决定烧完以助我走
出冰谷。这是一场自我拯救的戏剧,拯救的方式是行动:我用温
热唤醒死火,死火用烧完助我走出冰谷。"行动的人的苦涩"只能
在行动中通过行动来解脱,观看者变成了行动者。《野草·死火》
的结尾揭示了这种转变的自我意愿与解脱"苦涩"后的快意:"'哈
哈!你们是再也遇不着死火了!'我得意地笑着说,仿佛就愿意这
样似的。"①《死火》里的"死火""火宅""大火聚"皆为佛家语②,死火
的烧完意味着了结烦恼、苦患,得大解脱。这就是《野草·题辞》所
说的"过去的生命已经死亡,我对于对这死亡有大欢喜,因为我借
此知道它曾经存活"③。

第四节　生死之间的行动者

　　鲁迅是自我的观看者,更是从自我观照的困境中走出的行
动者。前文已述,《秋夜》里的枣树在阴冷的秋夜以当下的行动
意志打破希望与绝望的循环。在《希望》一文里,"我"肉搏空虚
中的暗夜,自觉到"绝望与之为虚妄,正与希望相同"④。这与《故
乡》一文的结尾所说"希望是本无所谓有,无所谓无的。这正如
地上的路;其实地上本没有路,走的人多了,也便成了路"一样,

---

①　鲁迅:《死火》,见《野草》,《鲁迅全集》第 2 卷,人民文学出版社,2005 年,第 201 页。
②　死火出自《涅槃经》,火宅出自《法华经》,火聚也是佛家语,"意为猛火聚集的地方,
　　比喻人身可惧之事、难以制怒之事"。参见丸尾常喜:《耻辱与恢复——〈呐喊〉与
　　〈野草〉》,秦弓、孙丽华编译,北京大学出版社,2009 年,第 242—243 页。
③　鲁迅:《野草·题辞》,见《野草》,《鲁迅全集》第 2 卷,人民文学出版社,2005 年,第
　　163 页。
④　鲁迅:《希望》,见《野草》,《鲁迅全集》第 2 卷,人民文学出版社,2005 年,第 182 页。

是对当下行动的肯定。希望与绝望意味着生与死，在生死之间的个体的生命意义不在已死的过去（绝望），也不在空洞的将来（希望），两者皆为虚妄，生命之意义在从生走向死的当下行动中自身呈现。在《过客》一文里走向坟地的过客正是这样的行动者形象。木山英雄认为这个过客是"《野草》式的超人"，"这个'超人'与作为预言者的察拉图斯忒拉预示着人类的黎明、'随感录'式的'超人'远望着孩子们的时代者相异，它仅只是不保留任何未来性东西的负面性'超人'"①。《这样的战士》一文里向无物之阵中的无物之物掷投枪，一直到老衰、寿终的战士也是这样的"'负面性'超人"。前文曾用卡夫卡的一则寓言来呈现鲁迅受尼采而发生的精神自觉，在这则寓言里，一个战士立足于当下与空洞的过去、将来战斗，在张扬自我意志的瞬间开辟出一条自由之路。这个战士就是尼采式超人。然而，正如阿伦特所说，寓言所呈现的超人开辟自由之路只是"理论上如此"，实际上更有可能发生的是，这个战士的力量在持续战斗的压力下消耗殆尽，最终"死于筋疲力竭"。② 这样的战士不是理想中的尼采式超人，正是鲁迅《这样的战士》一文里的"负面性超人"。或者说，尼采预言的理想中的超人在实际中最终会变成"负面性超人"。如西谷启治所说，尼采式超人需要破除我执，他所持的虚无之场不是终极之场，需要向佛家所说的身心脱落、脱落身心的空之场跳跃。③ 也就是说，鲁迅在《过客》《这样的战士》里呈现的负面性超人，需要在彻底的自我否定中获得新生，如同"死火"选择自我烧完。"死火"的烧完有佛家涅槃的意味。《墓碣文》一文呈现了彻底自我否定之后的创痛与快意。

---

① 木山英雄：《文学复古与文学革命》，赵京华编译，北京大学出版社，2004 年，第40 页。
② 汉娜·阿伦特：《过去与未来之间》，王寅丽、张立立译，译林出版社，2011 年，第10 页。
③ 西谷启治：《宗教是什么》，陈一标、吴翠华译注，联经出版公司，2011 年，第 284 页。

在《呐喊·自序》里，鲁迅将他所感到的寂寞比作一天天长大起来的大毒蛇，它缠住了鲁迅的灵魂。当时鲁迅用各种方法麻痹自己的灵魂以驱除寂寞。而在《墓碣文》一文里，灵魂本身化为毒蛇，自啮其身而死："有一游魂，化为长蛇，口有毒牙。不以啮人，自啮其身，终以殒颠。……离开！"①然而，即便自噬心肝而死，死尸也没有得到解脱，他仍不知本味：

> ……抉心自食，欲知本味。创痛酷烈，本味何能知？……
> ……痛定之后，徐徐食之。然其心已陈旧，本味又何由知？……
> ……答我。否则，离开！……我就要离开。而死尸已在坟中坐起，口唇不动，然而说——
> "待我成尘时，你将见我的微笑！"
> 我疾走，不敢反顾，生怕看见他的追随。②

从精神现象学上看，这如同反省的目光永远不能看见真正的自我，这是笛卡儿"我思故我在"的悖论，思维的我和存在的我之间有时间缺口，不是同一个我③，如同一个正在悲痛的人不能反观自己原本的悲痛。然而，笛卡儿的困境是抽象的观念上的，鲁迅仍旧试图摆脱这一困境，以木山英雄认为的再一次死亡即"死之死"的方式："而死尸已在坟中坐起，口唇不动，然而说——'待我成尘时，你将见我的微笑！'"④木山英雄在《〈野草〉主体建构的逻辑及其方法》中论述道："所谓'成尘'者，我们可以理解为作者欲将与现世的

---

① 鲁迅：《墓碣文》，见《野草》，《鲁迅全集》第 2 卷，人民文学出版社，2005 年，第207 页。
② 同上。
③ 参见张志扬、陈家琪：《形而上学的巴别塔》，同济大学出版社，2004 年，第 183—200 页。
④ 鲁迅：《墓碣文》，见《野草》，《鲁迅全集》第 2 卷，人民文学出版社，2005 年，第208 页。

生之苦恼深深纠缠在一起以至无法再解开的死，再次转换成连形迹也不存在的彻底的死——姑且称之为死之死——这样的一种期待。……如果说这里展示了对连死也无法使其意义完成的虚妄世界全面终结的愿望，那么，应该说在遥望这个奇怪完美的死即死之死的'我'这一方，所有的只能是更为深层的生之意识了。"[①]这同样可以用《野草·题辞》里对生命死亡、尸体腐朽的大欢喜，借此知道它曾经存活和非空虚的说法来解释。与最彻底的死相对的是最充实的生，或者说，只有先行到死才能真实地生。《死后》一文里，"我"死后的看到的情景与未死之时的日常生活里的情景并没有不同。对死后情景的呈现带着诙谐、戏谑。在生死挣扎之中获得了向死而生的通脱意识。

第五节 "此刻现在"的恢复 与母性的复活

在《我们现在怎样做父亲》里，鲁迅描述了觉醒了的父亲形象，他用无我的爱自我牺牲于后代，"自己背着因袭的重担，肩住了黑暗的闸门，放他们到宽阔光明的地方去"[②]。而《颓败线的颤动》一文里呈现的是一个为小女儿的生存而牺牲自己的受苦的寡妇形象，她为了养活饥饿的小女儿不得不靠出卖肉体来赚钱。然而，女儿长大嫁人生子以后，年轻的夫妻，甚至他们的小孩都对垂老的她充满怨恨和鄙夷。女儿指责她使自己委屈一世，女儿丈夫指责她拖累自己和孩子，孩子中"最小的一个正玩着一片干芦叶，这时便

---

① 木山英雄：《文学复古与文学革命——木山英雄中国现代文学思想论集》，赵京华编译，北京大学出版社，2004 年，第 46 页。
② 鲁迅：《我们现在怎样做父亲》，见《坟》，《鲁迅全集》第 1 卷，人民文学出版社，2005年，第 135 页。

向空中一挥，仿佛一柄钢刀，大声说道：'杀！'"①这位垂老的寡妇最终在深夜中出走，"遗弃了背后一切的冷骂和毒笑"。《颓败线的颤动》里受苦的寡妇形象与《我们现在怎样做父亲》里作为先觉者的父亲形象形成鲜明对照，她的出走意味着鲁迅新文化运动时期乐观的进化论的破产。鲁迅不再相信小孩天生全是好的，新一代必定比老一代进步。因此，他不再一味地为了别人牺牲自己②。如木山英雄所说，"就鲁迅的自我形成而言，……在把自己局限于过去与黑暗一侧，对假定的未来肩负起所有责任，这种特殊姿态崩溃以后，欲唤醒自己的此刻现在。……换言之，即是经历绝望与死而通向希望与生"③。这种向死而生在《孤独者》里也有体现，魏连殳最后成为一个复仇者，"我已经躬行我先前所憎恶，所反对的一切，拒斥我先前所崇仰，所主张的一切了。我已经真的失败，——然而我胜利了"④。而"我"在为魏连殳送殓后走出院子，"我快步走着，仿佛要从一种沉重的东西中冲出，但是不能够。耳朵中有什么挣扎着，久之，久之，终于挣扎出来了，隐约像是长嗥，像一匹受伤的狼，当深夜在旷野中嗥叫，惨伤里夹杂着愤怒和悲哀。我的心地就轻松起来，坦然地在潮湿的石路上走，月光底下"⑤。孤独者

---

① 小孩拿芦苇叶指着大人喊"杀"的情形在小说《长明灯》《孤独者》里也有呈现。丸尾常喜认为，"这大概与在耶路撒冷被钉上十字架的耶稣遭到士兵们唾弃、被用芦苇打头的场面相关"。见《耻辱与恢复——〈呐喊〉与〈野草〉》，秦弓、孙丽华编译，北京大学出版社，2009 年，第 285 页。

② 鲁迅在给许广平的一封信里说："我先前何尝不出于自愿，在生活的路上，将血一滴一滴地滴过去，以饲别人，虽自觉渐渐瘦弱，也以为快活。而现在呢，人们笑我瘦了，除掉那一个人之外。连饮过我的血的人，也都在嘲笑我的瘦了，这实在使我愤怒。我并没有略存求得好报之心，不过觉得他们加以嘲笑，是太过的。我的渐渐倾向个人主义，就是为此；常常想到像我先前那样以为'自所甘愿即非牺牲'的人，也就是为此；常欲人要顾及自己，也是为此。见鲁迅：《两地书》，《鲁迅全集》第 11 卷，人民文学出版社，2005 年，第 657 页。

③ 木山英雄：《〈野草〉主体建构的逻辑及其方法》，《文学复古与文学革命——木山英雄中国现代文学思想论集》，赵京华编译，北京大学出版社，2004 年，第 67 页。

④ 鲁迅：《孤独者》，见《彷徨》，《鲁迅全集》第 2 卷，人民文学出版社，2005 年，第 103 页。

⑤ 同上，第 110 页。

魏连殳是复仇的"我"，一匹在深夜旷野嗥叫的受伤狼，魏连殳的死象征着这个"我"的死。而现实的"我"在月光底下走上新生的路。鲁迅说过，《野草》是他碰了许多钉子之后写出来的，"因为各处碰钉子，也很大喝了一通酒，结果是生病了"①。而在1926年6月致李秉中的一封信里说："这些哲学式的事情，我现在不很想它了，近来想做的事，非常之小，仍然是发点议论，印点关于文学的书。酒也想喝的，可是不能。因为我近来忽然还想活下去。"②鲁迅的这种"此刻现在"的恢复可以从他写给许广平的信中可以看出：

> 是你知道的，我这三四年来，怎样地为学生，为青年拚〔拼〕命，并无一点坏心思，只要可给与的便给与。然而男的呢，他们互相嫉妒，争起来了，一方面不满足，就想打杀我，给那〔哪〕方面也无所得。……我蔑视他们了。我有时自己惭愧，怕配不上爱那一个人；但看看他们的言行思想，便觉得我也并不算坏人，我可以爱。③

除了确立与许广平的恋爱关系，恢复"此刻现在"的鲁迅获得一种自由感。在《野草》之后的杂文里，即便是与他人论战的杂文里，常呈现出一种轻松自如的"余裕"之感。如同木山英雄所说，"这种自由得以恢复之后，鲁迅下笔著文，不论写什么，也不论标示什么题目，均为自成一体的鲁迅式文章"④。饮食男女，在这些杂文里，鲁迅还常常提及吃饭问题。而在《故事新编》里，吃饭成为大问题，无论是文化山上的学者，还是哲学家墨子、老子，还是不识字

---

① 鲁迅：《致李秉中》，见《书信（一九〇四—一九二六）》，《鲁迅全集》第11卷，人民文学出版社，2005年，第527页。
② 同上，第529页。
③ 鲁迅：《两地书》，《鲁迅全集》第11卷，人民文学出版社，2005年，第280页。
④ 木山英雄：《〈野草〉主体建构的逻辑及其方法》，《文学复古与文学革命——木山英雄中国现代文学思想论集》，赵京华译编，北京大学出版社，2004年，第8页。

的乡下人，都会饿，要吃饭。如《理水》里的乡下人所说："可恨的是愚人的肚子却和聪明人一样：也要饿。"①《奔月》和《采薇》整篇都围绕着"吃"展开。正如江弱水在《信史无证，正史毋信——〈故事新编〉的后现代议题》一文所说：

> 《狂人日记》将中国五千年历史归结为"吃人"二字，而《故事新编》里给置换成"吃饭"，鲁迅对历史的看法从早期的"峻急"转变为晚年的"通脱"。曾经多次说自己"想玩玩"的鲁迅，终于在生命的最后阶段，集中地以一系列"大话"文本，将世界/历史把玩于股掌之上，向史上的大哲一样，尝大欢喜，得大自在。②

从《狂人日记》里的吃人置换成《故事新编》里的吃饭、从早期的"峻急"转变为晚年的"通脱"之媒介，则是鲁迅在《野草》里自噬其心而后的向死而生。

然而，"此刻现在"的恢复并不意味着鲁迅陷入了完全的个人主义，只关心日常生活里自身的饮食男女之事。《野草》里好几篇文章的主题是复仇，如《复仇》《复仇（其二）》和《颓败线的颤动》等，然而这些文章里的复仇（特别是《复仇（其二）》和《颓败线的颤动》）不是单纯的个体私人性的报复，而是仇恨、诅咒、决绝里仍带着悲悯、祝福、眷恋。《复仇（其二）》里，被钉十字架的耶稣"不肯喝那用没药调和的酒，要分明地玩味以色列人怎样对付他们的神之子，而且较永久地悲悯他们的前途，然而仇恨他们的现在"③。《颓败线的颤动》垂老的寡妇"赤身露体地，石像似的站在荒野的中央，于一刹

---

① 鲁迅：《理水》，见《故事新编》，《鲁迅全集》第2卷，人民文学出版社，2005年，第388页。
② 江弱水：《文本的肉身》，新星出版社，2013年，第333页。
③ 鲁迅：《复仇（其二）》，见《野草》，《鲁迅全集》第2卷，人民文学出版社，2005年，第178页。

那间照见过往的一切：饥饿,苦痛,惊异,羞辱,欢欣,于是发抖;害苦,委屈,带累,于是痉挛;杀,于是平静。……又于一刹那间将一切并合:眷念与决绝,爱抚与复仇,养育与歼除,祝福与咒诅……"①在阿尔志跋绥夫的《工人绥惠略夫》里,其中描写耶稣的一段与《颓败线的颤动》里对垂老寡妇颓败身躯的颤动的描写有相似之处。鲁迅翻译时用了"颓败的肉筋线"这一词组,"颓败线的颤动"这一说法明显来源于此。② 鲁迅认为"在中国,没有俄国的基督。在中国,君临的是'礼',不是神"③。因此,与作为神之子的耶稣不同,这位垂老寡妇不是救世主而是受难者,但这位垂老寡妇具有耶稣般的神力,会让人联想到《补天》里中华民族的创造者女娲。这种受苦的母性形象在鲁迅其他一些作品中也有不同程度的体现,如《明天》里的单四嫂、《祝福》里的祥林嫂、《孤独者》里魏连殳的祖母。在《孤独者》里,作为"吃洋教"的"新党"的魏连殳在祖母大殓完毕之后,还坐在草荐上沉思,"忽然,他流下泪来了,接着就失声,立刻又变成长嚎,像一匹受伤的狼,当深夜在旷野中嗥叫,惨伤里夹杂着愤怒和悲哀"。"可是我那时不知怎地,将她的一生缩在眼前了,亲手造成孤独,又放在嘴里去咀嚼的人的一生。而且觉得这样的人还很多哩。"④对"永远的看客""暴君的臣民"的民众启蒙失败以及对年轻一代失望之后,鲁迅在这种受苦的母性里找到了自己稳固的身位,因为这些母性所受之苦是绝对的。本雅明在《历史哲学论纲》里说,工人阶级的仇恨和牺牲精神"都是由被奴役的祖

---

① 鲁迅:《颓败线的颤动》,见《野草》,《鲁迅全集》第 2 卷,人民文学出版社,2005 年,第 211 页。
② 转引自木山英雄:《文学复古与文学革命——木山英雄中国现代文学思想论集》,赵京华编译,北京大学出版社,2004 年,第 342 页。
③ 鲁迅:《陀思妥耶夫斯基的事》,见《且介亭杂文二集》,《鲁迅全集》第 6 卷,人民文学出版社,2005 年,第 426 页。
④ 鲁迅:《孤独者》,见《彷徨》,《鲁迅全集》第 2 卷,人民文学出版社,2005 年,第 100 页。

先的意象滋养的,而不是由解放了的子孙的意象来滋养的"①。这句话可以恰当地用在鲁迅身上。丸尾常喜说,《颓败线的颤动》"让我们预想到鲁迅身上新的母性的复活"②。母性的所谓"复活"意味着母性本就根植于鲁迅内在精神的深处,属于鲁迅的深层的前历史的记忆,鲁迅在回忆保姆阿长时说的"仁厚黑暗的地母"、故乡社戏里的女吊都属于这里所谓的母性,也可以说是母体。

将个体的自我认同根植于深广的母性的精神世界,个体自我和整个中国文明真正革新只能在这个母体中进行。这个母体既可以说具有宗教性,也可以说具有日常性,凡俗即神圣。鲁迅对革命与生活的这种理解,可以从鲁迅晚年的一篇文章《"这也是生活"》里看出。鲁迅大病初愈,半夜醒来叫许广平去开电灯,说要"看来看去的看一下"。许广平问为什么,鲁迅说了如下一段话:

> 因为我要过活。你懂得么? 这也是生活呀。我要看来看去的看一下。……街灯的光穿窗而入,屋子里显出微明,我大略一看,熟识的墙壁,壁端的棱线,熟识的书堆,堆边的未订的画集,外面的进行着的夜,无穷的远方,无数的人们,都和我有关。我存在着,我在生活,我将生活下去,我开始觉得自己更切实了……其实,战士的日常生活,是并不全部可歌可泣的,然而又无不和可歌可泣之部相关联,这才是实际上的战士。③

巴什拉在《空间的诗学》里引用里尔克的诗句来阐释家宅内外空间的辩证法:"哦,空无一物的夜晚。哦,外面一片凝重的窗

① 瓦尔特·本雅明:《历史哲学论纲》,《启迪:本雅明文选》,汉娜·阿伦特编,张旭东、王斑译,生活·读书·新知三联书店,2008 年,第 272 页。
② 丸尾常喜:《耻辱与恢复——〈呐喊〉与〈野草〉》,秦弓、孙丽华编译,北京大学出版社,2009 年,第 294 页。
③ 鲁迅:《"这也是生活"》,见《且介亭杂文附集》,《鲁迅全集》第 6 卷,人民文学出版社,2005 年,第 623—624 页。

户……哦，楼梯上的寂静，隔壁房间里的寂静，天花板上面的寂静。哦，母亲，哦，唯一的你，你在所有的寂静面前，你在我还是个孩子的时候。"①巴什拉认为这段文字体现了一种动力的连续性，内部空间和外部空间并没有停留于它们在几何学上的对立。外部空间（如鲁迅所说"外面的进行着的夜，无穷的远方，无数的人们"）是"一种消失在记忆的阴影里的古老的内部空间，楼梯的寂静中有着久违的母亲的脚步"。② 巴什拉对里尔克的诗句的阐释同样可以用来阐释鲁迅晚年的这篇短文。战士可歌可泣的战斗与他的日常生活、回归母体与获得新生本就是一体。也就是说，鲁迅"此刻现在"的恢复与母性的复活本是一体。

① 加斯东·巴拉什：《空间的诗学》，张逸清译，上海译文出版社，2009 年，第 251—252 页。
② 同上。

结　　语

一、鲁迅的精神镜像

在《波德莱尔》一书的结尾，萨特说他的这本书描绘了一幅波德莱尔的精神肖像，"可是我们试图作出的描写与肖像相比有个不足之处，即它是连续性的而肖像是同时性的，唯有对一张脸，一个举动的直觉能使我们感到，这里相继提及的特征实际上是在一个不能分割的综合之中重叠交错的，每个特征同时既表达它自身也表达所有其他特征"①。本书尝试呈现鲁迅内在精神发生的几个面相、层次：童年经历带来的创伤性自我意识与超越性母性精神、中西文化交汇里形成的尼采式强力意志与类宗教的"回心"式觉悟、现实的与精神的困境中体验到的悖论意识以及向死而生、回归日常生活与文化母体的通脱意识等。如萨特所说，受文字叙述方式的局限，本书对鲁迅内在精神发生的这些面相、层次的呈现不免给人一种历时性的连续感。事实上，如引言所说，鲁迅内在精神的发生有不同的面相、层次，各面相、层次相互映射、蕴含，成为一个复杂体，不是单一线性的逻辑演进关系。也就是说，在每一个时期甚至每一个时刻，鲁迅的内在精神的多个面相和层次共存，如一朵由不同形状、色泽的花瓣层层叠加而成的蔷薇。

此外，即便是一幅肖像也不能呈现一个人的全部特征。竹内

---

① 萨特：《波德莱尔》，施康强译，北京燕山出版社，2006年，第144页。

好说他探究的是一种生命的、原理的鲁迅本身①，伊藤虎丸和木山英雄也致力于此。事实上，无论是竹内好、伊藤虎丸，还是木山英雄的研究所呈现的精神性鲁迅也不是固化的本体意义上的"鲁迅本身"，只是他们的主体意识所观照到的镜像。本书所呈现的鲁迅的内在精神也只是一个鲁迅的镜像，具有虚构性。然而，这种虚构不是完全主观任意的。沟口雄三在《关于历史叙述的意图与客观性问题》一文探讨了历史研究的方法：

> 从根本上说，一般而论，在历史学的世界里，没有历史学家主体参与的客观不是历史的客观，只不过是"风景"而已，在那样的客观里，并没有历史跃动。而不能够参与客观的主体也不过是历史的旁观者而已，那样的主体不会唤起历史学家的生命。②

历史学家的虚构不同于小说家的虚构，必须以掌握大量历史文献为基础，这种虚构是"一个俨然存在于超越历史学家意图层面的虚构世界"③，但这种虚构世界的发现却需要历史学家有一种"目力"，这种目力是生活在现代的历史学家的历史直觉④，这种立足于当下的历史直觉"赋予事实以意义，激活事实，使被记录的事实作为历史事实而再生，并从中引出与现代的对话"⑤，使得历史具有当代意义。沟口雄三的这种历史研究方法对文学史上的个案研究也有重要的借鉴意义。研究作为中国现代文学史上的核心人

---

① 竹内好：《近代的超克》，孙歌编，李冬木、赵京华、孙歌译，生活·读书·新知三联书店，2005年，第45—46页。
② 沟口雄三：《中国的冲击》，王瑞根译，孙歌校，生活·读书·新知三联书店，2011年，第221页。
③ 同上，第208页。
④ 同上。
⑤ 同上。

物鲁迅,既不能仅仅简单收集、罗列与鲁迅有关的客观文献材料而忽视研究者自身的问题意识和主体参与,又不能完全无视相关的客观文献材料而将自身的主观意图强加给研究对象。"竹内鲁迅"作为一个镜像,竹内好从中反观自身获得主体性,并重新反思自己和日本,这对竹内好本人和当时的日本社会来说有重大意义。然而,"竹内鲁迅"过于主观化,有以自己的主观意图来裁剪鲁迅的论著及相关文献的倾向。沟口雄三批评竹内好对中国与日本社会的判断缺乏历史事实的支撑。[①] 本书基于鲁迅著作与相关文献,带着主体自身的问题意识、时代感觉激活鲁迅著作里呈现的精神性,使其具有与现代对话的意义。如下两大主题贯穿本书的各章,从鲁迅发生着的主体精神来看待这两大主题,对于当今时代的个体自我与中国社会来说,具有现实意义。

二、复古、西化与精神发生场

在《中国意识的危机》一书里,林毓生论及鲁迅意识的复杂性,认为鲁迅的意识里存在显示意识与隐示意识之间的冲突:

> 鲁迅意识的特点呈现出一种深刻而未获解决的冲突:一方面既有全盘性的反传统思想,但另一方面却从知识和道德的立场献身于一些中国的传统价值。
>
> ⋯⋯⋯⋯⋯⋯
>
> 鲁迅意识中的冲突并不在于情感和思想这两个范畴之间,而在于思想和道德的同一范畴之内。换言之,因为鲁迅出于理性上的考虑和道德上的关切,在完全拒绝中国传统的同时,又发现中国传统和道德中的某些成分是有意义的,所以这种冲突的发生便不可避免了。然而,他对某些传统成分的积

[①] 沟口雄三:《作为方法的中国》,孙军悦译,生活・读书・新知三联书店,2011年,第5—6页。

极态度，并没有导致他去寻求创造性地转化中国传统的可能性。确切地说，在他所主张的全盘性反传统思想面前，这种态度使他十分苦恼——甚至有一种内疚的罪恶感。①

从精神现象学的角度看，林毓生对鲁迅意识的这种看法有待商榷。弃医从文之后，改变国民的精神是鲁迅的萦心之念。在早期文章里，鲁迅用许多不同的词汇来指称"精神"：本根、神思、精神、所宅、神明、灵明、主观之内面精神、自性、心……这些驳杂的词汇来源于中西不同的思想流派，主张明哲之士"必洞达世界之大势，权衡校量，去其偏颇，得其神明，施之国中，翕合无间。外之既不后于世界之思潮，内之仍弗失固有之血脉，取今复古，别立新宗"②。留日时期的鲁迅一方面受章太炎"文学复古"熏陶，一方面接受西方近代精神。从精神的内在发生的角度看，章太炎的"文学复古"也是对当时之僵化文学、思想的反叛，返回传统之源头活水来激活自由精神、变革现实，这与接受西方近代精神并不矛盾，并不存在林毓生所说的意识的冲突。例如，鲁迅以古奥之文字直译西方近代小说正是把复活国粹与欧化结合起来，在两者的激荡中形成自由精神的发生之场，也就是鲁迅所说的"籀读其心声，以相度神思之所在"③。如木山英雄所说，即便到了五四时期，"面对国粹派和欧化派对立的局面，他诚然无犹豫地支持后者，但那不过是按照'一切还是无'的标准，就是全般欧化论也算是有出息罢了。他这种立场，离一切依靠外力的主观幻想最远而超出国粹与欧化

---

① 林毓生：《中国意识的危机："五四"时期激烈的反传统主义》，穆善培译，贵州人民出版社，1988 年，第 178—179 页。
② 鲁迅：《文化偏至论》，见《坟》，《鲁迅全集》第 1 卷，人民文学出版社，2005 年，第57 页。
③ 鲁迅：《〈域外小说集〉序言》，见《译文序跋集》，《鲁迅全集》第 10 卷，人民文学出版社，2005 年，第 168 页。

的皮相对立,在新文化运动中占有特殊地位"①。可见,林毓生说鲁迅并没有去寻求创造性地转化中国传统的可能性的看法也值得商榷。

从精神现象学角度看,复古与西化并不必然对立,关键在于是否能激活人的内在精神、恢复文明的活力。否则,复古与西化之说都是鲁迅要破除的恶声。因此,鲁迅既激烈地反对复归僵化传统的国粹家,主张"别求新声于异邦",又拒斥只挂招牌、不讲货色的欧化者,主张"伪士可去,迷信可存"。鲁迅认为,他们的精神都是旧的。在鲁迅内在精神之发生场,无论是传统的佛学、心学还是西方近代精神,脱离各自对象化的存在,熔为一炉。本书的各章都致力于呈现鲁迅内在精神的这种发生之场。例如,本书从精神现象学的角度探究了鲁迅对中国传统文化里的母性之鬼的深层记忆与本雅明甚至马克思身上隐藏的弥赛亚主义之间精神上的深层亲缘性。

三、有死之人与存在之圆

鲁迅在介绍他翻译的荷兰作家望·蔼覃富有哲理的童话《小约翰》时,写了如下一段话:

这也诚然是人性的矛盾,而祸福纠缠的悲欢。人在稚齿,追随"旋儿",与造化为友。福乎祸乎,稍长而竟求知:怎么样,是什么,为什么? 于是招来了智识欲之具象化:小鬼头"将知";逐渐还遇到科学研究的冷酷的精灵:"穿凿"。童年的梦幻撕成粉碎了;科学的研究呢,"所学的一切的开端,是很好的,——只是他钻研得越深,那一切也就越凄凉,越黯

① 木山英雄:《关于周氏兄弟》,《文学复古与文学革命》,赵京华编译,北京大学出版社,2004年,第247页。

淡。"——惟有"号码博士"是幸福者，只要一切的结果，在纸张上变成数目字，他便满足，算是见了光明了。谁想更进，便得苦痛。为什么呢？原因就在他知道若干，却未曾知道一切，遂终于是"人类"之一，不能和自然合体，以天地之心为心。约翰正是寻求着这样一本一看便知一切的书，然而因此反得"将知"，反遇"穿凿"，终不过以"号码博士"为师，增加更多的苦痛。直到他在自身中看见神，将径向"人性和他们的悲痛之所在的大都市"时，才明白这书不在人间，惟从两处可以觅得：一是"旋儿"，已失的原与自然合体的混沌，一是"永终"——死，未到的复与自然合体的混沌。而且分明看见，他们俩本是同舟……①

小约翰一直在寻求回归童年的旋儿世界之路与一看便知一切的大书的死的永终世界之途，在经历父亲的病与死之后，小约翰"在自身中看见神"，明白旋儿与永终"本是同舟"，都是与自然合体的混沌，这本大书在这不是人间的自然混沌里。然而，在神给他指出的通向旋儿、永终一体的自然混沌之路与通向"人性和他们的悲痛之所在"的艰难之路之间，小约翰选择了后者，因为这也是神性之路。神说这两路是通往小约翰所神往的一切的路，两条路其实殊途同归。②

鲁迅称赞《小约翰》为"无韵的诗，成人的童话"。现实里的鲁迅作了与童话里的小约翰相似的抉择，把旋儿的世界与幽灵的世界埋藏在心里，"上了走向那大而黑暗的都市，人性和他们的悲痛之所在的艰难的路"，这是一条从生走向死的有限的人性之路，但同时也是一条与自身之中的神为伴的神性之路。自觉到人是有死

---

① 鲁迅：《〈小约翰〉序言》，见《译文序跋集》，《鲁迅全集》第 10 卷，人民文学出版社，2005 年，第 282 页。

② 望·蔼覃：《小约翰》，《鲁迅译文集》第 4 卷，人民文学出版社，1958 年，第 159 页。

之存在者，只有从生走向死才能超脱生与死。也就是竹内好所说的鲁迅执着于生与死，最终超越了生与死，这源于鲁迅有一种宗教般的自觉。① 从现象学的角度看，有死之人与存在之圆成为一体，或者说正是人之残缺证成了存在之圆满。鲁迅内在精神里的这种离开与回归、残缺与圆满、人性与神性、生与死、自我与超越者的辩证贯穿本书各章。如第一章论及童年经历对鲁迅自我觉醒与回归母性的影响。第二章论及尼采的永恒轮回说，它主张自我意志在与均质流逝的线性时间的抵抗中将空洞的过去与未来集于当下，形成一个永恒的饱满瞬间，鲁迅领受了这种精神，有死之人在与外在的抵抗中踏出无限的精神之路。② 第三章论及鲁迅的"回心"，"回心"之意是通过自我否定而与绝对的超越者相遇，从而又自我肯定。第四章则论及《野草》里鲁迅内在精神的向死而生。这些都体现着有死之人与存在之圆的辩证。

　　值得说明的是，巴什拉所说的这种存在之圆完全不同于一种封闭的恶循环、假圆满，存在之圆恰恰在真实的残缺、破碎里显现。鲁迅反感传统戏曲里的"大团圆"结局，并在《阿Q正传》里讽刺了"大团圆"：阿Q使尽平生的力气画圆圈，却最终手一抖，画成瓜子模样。③ 鲁迅将中国历史看成是想做奴隶而不得的时代和暂时做稳了奴隶的时代的循环，也将希望与绝望看成循环，认为只有反抗的行动才能打破这些循环，开辟新生之路。然而，鲁迅并没有成为一个反抗一切的虚无主义者，他的反抗行为往往是一种成全而不是弃绝。《魏晋风度及文章与药及酒的关系》里说到魏晋时代嵇康、阮籍毁坏礼教时，鲁迅引用了季札的话："中国之君子，明于礼

① 竹内好说："鲁迅在晚年已超越了死，或者说和死做了场游戏。"见竹内好：《近代的超克》，孙歌编，李冬木、赵京华、孙歌译，生活·读书·新知三联书店，2005年，第7—8页。
② 鲁迅：《随感录六十六　生命的路》，见《热风》，《鲁迅全集》第1卷，人民文学出版社，2005年，第386页。
③ 鲁迅：《狂人日记》，见《呐喊》，《鲁迅全集》第1卷，人民文学出版社，2005年，第549页。

仪而陋于知人心。"他接着说道：

> 这是确的，大凡明于礼义，就一定要陋于知人心的，所以
> 古代有许多人受了很大的冤枉。例如嵇阮的罪名，一向说他
> 们毁坏礼教。但据我个人的意见，这判断是错的。魏晋时代，
> 崇奉礼教的看来似乎很不错，而实在是毁坏礼教，不信礼教
> 的。表面上毁坏礼教者，实则倒是承认礼教，太相信礼教。①

鲁迅认为嵇康、阮籍不信甚至反对礼教，"其实不过是态度，至
于他们的本心，恐怕倒是相信礼教，当作宝贝，比曹操司马懿们要
迂执得多"②。通过探究鲁迅的"本心"，也就是其主体精神，会发
现鲁迅的这种反抗即是成全的辩证。鲁迅的偏执意在戳破虚假的
圆满。鲁迅在谈论陶渊明的诗时说：

> 除论客所佩服的"悠然见南山"之外，也还有"精卫衔微
> 木，将以填沧海，形天舞干戚，猛志固常在"之类的"金刚怒目"
> 式，在证明着他并非整天整夜的飘飘然。这"猛志固常在"和
> "悠然见南山"的是一个人，倘有取舍，即非全人，再加抑扬，更
> 离真实。譬如勇士，也战斗，也休息，也饮食，自然也性交，如
> 果只取他末一点，画起像来，挂在妓院里，尊为性交大师，那当
> 然也不能说是毫无根据的，然而，岂不冤哉！③

在晚年《"这也是生活"》一文里，鲁迅说了同样的意思，他认为
人们往往注意的是"特别的精华，毫不在枝叶"，"于是所见的人或

---

① 鲁迅：《魏晋风度及文章与药及酒的关系》，见《而已集》，《鲁迅全集》第 3 卷，人民
文学出版社，2005 年，第 535 页。
② 同上。
③ 鲁迅：《"题未定"草（六至九）》，见《且介亭杂文二集》，《鲁迅全集》第 6 卷，人民
文学出版社，2005 年，第 436 页。

事,就如盲人摸象,摸着了脚,即以为象的样子像柱子。中国古人,常欲得其'全',就是制妇女用的'乌鸡白凤丸',也将全鸡连毛血都收在丸药里,方法固然可笑,主意却是不错的。……夷枝删叶的人,决定得不到花果"①。

　　基于鲁迅的著作和相关文献,本书尝试呈现鲁迅的精神自觉的不同面相和层次。然而,如上文所述,本书所呈现的精神自觉的鲁迅只是一个镜像,不能说是"鲁迅本身"。"鲁迅本身"不是一个固定不变的现成之物,如同沟口雄三所说的历史的"本来样态"一样,不是存在着的东西,"它不能作为过去的某一个存在物加以固定,或者说不能作为固定物而客观地加以审视"②。"鲁迅本身"与历史的"本来样态"一样,对应于不同研究主体的世界观、时代感觉、问题意识等呈现出不同的面目和姿态。意大利哲学家、历史学家克罗齐说"一切真历史都是当代史"③,钱锺书认为文学经典虽是过去的,但对文学经典的兴趣和研究却是现代的。④ 因此,鲁迅总是"当代"的鲁迅,总是说不尽的鲁迅。

---

① 鲁迅:《"这也是生活"》,见《且介亭杂文附集》,《鲁迅全集》第 6 卷,人民文学出版社,2005 年,第 624 页。
② 沟口雄三:《中国的冲击》,王瑞根译,孙歌校,生活・读书・新知三联书店,2011年,第 221 页。
③ 贝奈戴托・齐罗克:《历史学的理论和实际》,道格拉斯・安斯利英译,傅任敢译,商务印书馆,1986 年,第 2 页。
④ 钱锺书:《中意文学的互相照明:一个大题目,几个小例子》,《写在人生的边上・人生边上的边上・石语》,生活・读书・新知三联书店,2002 年,第 172 页。

参 考 文 献

中文

一、原著类

《鲁迅全集》(第1—18卷),人民文学出版社,2005年。

《鲁迅译文集》(第3—4卷),人民文学出版社,1958年。

《鲁迅著译编年全集》(第1—20卷),人民出版社,2009年。

二、研究类

著作类

[日]竹内好:《鲁迅》,李心峰译,浙江文艺出版社,1986年。

[日]竹内好:《近代的超克》,孙歌编,李冬木、赵京华、孙歌译,生
　　活·读书·新知三联书店,2005年。

[日]竹内好:《从"绝望"开始》,靳丛林编译,生活·读书·新知三
　　联书店,2013年。

[日]伊藤虎丸:《鲁迅与日本人:亚洲的近代与"个"的思想》,李
　　冬木译,河北教育出版社,2000年。

[日]伊藤虎丸:《鲁迅、创造社与日本文学——中日近现代比较文
　　学初探》,孙猛、徐江、李冬木译,北京大学出版社,2005年。

[日]伊藤虎丸:《鲁迅与终末论——近代现实主义的成立》,李冬
　　木译,生活·读书·新知三联书店,2008年。

[日]丸尾常喜:《"人"与"鬼"的纠葛——鲁迅小说辨析》,秦弓译,

人民文学出版社,1995 年。

[日] 丸尾常喜：《耻辱与恢复——〈呐喊〉与〈野草〉》,秦弓、张丽华
编译,北京大学出版社,2009 年。

[日] 木山英雄：《文学复古与文学革命——木山英雄中国现代文
学思想论集》,赵京华编译,北京大学出版社,2004 年。

[日] 藤井省三：《鲁迅比较研究》,陈福康译,上海外语教育出版
社,1997 年。

[日] 丸山升：《鲁迅·革命·历史——丸山升现代中国文学论
集》,王俊文译,北京大学出版社,2005 年。

周作人：《鲁迅的故家》,《周作人自编文集》,止庵编,河北教育出
版社,2002 年。

周作人：《鲁迅小说里的人物》,《周作人自编文集》,止庵编,河北
教育出版社,2002 年。

郁达夫：《郁达夫谈鲁迅全编》,上海文化出版社,2006 年。

许寿裳：《亡友鲁迅印象记》,岳麓书社,2011 年。

李长之：《鲁迅批判》,岳麓书社,2010 年。

曹聚仁：《鲁迅年谱》,生活·读书·新知三联书店,2011 年。

孙玉石：《现实的与哲学的：鲁迅〈野草〉重释》,上海书店出版社,
2001 年。

孙玉石：《〈野草〉研究》,北京大学出版社,2010 年。

钱理群：《心灵的探寻》,河北教育出版社,2001 年。

汪晖：《反抗绝望：鲁迅及其文学世界》(增订版),生活·读书·新
知三联书店,2008 年。

王乾坤：《鲁迅的生命哲学》,人民文学出版社,1999 年。

乐黛云主编：《国外鲁迅研究论集：1960—1980》,北京大学出版
社,1981 年。

乐黛云主编：《当代英语世界鲁迅研究》,江西人民出版社,
1993 年。

中国社会科学院文学研究所鲁迅研究室编：《鲁迅与中外文化的比较研究》，中国文联出版公司，1986 年。

鲁迅博物馆、鲁迅研究室、《鲁迅研究月刊》选编：《鲁迅回忆录》专著（全三册）、散编（全三册），北京出版社，1981 年。

王富仁：《中国鲁迅研究的历史与现状》，福建教育出版社，2006 年。

张梦阳：《鲁迅研究学术论著史料汇编》，中国文联出版公司，1985 年。

张梦阳：《阿 Q 新论：阿 Q 与世界文学中的精神典型问题》，陕西人民教育出版社，1996 年。

张梦阳：《中国鲁迅学通史：二十世纪一种精神文化现象的宏观描述与理性反思》，广东教育出版社，2001 年。

孙郁：《鲁迅忧思录》，中国人民大学出版社，2012 年。

张枣：《〈野草〉讲义》，《张枣随笔选》，颜炼军选编，人民文学出版社，2012 年。

郜元宝：《鲁迅六讲》，北京大学出版社，2007 年。

汪卫东：《现代转型之痛苦"肉身"：鲁迅思想与文学新论》，北京大学出版社，2013 年。

［美］林毓生：《中国意识的危机："五四"时期激烈的反传统主义》，穆善培译，贵州人民出版社，1988 年。

［美］李欧梵：《铁屋中的呐喊》，尹慧珉译，河北教育出版社，2001 年。

［澳］张钊贻：《鲁迅：中国"温和"的尼采》，北京大学出版社，2011 年。

论文类

钱理群：《鲁迅对"现代化"诸问题的历史回应》，《文艺研究》，1997 年第 2 期。

钱理群：《文本阅读：从〈朝花夕拾〉到〈野草〉》，《江苏社会科学》，2003 年第 4 期。

钱理群:《"鲁迅"的"现在"价值》,《社会科学辑刊》,2006 年第
  1 期。

汪晖:《声之善恶:什么是启蒙? ——重读鲁迅的〈破恶声论〉》,
  《开放时代》,2010 年第 10 期。

汪晖:《鲁迅文学的诞生——读〈呐喊自序〉》,《现代中文学刊》,
  2012 年第 6 期(总第 21 期)。

江弱水:《像个逗点一样添加了意义——〈呐喊·自序〉片论》,《从
  王熙凤到波托西》,广西师范大学出版社,2005 年。

江弱水:《鲁迅的生态学》,《读书》第 12 期,生活·读书·新知三
  联书店,2012 年 12 月。

江弱水:《信史无证,正史毋信——〈故事新编〉的后现代议题》,
  《文本的肉身》,新星出版社,2013 年。

张旭东:《遗忘的谱系——鲁迅再解读》,《批评的解剖:文化理论
  与文化批判 1985—2002》,2003 年。

张旭东:《鲁迅回忆性写作的结构、叙事与文化政治——从〈朝花
  夕拾〉谈起》,《生活在后美国时代》,孙晓忠编,上海书店出版社,
  2012 年。

高远东:《鲁迅的可能性——也从〈破恶声论〉寻找支援》,《鲁迅研
  究月刊》,2003 年第 7 期。

郜元宝:《从舍身到身受——略谈鲁迅著作的身体语言》,《鲁迅研
  究月刊》,2004 年第 8 期。

汪卫东:《鲁迅的又一个"原点"——1923 年的鲁迅》,《文学评论》,
  2005 年第 5 期。

姜异新:《翻译自主与现代性自觉:以北京时期的鲁迅为例》,《鲁
  迅研究月刊》,2012 年第 3 期。

三、理论类

〔德〕黑格尔:《精神现象学》,贺麟、王玖兴译,商务印书馆,

2012 年。

［德］弗里德里希·尼采：《苏鲁支语录》，徐梵澄译，商务印书馆，1992 年。

［德］弗里德里希·尼采：《查拉图斯特拉如是说》，杨恒达译，中国人民大学出版社，2011 年。

［德］弗里德里希·尼采：《快乐的科学》，刘小枫编，黄明嘉译，华东师范大学出版社，2007 年。

［德］弗里德里希·尼采：《权力意志——重估一切价值的尝试》，张念东、凌素心译，商务印书馆，1993 年。

［德］埃德蒙德·胡塞尔：《现象学的方法》，［德］黑尔德编，倪梁康译，上海译文出版社，1994 年。

［德］埃德蒙德·胡塞尔：《纯粹现象学和现象学哲学的观念》，李幼蒸译，商务印书馆，1997 年。

［德］埃德蒙德·胡塞尔：《现象学的观念》（五篇讲座稿），倪梁康译，人民出版社，2007 年。

［奥地利］西格蒙·弗洛伊德：《精神分析引论》，高觉敷译，商务印书馆，2012 年。

［奥地利］西格蒙·弗洛伊德：《文明及其不满》，严志军、张沫译，上海世纪出版社，2007 年。

［奥地利］西格蒙·弗洛伊德：《自我与本我》，林尘等译，上海译文出版社，2011 年。

［奥地利］里尔克：《罗丹论》，梁宗岱译，中央编译出版社，2006 年。

［德］马丁·海德格尔：《存在与时间》（修订本），陈嘉映、王庆节合译，生活·读书·新知三联书店，2006 年。

［德］马丁·海德格尔：《面向思的事情》，孙周兴译，商务印书馆，2010 年。

［德］马丁·海德格尔：《林中路》，孙周兴译，上海译文出版社，

2004 年。

〔德〕马丁·海德格尔：《演讲与论文集》，孙周兴译，生活·读书·新知三联书店，2005 年。

〔德〕马丁·海德格尔：《在通向语言的途中》，孙周兴译，商务印书馆，1997 年。

〔德〕马丁·海德格尔：《尼采》（上下卷），孙周兴译，商务印书馆，2003 年。

〔法〕波德莱尔：《波德莱尔美学论文选》，郭宏安译，人民文学出版社，2008 年。

〔法〕马塞尔·普鲁斯特：《驳圣伯夫》，王道乾译，上海译文出版社，2007 年。

〔法〕瓦雷里：《文艺杂谈》，段映虹译，百花文艺出版社，2002 年。

〔法〕让·保罗·萨特：《存在与虚无》（修订译本），陈宣良等译，杜小真校，生活·读书·新知三联书店，2012 年。

〔法〕让·保罗·萨特：《自我的超越性——一种现象学描述初探》，杜小真译，商务印书馆，2012 年。

〔法〕让·保罗·萨特：《波德莱尔》，施康强译，北京燕山出版社，2006 年。

〔法〕莫里斯·梅洛-庞蒂：《知觉现象学》，商务印书馆，姜志辉译，2012 年。

〔法〕莫里斯·梅洛-庞蒂：《眼与心》，《面对事实本身：现象学经典文选》，东方出版社，2000 年。

〔德〕瓦尔特·本雅明：《本雅明文选》，陈永国、马海良编，赵国新译，中国社会科学出版社，1999 年。

〔德〕瓦尔特·本雅明：《经验与贫乏》，王炳钧、杨劲译，百花文艺出版社，1999 年。

〔德〕瓦尔特·本雅明：《发达资本主义时代的抒情诗人》，张旭东、魏文生译，生活·读书·新知三联书店，2007 年。

〔德〕瓦尔特·本雅明：《启迪：本雅明文选》，汉娜·阿伦特编，张旭东、王斑译，生活·读书·新知三联书店，2008 年。

〔德〕汉娜·阿伦特：《精神生活·思维》，姜志辉译，江苏教育出版社，2006 年。

〔德〕汉娜·阿伦特：《精神生活·意志》，姜志辉译，江苏教育出版社，2006 年。

〔德〕汉娜·阿伦特：《过去与未来之间》，王寅丽、张立立译，译林出版社，2011 年。

〔德〕哈贝马斯等：《尼采的幽灵——西方后现代语境中的尼采》，汪民安、陈永国编，社会科学文献出版社，2001 年。

〔德〕卡尔·洛维特：《世界历史与救赎历史——历史哲学的神学前提》，李秋零、田薇译，生活·读书·新知三联书店，2002 年。

〔德〕洛维特/沃格林等：《墙上的书写——尼采与基督教》，刘小枫编，田立年、吴增定等译，华夏出版社，2004 年。

〔法〕雅克·德里达：《马克思的幽灵——债务国家、哀悼活动和新国际》，中国人民大学出版社，何一译，2008 年。

〔法〕拉康：《拉康选集》，褚孝泉译，上海三联书店，2001 年。

〔法〕加斯东·巴什拉：《梦想的诗学》，刘自强译，生活·读书·新知三联书店，1996 年。

〔法〕加斯东·巴什拉：《空间的诗学》，张逸清译，上海译文出版社，2009 年。

〔法〕莫里斯·布朗肖：《文学空间》，顾嘉琛译，商务印书馆，2005 年。

〔法〕高概：《话语符号学》，王东亮编译，北京大学出版社，1997 年。

〔法〕伊夫·瓦岱：《文学与现代性》，田庆生译，北京大学出版社，2001 年。

〔美〕赫伯特·马尔库塞：《爱欲与文明》，黄勇、薛民译，上海译文出版社,2012 年。

［美］莱昂内尔·特里林:《诚与真》,刘佳林译,江苏教育出版社,
　　2006 年。

［英］特里·伊格尔顿:《美学意识形态》,王杰、傅德根、麦永雄译,
　　柏敬泽校,广西师范大学出版社,1997 年。

［意］奈戴托·齐罗克:《历史学的理论和实际》,道格拉斯·安斯
　　利英译,傅任敢译,商务印书馆,1986 年。

［意］伊塔洛·卡尔维诺:《新千年文学备忘录》,黄灿然译,译林出
　　版社,2009 年。

［俄］巴赫金:《陀思妥耶夫斯基诗学问题:复调小说理论》,白春
　　仁、顾亚铃译,生活·读书·新知三联书店,1988 年。

［俄］巴赫金:《巴赫金文论选》,中国社会科学出版社,1996 年。

［加］弗莱切:《记忆的承诺:马克思、本雅明、德里达的历史与政
　　治》,田明译,华东师范大学出版社,2009 年。

［瑞士］耿宁:《心的现象——耿宁心性现象学研究文集》,倪梁康
　　编,倪梁康、张庆熊、王庆节等译,商务印书馆,2012 年。

［日］田西几多郎:《善的研究》,何倩译,商务印书馆,1983 年。

［日］西谷启治:《宗教是什么》,陈一标、吴翠华译注,联经出版公
　　司,2011 年。

［日］三岛宪一:《本雅明:破坏·收集·记忆》,贾倞译,河北教育
　　出版社,2001 年。

［日］沟口雄三:《作为方法的中国》,孙军悦译,生活·读书·新知
　　三联书店,2011 年。

［日］沟口雄三:《中国的冲击》,王瑞根译,孙歌校,生活·读书·
　　新知三联书店,2011 年。

章太炎:《章太炎文集》,书林主编,线装书局,2009 年。

章太炎:《齐物论释》,《章太炎全集》,上海人民出版社,2014 年。

梁启超:《梁启超论清学史二种》,复旦大学出版社,1985 年。

梁启超：《论中国学术思想变迁之大势》，上海古籍出版社，
　　2001年。

徐复观：《中国人文精神之阐扬——徐复观新儒学论著辑要》，中
　　国广播电视出版社，1996年。

贺麟：《五十年来的中国哲学》，商务印书馆，2002年。

钱锺书：《七缀集》，生活·读书·新知三联书店，2002年。

钱锺书：《管锥编》，生活·读书·新知三联书店，2002年。

钱锺书：《谈艺录》，生活·读书·新知三联书店，2001年。

钱锺书：《写在人生的边上·人生边上的边上·石语》，生活·读
　　书·新知三联书店，2002年。

林镇国：《空性与现代性：从京都学派、新儒家到多音的佛教诠释
　　学》，立绪文化公司，1999年。

朱惟焕：《历代圣哲所讲论之心学述要》，学生书局印行，2001年。

邓晓芒：《文学与文化三论》，湖北人民出版社，2005年。

萌萌：《萌萌文集》，张志扬编，上海译文出版社，2007年。

张志扬：《创伤记忆》，上海三联书店，1999年。

张志扬、陈家琪：《形而上学的巴别塔》，同济大学出版社，2004年。

张志扬：《偶在伦谱系——西方哲学史的"阴影之谷"》，复旦大学
　　出版社，2010年。

倪梁康：《自识与反思：近现代西方哲学的基本问题》，商务印书
　　馆，2002年。

倪梁康：《心的秩序——一种现象学心学研究的可能性》，江苏人
　　民出版社，2010年。

张宪：《启示的理性：欧洲哲学与基督宗教思想》，巴蜀书社，
　　2006年。

尤西林：《心体与时间——二十世纪中国美学与现代性》，人民出
　　版社，2009年。

江弱水：《文本的肉身》，新星出版社，2013年。

外文

Walter Benjamin. *One-Way Street and Other Writings*. Penguin Classics, 2009.

Erich Auerbach. *Mimesis: the Representation of Reality in Western Literature*, Princeton University Press, 1981.

Bachelard, Gaston. *Psychoanalysis of Fire*. Beacon Press, 1987.

H. Spiegelberg. *The Context of the Phenomenological Movement*. Martinus Nijhoff, 1981.

Freny Mistry. *Nietzsche and Buddhism*. Walter de Gruyter & Co., 1987.

Nishitani Keiji. *Religion and Nothingness*. University of California Press, 1982.

David Michael Levin. *The Body's Recollection of Being: Phenomenological Psychology and the Deconstruction of Nihilism*. Routledge & Kegan Paul, 1985.

Zhang, Zhaoyi. *Lu Xun: the Chinese Gentle Nietzsche*. Peter Lang, 2001.

Jeremy Tambling. *Madmen and Other Survivors: Reading Lu Xun's Fiction*. Hong Kong University Press, 2007.

Kaldis, Nicholas Andrew. *The Prose Poem and Aesthetic Insight: Lu Xun's "Yecao"*. The Ohio State University, 1998.

Meng Liang. *Sickness of the Spirit: A Comparative Study of Lu Xun and James Joyce*. University of South Carolina, 2011.

Dooghan, Daniel M. *Literary Cartographies: Lu Xun and the Production of World Literature*. Proquest, UMI Dissertation Publishing, 2012.

Jon Eugene von Kowallis. *Rethinking China, Confucianism and the World from the Late Qing: A Special Issue on Zhang Taiyan and Lu Xun.* Frontiers of Literary Studies in China. Vol.7, No.3, p.325 – 332, 2013.

Wolfgang Kubin. *The Unfinished Text or Literature as Palimpsest towards Lu Xun and His Relevance to the Present.* Frontiers of Literary Studies in China. Vol.7, No.4, p.541 – 550, 2013.

附　　录

鲁迅世界里的"目光"
与主体精神的发生

在古希腊哲学家柏拉图著名的"洞喻"里,被锁在洞穴里的囚徒的目光从洞内向洞外的不断转向意味着对真理的不断切近。现代性意义上的目光的不断转向是主体自我建构与更新的过程。两种目光的转向都意味着一种"精神"的发生与运作。本文通过对鲁迅世界里的"目光"不断转向的呈现,解析其主体精神的发生与运作。

一、鲁迅的文学自觉与"目光"及主体精神的发生

《呐喊·自序》里,鲁迅描绘了两个极具视觉性的场景,它们是鲁迅的创伤经验,成为他离家求学与弃医从文的契机。一是给病重的父亲在药铺抓药的情境:"我有四年多,曾经常常,——几乎是每天,出入于质铺和药店里,年纪可是忘却了,总之是药店的柜台正和我一样高,质铺的是比我高一倍,我从一倍高的柜台外送上衣服或首饰去,在侮蔑里接了钱,再到一样高的柜台上给我久病的父亲去买药……"鲁迅内在的目光看着处在当时具体情境中的自己,柜台、质铺和我的高度的对比、药引的奇特和店员侮蔑的眼光等在其内心形成清晰具体的视觉形象。从小康人家坠入困顿,鲁迅看见世人的真面目,因而离家求学,"仿佛是想走异路,逃异地,去寻求别样的人们"。二是著名的"幻灯片事件",一个中国人被日本人

当俄国侦探砍头示众,许多体格健壮却神情麻木的中国人围着"赏鉴这示众的盛举"。《藤野先生》里提到许多中国人围着看时,加了一句:"在讲堂里的还有一个我。"将自身也放在被日本人"看"的位置,日本人的拍掌欢呼让鲁迅倍感屈辱,鲁迅"在幻灯的画面里不仅看到了同胞的惨状,也从这种惨状中看到了自己"①。联系到《藤野先生》里提到的另一事件,即日本学生因怀疑鲁迅考试作弊而找茬,可以发现,鲁迅在日本学生的轻蔑的目光下感到的屈辱,是全体中国人的屈辱,但首先是鲁迅自身的屈辱。②

可见,鲁迅走上文艺创作道路的初步自觉首先源于其在个体的创伤经历中,即在外在他者带有侵略性的目光的刺激下,反观个体自身的内面精神。柏拉图的《理想国》里有一个著名的"洞喻"。被锁在洞穴里的囚徒的目光开始只能看到洞壁上木偶的影子,以为那就是真实的事物。后挣脱锁链看到真实的木偶,再出洞看水中倒影,看自然界里的事物,最后看到使一切显现的太阳。囚徒的目光不断转向是对真理的不断切近。在《文学与现代性》中,伊夫·瓦岱引述亨利·梅绍尼克对现代性的理解,认为现代性不存在于事物之中,而"存在于创造主体和主体的目光之中"。③ 较之柏拉图的看法,现代性意义上的目光的不断转向,不是为了认识一个确定的等级分明的真理秩序,而是主体的建构与更新过程。然而,两种目光的观照都意味着一种"精神"的发生与运作。

在鲁迅那里,觉醒的反观意识在与欧洲思潮的切近时得到深化。在其留日期间所写《文化偏至论》中,鲁迅论述欧洲文明之脉络潮流,认为"盖今所成就,无一不绳前时之遗迹,则文明必日有其迁流,又或抗往代之大潮,则文明亦不能无偏至。诚若为今立计,

① 竹内好:《近代的超克》,孙歌编,李冬木、赵京华、孙歌译,生活·读书·新知三联书店,2005 年,第 57 页。
② 同上。
③ 伊夫·瓦岱:《文学与现代性》,田庆生译,北京大学出版社,2001 年,第 42 页。

所当稽求既往,相度方来,掊物质而张灵明,任个人而排众数。""是故将生存两间,角逐列国是务,其首在立人,人立而后凡事举;若其道术,乃必尊个性而张精神。""明哲之士,反省于内面者深",个人的自觉在于其自观"主观之内面精神"。① 下文通过对鲁迅世界里的"目光"不断转向的呈现,解析其主体精神的发生与运作。

二、狂人与吃人世界里的"目光"

在《狂人日记》里,狂人向他大哥说的一段话体现出一种独特的进化论:"我只有几句话,可是说不出来。大哥,大约当初野蛮的人,都吃过一点人。后来因为心思不同,有的不吃人了,一味要好,便变了人,变了真的人。有的却还吃,——也同虫子一样,有的变了鱼鸟猴子,一直变到人。有的不要好,至今还是虫子。这吃人的人比不吃人的人,何等惭愧。怕比虫子的惭愧猴子,还差得很远很远。"②而狂人身处一个自盘古开辟天地以后,一直吃到当时的吃人世界,按照上面的进化论,这是一个非真人的动物(虫子、鱼鸟猴子)般的世界(可以说,是一个大的狼子村),充满各种动物(赵家的狗、蒸鱼、狼的亲眷"海乙那")的可怕眼色,周围各种人有"狮子似的凶心,兔子的怯弱,狐狸的狡猾",露出的凶光如同各种动物,我像鸡鸭一样被关在书房。这样的世界里,每个人的动物似的硬而直的目光,富有侵略性和同化力。目光"吃人"不是吞噬身体,而是感染灵魂,将人的目光变成动物的目光,这种动物的目光像病毒一样相互感染,形成恶循环,而每一世代作为一环,自古至今,各世代环环相扣,延展成无限的吃人链条。③ 物似的目光如射线,均质空洞,往而不返,因此身处其中的人无法意识到这种循环与无限,更

---

① 《坟·文化偏至论》,《鲁迅全集》第1卷,人民文学出版社,2005年,第45—58页。
② 《呐喊·狂人日记》,《鲁迅全集》第1卷,人民文学出版社,2005年,第425页。
③ 鲁迅曾将思想的遗害与梅毒相提并论。参见《坟·随感录三十八》,《鲁迅全集》第1卷,人民文学出版社,2005年,第329页。

无法摆脱。

吃人世界里，弥漫的是一种均质空洞的空间循环与时间无限，这是一个僵死的平面世界。（"这历史没有年代。漆漆的，不知是日是夜。"①）松动这个由动物似的目光链条组成的无限的平面世界，需要一种外在的垂直的光——月光。月光洒在作为吃人链条其中一环的知识者狂人身上，使得狂人"精神分外爽快"，意识到自己"以前的三十多年，全是发昏"，于是发现赵家的狗的眼色的可怕……"真的人"的目光应往而知返，反照自身的目光在精神内面形成新的内时空意识，区别于外在均质空洞的时空链条。狂人在月光的刺激下，开始慢慢将目光反照自身的主观内面，自觉到周围动物似的吃人目光。自觉后的狂人的目光转向外面，从历史书的字缝里洞察到吃人世界的真相：虚伪的仁义道德泯灭了人性，觉悟更深一层。然后将目光又转向自己，觉悟到自己或许也无意中吃过人，"有了四千年吃人履历"，无法从吃人链条中摆脱出来。最终，目光再次向外转，落在没吃过人的孩子身上，发出"救救孩子"的呐喊并在病愈后付诸拯救孩子的行动。狂人的发狂过程是一种精神的自我治疗过程：开始自觉到自己身处吃人世界，欲逃离而不能，因害怕被吃而发狂；最终觉悟到自己本是吃人世界的一员，不可能逃离而自愈，不久赴某地候补，返回这个吃人世界，拯救还没吃过人的孩子。目光的朝向经历"外—内—外—内—外"的反复转变，主体达到高度的精神自觉。这种自觉可以在鲁迅随后写的《我们现在怎样做父亲》一文里看出："没有法，便只能先从觉醒的人开手，各自解放了自己的孩子。自己背着因袭的重担，肩住了黑暗的闸门，放他们到宽阔光明的地方去；此后幸福的度日，合理的

① 《呐喊·狂人日记》，《鲁迅全集》第 1 卷，人民文学出版社，2005 年，第 449 页。可参见本雅明对均质空洞的时间的论述：《启迪：本雅明文选》，汉娜·阿伦特编，张旭东、王斑译，生活·读书·新知三联书店，2008 年，第 265—276 页。

做人。"①

狂人作为知识者，因月光的刺激而觉醒，能从每页都是"仁义道德"的历史书的字缝里看出"吃人"两字。然而，在吃人世界里，绝大多数普通大众并不是知识者，只有他们觉醒，吃人链条才能断开，孩子才能得救。他们是什么样的人？如何才能自觉？鲁迅的目光从狂人转向"病态社会的不幸的人们"，画出"沉默的国民的灵魂"。

三、示众与复仇里的"目光"

"看/被看"的极具视觉性的创伤经历是鲁迅走上文艺创作道路的重要契机，在鲁迅的作品里，"看/被看"的场景被多次描绘②，成为一种"仪式"，在这种"仪式"里，鲁迅画出国民的灵魂，"由此开出反省的道路"。

《阿Q正传》里，没有主体人格的阿Q的"精神胜利法"不会实现黑格尔所说"主奴辩证法"里奴隶对主人的颠倒③，而是一种以自轻自贱换取生存的方法。"精神胜利法"的秘诀是"画圆圈"，把心里一切的屈辱不满都画进这个"大团圆"，这个封闭的圆圈没有核心，囚禁着真正的主体精神，阻碍其自觉。然而，如同英文字母Q一样，阿Q的最后一个圈没有画圆，因为"精神胜利法"在被示众、砍头时失效。在被示众时，阿Q刹那发觉围观他的人群的眼睛比要吃他的恶狼的眼睛更可怕："又钝又锋利，不但已经咀嚼了他的话，并且还要咀嚼他皮肉以外的东西，……这些眼睛们似乎连

---

① 《坟·我们现在怎样做父亲》，《鲁迅全集》第1卷，人民文学出版社，2005年，第135页。
② 参见钱理群等著《中国现代文学三十年》，北京大学出版社，1998年，第31—32页。
③ 按照黑格尔的"奴主辩证法"，在为主人服务的物的劳作中奴隶直观到自我意识的独立性，而不劳作的主人对物的享受依赖于奴隶，因此主人的意识反而不独立。从意识的独立性上，主奴位置出现颠倒。

成一气，已经在那里咬他的灵魂。"直到死亡前的一刹那，阿 Q 才瞥见属于个体精神内面的灵魂。

被杀头示众的阿 Q 也曾是看杀头示众的看客之一，看与被看的人都是阿 Q 们。觉醒的知识者狂人最后发出"救救孩子"的呐喊，然而孩子得救的前提是孩子的父辈们觉醒，"没有法，便只能先从觉醒的人开手，各自解放了自己的孩子"。当知识者狂人病愈返回社会，发现孩子的父辈们大多和没有主体人格的阿 Q 一样，具有"精神胜利法"的他们的自我觉醒几乎不可能。"群众，——尤其是中国的，——永远是戏剧的看客。牺牲上场，如果显得慷慨，他们就看了悲壮剧；如果显得觳觫，他们就看了滑稽剧。北京的羊肉铺前常有几个人张着嘴看剥羊，仿佛颇愉快，人的牺牲能给与他们的益处，也不过如此。而况事后走不几步，他们并这一点愉快也就忘却了。"①作为看客，他们"颈项都伸得很长，仿佛许多鸭，被无形的手捏住了的，向上提着"。②

阿 Q 直到生命终结时才有所觉悟，然而阿 Q 终究没有说："救命，……"前文说，鲁迅的目光经历"外—内—外—内—外"的反复转变，其主体精神达到一种高度的自觉。然而，这次目光的外转看到的是令其失望的阿 Q 们，也就是孩子的父辈们觉醒无望，这意味着孩子的得救无望，觉醒者狂人"救救孩子"的呐喊在面对现实社会的民众时显得很无力，病愈返回社会的知识者狂人不得不陷入彷徨甚至虚无。"不是很大的鞭子打在背上，中国自己是不肯动弹的。我想这鞭子总要来，好坏是别一问题，然而总要打到的。但是从那里来，怎么地来，我也是不能确切地知道。"③《复仇》和《复仇(其二)》可以看作觉醒者对曾经寄予希望的民众进行的精神上的鞭打。目光依旧向外，然而这次不是为了画出"沉默的国民的灵

① 《坟·娜拉走后怎样》，《鲁迅全集》第 1 卷，人民文学出版社，2005 年，第 170 页。

② 《呐喊·药》，《鲁迅全集》第 1 卷，人民文学出版社，2005 年，第 464 页。

③ 《坟·娜拉走后怎样》，《鲁迅全集》第 1 卷，人民文学出版社，2005 年，第 171 页。

魂"，而是复仇。

同样是看/被看的场景，存在不同的视角与目光。《阿 Q 正传》结尾，阿 Q 被示众的场景是从被看者阿 Q 的视角来呈现的看客的可怕目光，阿 Q 完全被动地承受他者目光的残害，而且看者与被看者是同一类人。《复仇》《复仇（其二）》里的看者与被看者来自不同阶层，而且看/被看的场景呈现出两个层面，第二个层面颠倒了第一个层面的看者与被看者身份。《复仇》里，两位裸身持刀对立于旷野者，既不拥抱又不杀戮，使得看客的目光不能落实在一个对象或事件上，永久空洞地悬着，终于"面面相觑"，"觉得干枯到失了生趣"。而作为被看者，与阿 Q 完全被动承受他者的目光不同，两位立于旷野者的内在目光反过来射向看者，"以死人似的眼光，鉴赏这路人们的干枯，无血的大戮，而永远沉浸于生命的飞扬的极致的大欢喜中"。这种内在的目光所呈现的生命的飞扬的极致的大欢喜类似于尼采所说的超越心理层面的本体意义上的生命意志。《复仇（其二）》取材于圣经《新约全书》，与《复仇》不同，这篇文章里作为看者的以色列人的目光不是完全落空，而是全然落实到被看者身上。被看者被钉十字架时不肯用没药调的酒来止痛，"要分明的玩味以色列人怎样对付他们的神之子"，因而看者得以看到他被钉手脚的痛楚直到死亡。以色列人目光的全然落实，意味着他们所犯的罪孽之极致。

四、自我凝视的困境与出路

内在目光转向的过程是个体自觉和主体精神的建构过程，《狂人日记》里知识者狂人的目光的朝向经历"外—内—外—内—外"的转换，个体的自觉达到很高的程度，成为觉醒者，转向现实社会，呼吁"救救孩子"。然而，在《阿 Q 正传》里鲁迅画出了永远只是健忘的看客的孩子父辈的灵魂，感到对其启蒙的无望，陷入彷徨、虚无。在《野草》里，他的目光向外对作为看客的民众进行复仇，而后目光又进一步向内转向自身精神内面，在彷徨和虚无中寻求出路，试图看见自己生命的本体。最终，在凝视自我生命而陷入困境时，目光又向外落在受难、自我牺牲的母亲形象上，因而从内心虚无中走出。目光的朝向又经历"外—内—外"的转换，鲁迅又转向现实社会，这次目光落在"身外的青春"——青年人身上。然而这次目光转换是更高层次的转换，主体精神的建构更深一层，鲁迅成为真正的觉醒者。下文对这一转向做具体的呈现。

可以把《好的故事》开首描绘一个昏沉的夜的图景看作是诗人哲学家悬置外在干扰后，看见的充满想象和创造性的绵延世界：缩小的灯火、昏暗的灯罩、四近的鞭爆、身边的烟雾。然后"我"闭眼仰靠在椅背上朦胧中看见一个"永是生动，永是展开"的好的故事。然而，当"我"正要凝视他们时，"仿佛有正谁掷一块石头下河水中，水波陡然起立，将整篇的影子撕成片片了"。我从想象里清醒返回现实，眼前只剩下几点霓虹色的碎影，当要取笔将其描绘出来时，连一丝碎影也消失了。

这种凝视的困境在《死火》和《墓碣文》里也有呈现。《死火》里，"我"自幼小就爱看"快舰激起的浪花，洪炉喷出的烈焰。不但爱看，还想看清。可惜他们都息息变幻，永无定形。虽然凝视又凝视，总不留下怎样一定的迹象"。山木英雄认为，"这里有着一种'观看'生命的固定姿态，换言之，存在一种有关一面活着一面欲认识生这样一种矛盾的强烈意识。因此也可以说，正是存在于这种意识根底上的那个愿望使燃烧着的生命之'火'于一瞬间成为冻结起来的东西，'死火'本身便是一个矛盾"①。"我拾起死火，正要细看，那冷气已使我的指头焦灼。"死火可以被凝视，然而这是僵死的生命，没有温热就会灭亡，还不如烧完。死火最终的确烧完，"我"被大石车碾死，却仍得意于死火的烧完。因此，凝视被取消。《墓

---

① 山木英雄：《文学复古与文学革命》，赵京华编译，北京大学出版社，2004 年，第328 页。

碣文》里，墓碣上有两句刻辞描述了看的悖论："于天上看见深渊"，"于一切眼中看见无所有"。进而，决心自食也不能知其本味。

要走出这种自我凝视的困境，目光不得不从内向的自我观照转向注视自我之外。在《颓败线的颤动》里，"我"从一个在梦中见到的垂老的女人那里，看见了另一种目光。为了子孙牺牲自己近乎一切的她垂老时受到自己子孙的冷骂和诅咒。她在深夜出走，一直走到无边的荒野。"她赤身露体地，石像似的站在荒野的中央，于一刹那间照见过往的一切：饥饿，痛苦，惊异，羞辱，欢欣……又一刹那间将一切并合：眷念与决绝，爱抚与复仇，养育与歼除，祝福与诅咒。……"这一刹那照见一切的目光已经超越了个体目光的局限，成为一种非人间的富有神性色彩的力量。"当她说出无词的语言时，她那伟大如石像，然而已经荒废的，颓败的身躯的全面都颤动了。"最终她抬起眼睛向着天空时，"并无词的言语也沉默尽绝，惟有颤动，辐射若太阳光，使空中也即刻一同振颤，仿佛暴风雨中的荒海的波涛"。这种饱尝苦难且自我牺牲的母亲形象是鲁迅一系列现实性作品里受难的母亲形象的宗教式展现。①

《孤独者》里的祖母就是一个苦难的母亲形象。在《孤独者》里，作为"吃洋教"的"新党"的魏连殳在祖母大殓完毕之后，还坐在草荐上沉思，"忽然，他流下泪来了，接着就失声，立刻又变成长嚎，像一匹受伤的狼，当深夜在旷野中嗥叫，惨伤里夹杂着愤怒和悲哀"。"可是我那时不知怎地，将她的一生缩在眼前了，亲手造成孤独，又放在嘴里去咀嚼的人的一生。而且觉得这样的人还很多哩。"孤独者魏连殳最后成了一个复仇者，"我已经躬行我先前所憎恶，所反对的一切，拒斥我先前所崇仰，所主张的一切了。我已经真的失败，——然而我胜利了。"然而，"我"在为魏连殳送殓走出院子时，"潮湿的路极其分明，仰看太空，浓云已经散去，挂着一轮圆

---

①　受难的母亲形象在《明天》《祝福》《药》《在酒楼上》《孤独者》等作品里都有呈现。

月，散出冷静的光辉"。"我快步走着，仿佛要从一种沉重的东西中冲出，但是不能够。耳朵中有什么挣扎着，久之，久之，终于挣扎出来了，隐约像是长嗥，像一匹受伤的狼，当深夜在旷野中嗥叫，惨伤里夹杂着愤怒和悲哀。我的心地就轻松起来，坦然地在潮湿的石路上走，月光底下。"孤独者魏连殳是另一个"我"，一匹在深夜旷野嗥叫的受伤的狼，魏连殳的死象征着这个"我"的死。"我"在月光底下走上新生的路。

这些母亲形象成为苦难的象征，在纯粹的苦难面前，吃人世界无限循环的吃人链条脱节，有了缺口。可以说，《颓败线的颤动》是一个类宗教（尤其是基督教《旧约》）文本，一度对觉醒无望的民众进行复仇并陷入虚无的知识者，在吃人世界里受难、自我牺牲的母亲那里看到了能打破吃人链条的身位，从而走出内心的复仇、虚无，目光转向身外的青年："青年的灵魂屹立在我眼前，他们已经粗暴了，或者将要粗暴了，然而我爱这些流血和隐痛的灵魂，因为他使我觉得是人间，是在人间活着。"①这段文字出自《野草》的最后一篇《一觉》。一觉，能让人想到一种类宗教的觉悟。

原文发表于《鲁迅研究月刊》2014 年 8 期

---

① 《野草·一觉》，《鲁迅全集》第 2 卷，人民文学出版社，2005 年，第 229 页。

收藏者——鲁迅与本雅明

一

鲁迅年长本雅明十一岁，1940年本雅明在西班牙一个边境小镇自杀时，鲁迅已过世四年。身处同一时代不同国度的两人，在现实中没有任何交集；作为收藏家，两人在精神上却有深层对话的可能。

汉娜·阿伦特说收藏是本雅明的主要爱好，本雅明也自称有"爱书癖"。在《打开我的藏书——谈谈收藏书籍》一文里，本雅明饶有兴致地谈到他在拍卖行幸运拍得巴尔扎克的刻画版《驴皮记》的情形：他深知自己不是其他收藏家的对手，只叫了一个普通的买价，心怦怦直跳，"拍卖商没有引起买主们的注意就履行了通常的手续"，"他的木槌三声震响，中间短暂的间隔有如永年"，由此可想见他如愿以偿时的狂喜。本雅明不止爱好藏书，对收藏各种小物件也颇有兴趣。在《单向街》里，本雅明描写了古董商店里的大勋章、祈祷轮、古代的勺子、旧地图、扇子、雕像。在短暂的两个月莫斯科之行中，本雅明特意去了莫斯科的跳蚤市场和玩具博物馆，《俄罗斯玩具》一文细致描写了丰富多样的俄罗斯玩具：有软白柳木做的跳动木偶；有栩栩如生的母牛、猪羊；有珠宝漆盒，上面画的农夫赶着三套车；有怪物成群的木雕；有旧世家传奇故事雕塑，"纯木、纯泥、纯骨、纯纺织品、纯纸或者混合制品都有"。《柏林童年》里，本雅明回忆了儿时对画有猴子图案的餐盘、绘有中国瓷器的水彩画、存放长筒袜的抽屉、镶嵌着玻璃的书柜的喜爱与好奇，"我所发现的每块石头，采摘的每朵花蕾和捕捉到的每只蝴蝶都已是某个收藏的开始，而我所拥有的一切对我来说便是一个绝无仅有的收藏"。

鲁迅的收藏家身份已众所周知。童年时代，保姆阿长给他买来绘图版《山海经》时，他"似乎遇着一个霹雳，全体都震悚起来"，这本《山海经》成为他最初、最心爱的宝书，此后鲁迅搜集了许多有图的书，如石印的《尔雅音图》《毛诗品物图考》《点石斋丛画》《诗画舫》《古今名人画谱》等，另收藏有铅印本《徐霞客》、木板翻刻本《酉阳杂俎》、荆川纸影写本《野菜谱》《农政全书》等。留日时期的青年鲁迅喜欢逛日本的旧书店、旧书摊，购买了大量古旧书籍。1912年鲁迅随教育部迁居北京，1919年搬去八道湾十一号的住宅之前一直住在宣武门外的绍兴会馆。绍兴会馆时期是鲁迅极寂寞、苦闷的沉默时期，平日里鲁迅频繁光顾附近的琉璃厂，搜集各种古旧书籍、碑帖、汉画像拓片、古钱币、铜镜等，回会馆后大多时间在读佛经，抄古碑，校《嵇康集》，整理所得古籍、金石、造像等。三十年代又开始热衷收藏欧洲版画，最喜爱德国珂勒惠支的版画，也喜欢收藏苏联的版画。1933年，鲁迅还与郑振铎合作搜集，并编选出版了《北平笺谱》。

二

在本雅明看来，收藏这种个人爱好富有哲学意味。从年轻时起，本雅明就非常关心书的装帧、纸质、字体和排版，他的好友朔勒姆认为他这种唯美主义倾向与他极其形而上学的思想生活似乎相矛盾："我从不认为形而上学的、正统的考察能从装帧书和纸质考察出来。"然而，日本学者三岛宪一认为，本雅明对书的装帧的关注有思想层面的意义，本雅明"在非魔术化清醒的这个现代世界中，重视书的装帧，把视线投向那种'物'，而且狂热地收藏那些暗号，并使之'可读解'"。① 本雅明说"思想像一件浮雕那样在折层和裂缝中存活",书的装帧、纸质和排版里也有思想存活。在《合格的书籍鉴定者》一文里,本雅明认为手写体在几个世纪里逐渐"躺"下来,"从竖式的铭文到斜面书桌上的手稿,直到最后在印刷的书籍中卧床长眠",最终被报纸与广告的印刷体取代。因此,"一个现代人目的明确地打开一本书之前,他眼前铺天盖地的满是变化着的、色彩缤纷的、冲突的字母,以至于他几乎没有机会去洞察这本书所具有的远古宁静"。

鲁迅也很重视书的装帧、字体、排版,曾为自己的文集亲自做装帧设计与排版。在《忽然想到》一文里,鲁迅感叹当时出版社排印的新书大多一篇篇挤得很满,进而从书的装帧、排版写到人的精神:"大抵没有副页,天地头又都很短,想要写上一点意见或别的什么,也无地可容,翻开书来,满本是密密层层的黑字;加以油臭扑鼻,使人发生一种压迫和窘促之感,不特很少'读书之乐',且觉得仿佛人生已没有'余裕','不留余地'了……在这样'不留余地'空气的围绕里,人们的精神大抵要被挤小的……人们到了失去余裕心,或不自觉地满抱了不留余地心时,这民族的将来恐怕就可虑。"

更重要的是,本雅明认为收藏家是物象世界的相面师,命运的阐释者:

> 对于一个真正的收藏家,一件物品的全部背景累积成一部魔幻的百科全书,此书的精华就是此物件的命运。于是,在这圈定的范围内,可以想见杰出的相面师——收藏家即物象世界的相面师——如何成为命运的阐释者。我们只需观察一个收藏家怎样把玩欣赏存放在玻璃柜里的物品就能明白。他

---

① 三岛宪一:《本雅明:破坏·收集·记忆》,贾倞译,河北教育出版社,2001 年,第 246 页。

端详手中的物品，而目光像是能窥见它遥远的过去，仿佛心驰神往。①

本雅明的《柏林童年》《单向街》里处处可见对物的"相面"，以召唤出物背后的深层记忆。本雅明的目光所窥见的物象的遥远过去并不常让他心驰神往，反而往往让他震惊。在《历史哲学论纲》里，本雅明借助保罗·克利的绘画《新天使》，塑造了著名的"历史天使"这一形象：

> 他的脸朝着过去。在我们认为是一连串事件的地方，他看的是一场单一的灾难。这场灾难堆积着尸骸，将它们抛弃在他的面前。天使想停下来唤醒死者，把破碎的世界修补完整。可是从天堂吹来了一阵风暴，它猛烈地吹击着天使的翅膀，以至他再也无法把它们收拢。②

对于鲁迅来说，从各种古物里窥见的遥远的过去也曾让他心驰神往。在《看镜有感》一文里，鲁迅从衣箱里翻出几面古铜镜，联想到汉代的铜镜，从而"遥想汉人多少闳放，新来的动植物，即毫不拘忌，来充装饰的花纹"。鲁迅喜爱收藏古陶俑、画像石，进而想到"唐人也还不算弱，例如汉人的墓前石兽，多是羊，虎，天禄，辟邪，而长安的昭陵上，却刻着带箭的骏马，还有一匹驼鸟，则办法简直前无古人"，"汉唐虽然也有边患，但魄力究竟雄大，人民具有不至于为异族奴隶的自信心，或者竟毫未想到，凡取用外来事物的时候，就如将彼俘来一样，自由驱使，绝不介怀"。同样，遥远的过去

---

① 瓦尔特·本雅明：《启迪：本雅明文选》，汉娜·阿伦特编，张旭东、王斑译，生活·读书·新知三联书店，2008年，第72页。
② 瓦尔特·本雅明：《启迪：本雅明文选》，汉娜·阿伦特编，张旭东、王斑译，生活·读书·新知三联书店，2008年，第270页。

更多的是让他震惊。《狂人日记》里的狂人"翻开历史一查,这历史没有年代,歪歪斜斜的每叶上都写着'仁义道德'几个字",仔细看到半夜才从每页写满"仁义道德"的字缝里看出"吃人"两字。在每当学者谈起清代学术时,鲁迅总不免同时想起"扬州十日""嘉定三屠",认为大家十足做了二百五十年奴隶换来几页光荣的学术史并不值得。

　　本雅明的"历史天使"看到的过去的灾难场景受犹太教思想影响,鲁迅心中"华夏如地狱"的意象则多受佛教影响:"华夏大概并非地狱,然而'境由心造',我眼前总充塞着重迭的黑云,其中有故鬼,新鬼,游魂,牛首阿旁,畜生,化生,大叫唤,无叫唤,使我不堪闻见。我装作无所闻见模样,以图欺骗自己,总算已从地狱中出离。"①

三

　　在本雅明看来,物之中深藏的记忆能打破僵化的现实,预示未来的命运。作为相面师、命运阐释者的收藏家,把沉睡在藏品中的过去唤醒,让被人遗忘的过去的碎片在记忆里获救。汉娜·阿伦特认为,"只要收藏活动专注于一类物品(不仅是艺术品,艺术品反正已脱离日常用品世界,因为它们不能'用'于什么),将其只作为物本身来救赎,不再是达到目的的手段而有了内在的价值,本雅明就可以把收藏家的热情理解为类似革命者的心态"②。本雅明通过一件件旧物回忆自己的柏林童年,不只是为了回忆而回忆,而是探寻逝去的童年里所隐藏的未来的种子。同样,本雅明对法国巴黎拱廊街、苏联莫斯科跳蚤市场里的物件的"相面",旨在揭示资本

<hr />

① 鲁迅:《"碰壁"之后》,见《华盖集》,《鲁迅全集》第 3 卷,人民文学出版社,2005 年,第 72 页。
② 瓦尔特·本雅明:《启迪:本雅明文选》,汉娜·阿伦特编,张旭东、王斑译,生活·读书·新知三联书店,2008 年,第 61 页。

主义与共产主义的命运。

　　收藏家因此成为历史批评者和革命者，藏品所开启的遥远过去的意象唤起收藏家的深层记忆，捕获这种记忆预示着打破本雅明所说的"雷同、空泛的历史连续体"的革命行动。在《历史哲学论纲》一文里，本雅明认为"过去真实图景就像过眼烟云，他唯有作为能被人认识到的瞬间闪现出来而又一去不复返的意象才能被捕获"。《狂人日记》里，狂人"翻开历史一查，这历史没有年代，歪歪斜斜的每叶上都写着'仁义道德'几个字"。没有年代的历史正是雷同、空泛的历史，这种历史以"仁义道德"的假面目出现；而"吃人"的意象是活在这种历史连续体里的人的深层记忆，这种记忆因被压制而被遗忘，只能存在于字缝里，如同本雅明所说，"思想像一件浮雕那样在折层和裂缝中存活"，真相呈现在褶皱里，而这种褶皱里的深层记忆的复活撕下了"仁义道德"的假面，成为变革现实的力量，呐喊出"救救孩子"的呼声。

　　本雅明曾以一个比喻来说明文学评论者和批评家的不同："如果，打个比方，我们把不断生长的作品视为一个火葬柴堆，那它的评论者就可比作一个化学家，而它的批评家则可比作炼金术士。前者仅有木柴和灰烬作为分析的对象，后者则关注火焰本身的奥妙：活着的奥秘。因此，批评家探究这种真理：它生动的火焰在过去的干柴和逝去生活的灰烬上持续地燃烧。"[①]作为历史批判者和革命者的收藏家如同这个比喻里的批评家，要复活历史的灰烬里曾经燃烧的活火。鲁迅也深谙历史与记忆的意义："中国野地上有一堆烧过的纸灰，旧墙上有几个划出的图画，经过的人是大抵未必注意的，然而这些里面，各各藏着一些意义，是爱，是悲哀，是愤怒，……

---

① 瓦尔特·本雅明：《歌德的〈亲和力〉》，《本雅明文选》，陈永国、马海良编，赵国新译，中国社会科学出版社，1999年，第45—46页。

而且往往比叫了出来的更猛烈。也有几个人懂得这意义。"①

　　后期鲁迅用杂文践行批评家与革命者的职责,在杂文里广征博引各种琐碎之事、物、观点,如同广泛收藏各种细碎之旧物。在这种引用与收藏的过程中,各种琐碎之事、物、观点原来固化的秩序得以破坏,在重新组合、排列里呈现一种获得解放的自由。后期本雅明喜爱收藏残篇片语,曾希望能全部用搜集的引语写一部著作,这种超现实主义的蒙太奇,将引语从原文当中割裂出来,在新的组合中相互阐释,同样呈现出一种获得解放的自由。

四

　　作为犹太人,本雅明所理解的历史唯物主义有犹太教弥赛亚主义色彩,他认为历史与救赎牢不可破地联系在一起:

　　　　过去随身带着一份时间的清单,它通过这份时间的清单而被托付给救赎。过去的人与活着的人之间有一个秘密协议。我们的到来在尘世的期待之中。同前辈一样,我们也被赋予了一点微弱的救世主的力量,这种力量的认领权属于过去。但这种认领并非轻而易举便能实现。历史唯物主义者们知道这一点。②

　　"没有一座文明的丰碑不同时也是一份野蛮暴力的实录",真正的历史唯物主义者像拾荒者与收藏家,在历史废墟里搜集、收藏"微弱的救世主的力量",使过去的每一瞬间都成为"'今天法庭上的证词'——而这一天就是末日审判"。本雅明由此把历史唯物主

① 　《写于深夜里》,见《且介亭杂文末编》,《鲁迅全集》第 6 卷,人民文学出版社,2005年,第 517 页。
② 　瓦尔特·本雅明:《历史哲学论纲》,《启迪:本雅明文选》,汉娜·阿伦特编,张旭东、王斑译,生活·读书·新知三联书店,2008 年,第 226 页。

义与犹太教的末世论结合起来。

在《鲁迅与终末论——近代现实主义的成立》一书里，伊藤虎丸认为鲁迅通过接触尼采原本领会了欧洲基督教或说犹太教里的终末论思想。鲁迅笔下复仇性的"女吊"、乡下底层民众相信的阴间的公正审判，也意味着一种末世论：在绝对者面前对过去的世界进行彻底的清算。在后期的杂文《算账》里，鲁迅说无论学者认为清代学术史多么光荣，他总想起"扬州十日""嘉定三屠"：

> 我也并非不知道灾害不过暂时，如果没有记录，到明年就会大家不提起，然而光荣的事业却是永久的。但是，不知怎地，我虽然并非犹太人，却总有些喜欢讲损益，想大家来算一算向来没有人提起过的这一笔账。——而且，现在也正是这时候了。①

收藏者鲁迅与本雅明，最终自觉或不自觉地以自己的方式带着宗教性的末世论走向马克思主义。

鲁迅在《且介亭杂文》的序言里谈到自己的杂文："当然不敢说是诗史，其中有着时代的眉目，也决不是英雄们的八宝箱，一朝打开，便见光辉灿烂。我只在深夜的街头摆着一个地摊，所有的无非几个小钉，几个瓦碟，但也希望，并且相信有些人会从中寻出合于他的用处的东西。"本雅明说，收藏家的态度是一个继承人的心愿，"一份收藏最显著的特征总是它的可传承性"。因此，收藏者鲁迅自身成了被收藏者。本雅明还说，真正的收藏家行将绝迹，但"收藏家灭绝之时也是他被理解之日"，"正如黑格尔所说，只有当夜幕降临，智慧女神之枭才展翅飞翔"。鲁迅和本雅明正是这样的收藏者。

原文发表于《书屋》2017 年 4 期

---

① 鲁迅：《算账》，见《花边文学》，《鲁迅全集》第 5 卷，人民文学出版社，2005 年，第 542 页。

日本安保运动
与竹内好的抵抗哲学

一

2015 年 9 月 19 日凌晨,安倍晋三政府和自民党凭借议席优势控制国会,通过新安保法案。数万日本民众在国会外集会,彻夜抗议。事后,安倍晋三为外祖父岸信介扫墓,报告安保法案在国会通过的消息。但大量日本民众对新安保法案的抗争仍在持续,许多日本学者联合声明新安保法案违宪,要求废除。日本前首相村山富市认为此次抗争的激烈程度不下于二十世纪六十年代的安保斗争运动。1960 年 5 月 19 凌晨,岸信介政府和自民党控制的日本国会不顾国会外数万民众持续抗议,通过新《日美安保条约》,此后日本民众发起更大规模的抗争,首相岸信介最终迫于压力辞职,这就是日本著名的安保斗争运动。

虽相隔半个多世纪,日本国会这两次通过法案的方式以及民众的抗议方式却有着许多相似之处。安倍晋三家祭不忘告外祖父之举也颇有意味:意味着安倍晋三与岸信介在血缘传承之外,有一种志愿的传承,同时意味着反对这种志愿的两次抗争运动之间也有一种传承。这恰好应验了六十年代竹内好在参加安保斗争时说的一段话:

我感到这个斗争将经历相当长的时期。即使现在的岸

（信介）会反省，这当然几乎是不可能的，假使有什么力量可以把岸打倒，也还会有第二个、第三个岸出现，只要今天的现状不改变，这几乎是必然的。……我们，至少日本的国民，绝不允许五月十九日成为既成事实，绝不容许独裁，绝不容许独裁者！这个斗争不管需要一年，十年，还是一生的时间，我们都必须进行到底。如果我这一生完成不了，我就要把它交给下一代。不管需要几代人的努力，我们都不会停止这场斗争。不如此，就不会有日本的独立，也不会有作为独立之基础的个人人格的独立。①

在这次的演讲中，竹内好并不是直接讨论安保运动本身，"我只是想在与宪法相关的意义上，谈一个我在其后意识到的问题"。竹内好想要谈论的，是战后日本在美国意志主导下制定的新宪法，对日本民众而言并没有亲近感，而显得很疏远。新宪法是从外在被给予的东西，并没有以日本的历史、传统和国民的主体性作为根基，没有成为日本国民"自己的东西"。竹内好认为，战后日本看似"漂亮""辉煌"的宪法治下，经过形式上的民主程序，却促成了"五月十九日的政变"，首相岸信介变为独裁者。而这次全国掀起的国民抵抗运动，是将外在被给予的战后宪法"民族化""主体化""内在化"，是变为"自己的东西"的契机，也同时是日本真正独立、日本国民个体人格独立的契机。

二

这里有竹内好一贯坚持的抵抗哲学。他认为精神自我的主体性只有在持续不断的抵抗、斗争运动中诞生，在体验抵抗、斗争中

① 一九六〇年六月十二日在保卫民主政治讲演会上的演讲《我们的宪法感觉》，见竹内好：《近代的超克》，孙歌编，李冬木、赵京华、孙歌译，生活・读书・新知三联书店，2005 年，第 290—291 页。

的紧张感,经历自我否定之后才会有真正的主体自我的新生。人的主体意识是这样觉醒,历史背后的精神也这样生成。"历史并非空虚的时间形式。如果没有无数为自我确立而进行的殊死搏斗的瞬间,不仅会失掉自我,而且也将失掉历史。"①竹内好关于自我与历史的这种看法有很深的理论渊源。提及竹内好,免不了要提及鲁迅,特别是"竹内鲁迅"的核心概念"回心"。竹内好"回心"一说深受当时日本佛学与京都学派的影响。如汪晖所说,当时的许多马克思主义者和京都学派哲学家对亲鸾(Shinran)感兴趣,亲鸾在十二世纪创立了净土真宗:"亲鸾最吸引人的教诲接近于黑格尔意义上的否定,即对现世的全盘否定及对在现世获得可能救赎的彻底否定。在十四至十六世纪的日本,亲鸾的教义曾经吸引许多无知的农民和大众,成为动员他们反抗统治阶级的动力,有鉴于此,京都派哲学家和马克思主义者致力于寻找某种激进的宗教性,以塑造完全不同的全新的主体性。回心或转向就被用于描述这种历史时刻,即转向一种新的主体性和新的历史性,或者一种新的主体性或历史性的突然诞生。"在此背景下,京都学派的开创者西田几多郎讨论了断裂的问题,"这个问题源自现代数学,尤其是集合论,涉及独特性或独特点的问题,田边元和三木清将这个问题与历史性问题链接起来。独特性问题首先涉及如何转化现实,而如何转化现实又依赖于那些在现在中寻求未来和行动的主体的中断或转化。京都学派论辩说,在计划和激情处于过去、现在与未来的连续性模式下,社会现实的彻底转变是不可能获得的。只有当我们关于未来的计划被瓦解,或者说,未来的时间性是断裂的,现实中的革命才有可能"②。

---

① 《何谓近代——以日本与中国为例》,见竹内好:《近代的超克》,孙歌编,李冬木、赵京华、孙歌译,生活·读书·新知三联书店,2005 年,第 183 页。
② 汪晖:《鲁迅文学的诞生——读〈呐喊自序〉》,《现代中文学刊》2012 年第 6 期(总第 21 期),第 32 页。

　　佛学、京都学派、黑格尔哲学与马克思主义在这里相交,交点是否定与反抗运动中时间连续性的断裂、新的主体性或历史性的突然诞生。竹内好在鲁迅身上看到了持续抵抗中新的主体性的诞生,同时中国近代也因有了抵抗空虚历史的鲁迅而获得了历史性。竹内好认为鲁迅的不断抵抗精神则是继承了孙中山永远革命的思想,因为鲁迅在谈及孙中山的遗言"革命尚未成功"时说:"革命无止境,倘使世上真有什么'止于至善',这人间世便同时变了凝固的东西了。"(鲁迅:《黄花节的杂感》)毛泽东非常推重鲁迅,竹内好认为"从思想史上看,鲁迅的位置在于把孙文媒介于毛泽东的关系中。近代中国,不经过鲁迅这样一个否定的媒介者,是不可能在自身的传统中实现自我变革的"。① 也就是说,经过鲁迅的抵抗,才会出现毛泽东所开创的将马克思主义中国化的道路。二十世纪六十年代日本安保斗争运动的主力日本共产党和众多年轻学生非常推崇毛泽东,参与斗争时几乎都随身携带毛泽东的著作。1960 年6 月 21 日,毛泽东则在接见日本文学代表团的谈话中支持日本的安保斗争运动,并称在斗争运动中死亡的东京大学女学生桦美智子"已成全世界闻名的日本民族英雄"(1960 年 6 月 25 日《人民日报》新闻稿)。

　　通过参与日本六十年代的安保斗争运动,竹内好践行了他的抵抗哲学。在题为《我们的宪法感觉》的演讲中,他说他的哲学是:"首先采取行动,理由是行动之后才产生的东西。"这里的行动是指他以辞去东京大学教授职务的形式来抗议新日美安保条约的强行通过。在采取这一行动的那天,"仿佛是得到了神的启示一般,宪法这个词突然浮现到脑海中来了……在异常的情况下一个人作出抉择的因素,往往是平常培养而沉潜于意识深处的东西,到了关键的时刻就会突然地浮现出来。我这一次获得了这样的体验"。竹

① 竹内好:《作为思想家的鲁迅》,见竹内好《近代的超克》,孙歌编,李冬木、赵京华、孙歌译,生活·读书·新知三联书店,2005 年,第 151 页。

内好对自己参与安保斗争运动中的"神的启示一般"的体悟契合了
他的抵抗式"回心"说。这使得竹内好并不只停留在抗议新日美安
保条约的强行通过,而是深层地体悟到这一事件的根源在于日本
战后宪法的虚假性,而这又根源于日本国民的个人人格没有独立
的主体性。这样,竹内好认为安保斗争运动有着更深的意义:它
是日本宪法获得内在化、民族化,日本国民获得人格独立的重要
契机。

三

　　日本六十年代的安保斗争运动迫使岸信介辞职,但最终并没
有成功废止新日美安保条约,岸信介下台之后的新任首相田池勇
人主张"重经轻政",提出"国民收入倍增计划",此后十年,日本经
济获得高速发展,政治运动消退。然而,竹内好并不认为安保斗争
运动以失败告终。在一九六一年七月写的一篇短文《为何说是胜
利——迎接第二阶段的方法论总结》里,竹内好认为:

> 　　粗略而言,现在有胜利与失败两种感觉。哪一种都包含
> 了无数的阶段。而且这种感觉与意识形态的分类无关。真理
> 恐怕是处在这两种感觉的中间状态吧。胜利了但是却失败
> 了,失败了但是却胜利了……问题不在于单纯地判断是胜利
> 了还是失败了,而在于如何有效地使用调整机能,并且如果胜
> 利了,如何从胜利的到达点出发,如果失败了,如何从失败之
> 处着手,如何尽早和强有力地参与队伍的重新整编,这才是问
> 题的关键。①

　　了解了竹内好的抵抗哲学,这段话就变得很好理解,也可以用

---

① 　转引自孙歌:《在零和一百之间》,见竹内好《近代的超克》,孙歌编,李冬木、赵京
华、孙歌译,生活·读书·新知三联书店,2005 年,第 74 页。

同为东京大学教授的著名政治思想史家丸山真男的话来诠释。丸山真男也参与了这场安保斗争运动，他在事后总结这场运动说，民主是不断追求的过程，是一场永久的革命，只有进行式，没有完成式。真正的公民则像在家修行的居士，在挑水担柴中体悟佛理一样，体会到政治就在日常生活之中。安保斗争运动使得政治走进日本民众的自我意识之中，如竹内好所说，"平常培养而沉潜于意识深处的东西，到了关键的时刻就会突然地浮现出来"。半个多世纪之后的此次安保斗争，就是这样的"关键时刻"。同样，这次还在持续的反安保法案的斗争运动，即便最终没废止新的安保法案，也不意味着失败，因为在运动掀起的那一刻，就已经一定程度地成功了。

原文发表于《读书》2016 年 2 期

隈研吾的"负建筑"与文化政治

　　隈研吾与东京奥运会有着不解之缘。1964 年,日本举办第十八届奥运会。十岁的隈研吾第一次见到建筑大师丹下健三设计的东京代代木国立体育馆时,被它的魅力吸引,自此萌生了当建筑师的念头。隈研吾说没有 1964 年东京奥运会,他可能不会成为一名建筑师。2015 年 12 月 22 日,日本安倍政府最终否决了 2012 年赢得竞标的扎哈·哈迪德事务所 2020 年东京奥运会主竞技场的设计方案(此方案遭到大量日本民众和日本著名建筑师的抗议),取而代之的是隈研吾团队的方案——"木与绿色的竞技场"。

　　扎哈认为,日本当局与日本的一些建筑师合谋否决了她的方案,日本有些人不希望外国建筑师设计东京的国立体育馆。扎哈还指责隈研吾方案有抄袭自己方案的嫌疑,隈研吾予以否认,认为扎哈输掉这个项目关键在于她不是日本人。

　　在建筑领域里,后现代主义与现代主义曾存在着最激烈的斗争。詹姆逊认为,"关于建筑的论争有助于凸显这些看似仅与美学有关的问题的政治内涵,使我们容易发现其他艺术领域中有时更专业或更隐晦的讨论包含的政治内容"①。从文化政治的角度,我们或许能理解为什么隈研吾说扎哈输掉项目关键在于她不是日本人。

---

① 詹姆逊:《詹姆逊文集》第 4 卷《现代性、后现代性和全球化》,王逢振主编,中国人民大学出版社 2004 年,第 248 页。

一、西方建筑普遍主义话语的谱系与终结

在《新建筑入门》一书里，隈研吾对希腊以来的西方建筑话语做了谱系学式考察。自希腊起，建筑被定义为"对主观普遍性的追求"。西方建筑史是在建筑物这一客体上实现人这一主体的普遍性的历史，"希腊以来欧洲的精神史就是建筑扩张的历史。为了追求更普遍的东西，建筑从未停止过对外部的觊觎及攫取"①。然而，主体与客体的分裂却一直存在着，自希腊人使用第一根石柱起，越追求建筑的主观普遍性的扩张，巨大的建筑造型体与环境的割裂却越严重，建筑陷入危机。只有重新审视建筑的本质，才有让建筑走出危机的希望。

隈研吾通过追问建筑史的源头来寻找"建筑"的最初定义。西方的建筑观念一直过于夸大人工构筑成分在建筑中的决定性作用，史前的巨石被写进建筑史，而洞穴则被排除在外。水平的地面上垂直的巨石将空间和时间切割划分，与自然对立，因此不同于自然的人工建筑形态现身了。隈研吾说道："史前巨石的出现，就如同原罪，让形态的意识控制了无数建筑家，时至今日仍桎梏着建筑师们的头脑。"②而自然形成的洞穴则呈现出空间的无限性和时间的整体性，与自然融为一体。

隈研吾将建筑的起源追溯到洞穴，受日本传统审美文化的影响，日式庭园正是隈研吾"负建筑"的理想形态，为建筑克服主体与客体的分裂带来启发。在《反造型：与自然连接的建筑》这本结合自己设计的作品来阐述反造型理念的著作里，隈研吾却在第一章用很大篇幅介绍了德国著名建筑师陶特及其在日本的作品——日向邸。在隈研吾看来，陶特致力于批判作为造型体的建筑，思考建筑如何克服主体与客体的分裂，不过，直到参观了日本桂离宫庭

① 隈研吾：《新建筑入门》，范一琦译，中信出版社，2011年，第174页。
② 同上，第26页。

园,他才找到了克服这种分裂的方法：用关系性取代主体与客体的对立。桂离宫庭园不追求成为造型体,而是成为关系性的网络。人漫步庭园,随着时空流动,关系网络慢慢被编制成形,主体与客体自然连接起来。[①]　陶特是受日本国际建筑会邀请前来日本的。二十世纪三十年代东京帝室博物馆的竞标中,"帝冠样式"的民族主义造型建筑与柯布西耶式的国际现代主义造型建筑相争不下,陶特作为评判人被请到日本。参观桂离宫之后,陶特并没有选择支持任何一方,双方的造型体建筑都被否定了。

在隈研吾看来,扎哈的方案依然延续她一贯的普适性的国际主义风格,充满科技感和未来感,却也忽视了不同国家地区当地的自然与人文风貌。隈研吾曾在接受中国媒体《时代周报》访谈时说过,不少国际建筑师只是把以前在别国做过的作品复制到中国,没考虑中国建筑环境的独特性,让人失望。全球化时代,世界变平,已经不存在所谓的领先者。每一种文化都与其他文化竞争,激活自己的传统才有竞争力。而扎哈方案仍然言说着西方普遍主义的话语,因此遭到日本建筑师和民众的激烈反对。

二、建筑的普遍性、特殊性与批判性

批判西方建筑的普遍主义话语,并不意味着主张单纯回到民族主义的特殊性之中。在《负建筑》一书里,隈研吾多处提到普遍性与特殊性的问题,"关于'普遍性'与'特殊性'的争论最激烈也最具体的领域之一是建筑领域"[②]。1995 年威尼斯双年展,日本设计师关于"普遍性"与"特殊性"问题的大辩论让隈研吾印象深刻。日本的普遍派反对把日本画、茶道送到双年展,认为它们无谓地强调日本性,而欠缺对普遍性的思考。支持日本画、茶室参展的一方则

---

① 　隈研吾：《反造型：与自然连接的建筑》,郝皓译,江苏凤凰科技出版社,2018 年,第32 页。
② 　隈研吾：《负建筑》,计丽屏译,山东人民出版社,2008 年,第 152 页。

认为一直被认为是普遍性的东西其实都是西欧的东西，日本画、茶室正是对西欧普遍性的批判。而在隈研吾看来，在"普遍派"和"特殊派"的一系列二选一的言论中，没有人怀疑过"普遍"的普遍性和"特殊"的特殊性。① 厘清建筑的"普遍性"与"特殊性"之争，关键看具体建筑作品有没有"现代性"。

隈研吾认为，"批判性"这一术语是解读"现代"这一时代的关键词。在他看来，日本建筑师村野滕吾设计的茶室式建筑具有"现代性"。这种建筑虽然饱含日式元素，但"不是静态的、已成过去时的风格派的一种，而是不断批判并颠覆以往现代性的一种表现形式"②。隈研吾特别提到，不能单纯地从日本式的特殊性里去寻找有关村野的答案。"如果村野只是个局限于这种水平的'日式'建筑师，他绝不会沉迷于马克思的《资本论》，也不可能在日本式的特殊性中安稳地生存下来，并轻松度过一生。村野反复强调自己是生活在当下的人，一生对《资本论》爱不释手，就如同基督徒对《圣经》爱不释手。这是解读村野这个谜一样人物的关键所在。"③村野认同马克思在《资本论》里所说："商品价值的实现是惊险的跳跃。"亚当·斯密等古典派经济学者认为，商品的价格由一只"看不见的手"自行操纵，商品的交易能轻松实现。马克思则认为，商品的交易没那么简单。交易原则上是在两个不同的价值体系之间进行的，在不同价值体系上交易的商品在生产过程并不清楚是否一定会被对方接受。对村野来说，"无论是建筑师还是建筑物都是要经历一次惊险跳跃的商品"。因此，村野对现有的所有建筑手法不断提出批判，在他的作品中，我们可以体会到："一方面是只有被迫需要跳跃的东西才有的婀娜多姿与妩媚；另一方面是要把自己碾

① 隈研吾：《负建筑》，计丽屏译，山东人民出版社，2008 年，第 151 页。
② 同上，第 135 页。
③ 同上，第 138 页。

碎的紧张感,而这两方面与现代性相一致。"①

　　隈研吾提醒我们,"批判性"这一概念的背后一定存在某种权力的斗争,而建筑及艺术领域里的权力斗争则是紧紧围绕作品来展开的,"权力斗争的战场包括言论、媒体、社团组织等等,他们相互联系并无限延伸。而作为斗争工具,如果作品不具备批判性这一锐利武器的话,那么这个作品实在不值一提"②。或许在隈研吾看来,扎哈的东京奥运会主竞技场设计方案延续一贯的国际性、普适性,而"批判性"不够,对日本建筑师和民众的批评没有还手之力,高预算也让安倍政府难以接受,只得修改方案。而修改后的方案仍被批判。日本著名建筑师矶崎新(2019年度普利策建筑奖获得者)认为,扎哈修改后的方案造型突兀,像一只等待日本沉没之后就游走的大海龟,与周边具有日本传统气息的环境极为不协调,破坏了当地文脉。

三、负建筑与日本美学

　　日本著名设计师、无印良品艺术总监原研哉曾邀请隈研吾设计捕蟑盒,并在《设计中的设计》一书里介绍了隈研吾的建筑代表作及其"负建筑"理念。他在此书里还说道:"日本的美学,是被当作一种以我们边疆的位置去平衡世界的智慧来滋养的。今天日本的存在是靠三项因素的组合:亚洲边缘的位置、此处滋养的独特文化感觉和现代化进程中的沉痛经历带来的一种能平静面对世界的姿态。"③这段话道出了不少日本知名设计师面对世界时的身位与姿态,包括隈研吾。

　　隈研吾提出"负建筑"理论正是以沉痛的经历为契机。在《负建筑》《反造型:与自然连接的建筑》《场所原论:建筑如何与场所契

①　隈研吾:《负建筑》,计丽屏译,山东人民出版社,2008年,第139页。
②　同上,第59页。
③　原研哉:《设计中的设计》,纪江红译,朱锷校,广西师范大学出版社,2010年,第306页。

合》等建筑理论著作的序言或后记里，隈研吾常提到日本大地震带给他的震撼，提到二十世纪九十年代的经济泡沫的崩溃让他在东京的设计工作几乎停滞了十年。从这些悲剧事件与自身挫折中，隈研吾反思了建筑的本质，他意识到将"建筑＝造型体"这种存在据为己有就能保证人的生活的看法没有根据，地震让建筑瞬间化为乌有，经济泡沫让房子贬值，房贷却依然存在。在《设计之罪》一书里，美国艺术批评家哈尔·福斯特将泛滥的建筑设计行为看作是一种罪恶。前文说过，隈研吾认为造型体建筑自诞生之日起，就带有原罪。"负建筑"这一悖论性的术语意味着建筑只有彻底批判自身，才能赢得自身。

"负建筑"所指的建筑理念不只是一种设计理念，还是一种向死而生的生存之道。如同海德格尔所说，终有一死之人栖居在大地上，"筑造本身不只是获得栖居的手段和途径，筑造本身就已经是一种栖居"。隈研吾将"负建筑"看作一种场所，他以海德格尔在《筑·居·思》里所说的桥为例，桥将它周围存在的场所整合为一个整体。① 海德格尔说，桥以自身的方式把天、地、神、人聚集于自身。建筑成为场所，意味着建筑与其周边当地的自然环境、文化信仰、生活方式融为一个整体。日本在"亚洲边缘的位置、此处滋养的独特文化感觉"成为隈研吾提出"负建筑"理论的地缘文化背景。

谷崎润一郎是深通日本美学的作家，隈研吾把他的散文集《阴翳礼赞》当作自己的建筑设计教科书。原研哉和深泽直人也深爱《阴翳礼赞》，"它就像是通过西化的斗争才到达光明的日本设计的一本概念书"②。《阴翳礼赞》这本薄薄的散文集会被不少日本著名设计师当作指南，在于写《阴翳礼赞》的谷崎润一郎对日本的位置、美学、生活方式有着高度的自觉意识。谷崎润一郎在书里问

① 隈研吾：《场所原论：建筑如何与场所契合》，李晋琦译，刘智校，华中科技出版社，2014 年，第 32 页。
② 原研哉：《设计中的设计》，纪江红译，朱锷校，广西师范大学出版社，2010 年，第 418 页。

道："引进外国的文明利器固然无可厚非，但为什么不重视我们的固有习惯和生活情趣，略加改良而适应我们的传统呢？"①在他看来，日本既然已沿着西洋文化的道路迈进，别无他途，"不过我们必须认识到只要我们的肌肤不改变颜色，就只有背负加于我们身上的沉重损失，挣扎前进"②。颇受《阴翳礼赞》影响的隈研吾，在设计建筑时恐怕也会时常问自己这个问题。

除了东京奥运会主竞技场设计方案的风波，2015 年的日本还发生了一件大事。9 月 19 日，日本安倍政府通过新日美安保法案，遭到大量日本民众和学者的抗议，激烈程度不下于二十世纪六十年代的安保斗争运动。这两件似乎不相干的事其实有着共同之处：日本民众和知识分子的抗议。日本著名鲁迅研究者竹内好参加了二十世纪六十年代的安保斗争运动并发表了演讲："不管需要几代人的努力，我们都不会停止这场斗争。不如此，就不会有日本的独立，也不会有作为独立之基础的个人人格的独立。"③在体验抵抗、斗争中的紧张感，经历自我否定之后才会有真正的独立主体的新生，这正是"竹内鲁迅"的核心概念"回心说"的内涵。

竹内好认为近代中国有鲁迅这样的抵抗者，成了"回心型中国"，近代日本却在一味外求中没有了自己的主体性，成了"转向型日本"，而安保斗争运动则成了日本获得主体性的契机。2015 年东京奥运会主竞技场设计方案的风波与新安保斗争运动是否印证了竹内好所说，日本民众在不断抵抗中获得了主体性？现代日本正从"转向型"变成"回心型"？

原文发表于《读书》2020 年 5 期

---

① 谷崎润一郎：《阴翳礼赞》，丘仕俊译，生活·读书·新知三联书店，1992 年，第 6 页。
② 同上，第 42 页。
③ 参见笔者：《日本安保运动与竹内好的抵抗哲学》，载《读书》2016 年第 2 期，第 42 页。

后　记

生命中的某一刻,向外的目光反观自照,截断连绵的时间之流,陡生难以言说的"惊异":我是谁?我为什么是我?瞬间的"惊异"转变成长久的苦恼。我带着这种自我意识觉醒后的苦恼意识求学多年,不得其解。博士时,我偶然看到竹内好的《鲁迅》。竹内好说文献不同于"文学",只有将当文献经由主体"生的苦恼"而转化成"自己的语言"的时候,才转变成"文学"。他把鲁迅的"文学"放在某种本源性的自觉之上。"竹内鲁迅"引起了我的兴趣,我决定以"鲁迅的精神自觉"为主题来写博士论文,成果就是这本小书。

本书中的精神自觉者鲁迅是鲁迅的一个"精神镜像",是加引号的"鲁迅"。精神自觉者"鲁迅",身处过去与未来之间的时间裂隙,打破均质、空洞的时间连续之流,成为立足现在、韧性战斗的"现代人"。面对"惊异"与苦恼,"鲁迅"给予我启示:去成为"现代人"。仓促写完博士论文后,我离开了鲁迅,带着"鲁迅"给我的启示。粗陋的博士论文在电脑里沉睡八年之久,直到这次我将它找出来整理成书。说来惭愧,本想好好打磨,却不知从何处着手,除引言删掉一半篇幅,其他只好保持原样。

感谢我的博士导师江弱水教授。江老师为文妙绝、为人雅正,让总陷苦恼的我也领略到文之愉悦、生之智趣。江老师的通脱之识让我意识到自己的所见之小。无奈我生性愚笨,为文与为人至今不得其门而入。感谢我的哲学启蒙恩师张志扬教授。读本科时,我偶然读到《渎神的节日——这个人在放逐中寻找归途的思想历程》,它富有穿透力的文字让我感受到深刻的哲思与独特的生命体验水乳交融。不久后的一个夏日午后,我在一间临湖的会议室里第一次聆听了张老师的哲学课:萌萌的问题意识与《复活历史灰烬的活火——"曾经"中蕴含的微弱的"弥赛亚力量"》。

感谢我的爱人、小儿、亲人,在路上寻求,终究要归家。

刘　超

2022 年 8 月于海口